U0462311

生死予夺

叶仲健

著

海峡出版发行集团 | 海峡文艺出版社

图书在版编目(CIP)数据

生死予夺 /叶仲健著. 一福州:海峡文艺出版社,
2024.7
ISBN 978-7-5550-3611-1

Ⅰ.①生… Ⅱ.①叶… Ⅲ.①中篇小说－小说集
－中国－当代②短篇小说－小说集－中国－当代 Ⅳ.
①I247.7

中国国家版本馆 CIP 数据核字(2024)第 107512 号

生死予夺

叶仲健 著

出 版 人 林 滨
责任编辑 刘含章
出版发行 海峡文艺出版社
经 销 福建新华发行(集团)有限责任公司
社 址 福州市东水路 76 号 14 层
发 行 部 0591－87536797
印 刷 福州万达印刷有限公司
厂 址 福州市闽侯县荆溪镇徐家村 166－1 号厂房第三层
开 本 889 毫米×1194 毫米 1/32
字 数 161 千字
印 张 9.125
版 次 2024 年 7 月第 1 版
印 次 2024 年 7 月第 1 次印刷
书 号 ISBN 978-7-5550-3611-1
定 价 49.00 元

如发现印装质量问题,请寄承印厂调换

目　录

生死予夺

一

看见记忆中那张面孔时，陆惊涛没敢相信自己的眼睛。

罪犯兰万河是上午 10 点从看守所押解过来的。监狱方接收了犯人，将其分配到二中队。作为二中队的管教，陆惊涛负责接下来千篇一律的入监手续。私底下，他们称之为——"接风洗尘"。

前往西面尽头的 403 室，需经过一条幽暗逼仄的甬道。陆惊涛的帽檐压得很低。也许兰万河没敢正视陆惊涛的面孔，抑或所有警察穿上制服看过去都差不多模样，总之兰万河没将陆惊涛认出来。走在后面的陆惊涛，轻轻唤了声："小河——"

兰万河木然地回过头来，惊诧地望着眼前这个人。

在幽暗的光线中，目光像被揿亮的灯泡，陡然跳起一丝光芒，生锈般的喉咙挤出一道声音："小涛！"陆惊涛朝兰万河摇摇头，示意他不要再说话。随后，他们像两个陌生人，一前一后走向403室。

这个时间段，犯人都在劳动车间各司其职，囚室仅余一床相邻卫生间的低铺。陆惊涛说："你先睡这张床，条件是不太好，到时候再安排。"兰万河皱着眉头，欲言又止。兰万河面容消瘦，眼睑青黑。任谁在看守所待上一年半载，面色都好看不到哪里去。陆惊涛也有些茫然，仿佛做梦一般，事情来得太突然，一点思想准备都没有，不知该以什么样的方式，来展开与兰万河的对话。陆惊涛说："我回办公室，回头再找你。"走两步，又回过头："我会安排你到轻松些的岗位。"

回到办公室时是上午11点。陆惊涛方才特意去调阅了兰万河的卷宗。附送过来的资料很笼统：……罪犯兰万河，于2005年6月25日盗窃黄金七千克，涉案价值九十八万元，金额特别巨大，判处有期徒刑十五年……从在市法院工作的同学那儿了解到，失窃的是一家黄金首饰店。属同伙作案，除兰万河，还有两个共犯，姓名陈小炳和魏继东，目前正全国通缉。在此之前，兰万河在看守所关押了一年多，已超出法定羁押期限，为落实高院关于清理长期羁押案件文件精神，才根据已掌握的事实证据，由检察机关提起公诉。倘若在逃的陈小炳和魏继东归案，查明兰万河还有其他犯罪事实，再按照法定程序对新查明的罪行起诉判决。

八年前，1999 年，陆惊涛警校毕业，考到宁城监狱当狱警。宁城监狱位于城乡接合部，这个城市的房子，贵得令人咋舌，陆惊涛买不起，上班下班，一直住在监狱里。这一住，就是八年。每天，被同一钟声唤醒，被同一钟声催眠。老同志调侃："陆惊涛同志，跟犯人没啥两样，一关就是八年。"

陆惊涛孤家寡人一个，想必没什么事要操忙，老同志逢事脱不开身，都喜欢找他替班。横竖也是闲着，陆惊涛也乐意应承。老同志看在眼里，年终评优全票推荐他。来这里八年，大大小小荣誉证书，拿了二十几本。但除了每次八百块奖金，这些大同小异的荣誉证书，没什么用。陆惊涛也发牢骚，老同志安慰他："证书也是书，书到用时方恨少，哪天有机会了，这些红本本，说不定可以派上用场。"

上班监区，下班宿舍，中间只隔了两幢楼，忙时抓监管、搞集训、写材料，闲时听歌、看书、追剧，日子波澜不惊得连个水花都没有，越来越觉索然无味。

在警校时，陆惊涛的人生目标，是做一名人民警察，善恶分明，刚正不阿，尽一己之力，保一方平安。

结果，阴差阳错，刑侦专业的他，却考进了监狱，连枪也没摸过几回。当初的雄心壮志，早已灰飞烟灭。警校学的格斗术和擒拿术，不知什么时候落下了，小腹也堆积起一圈显而易见的赘肉。有时突发奇想，万一犯人武斗闹事，以自己这日渐笨拙的身手，哪里还震慑得住？

想外调的念头，已经蛰伏良久。干不了刑警，当个民警也好，破不了大案要案，处理一些治安小案，也行。毫不夸张地说，系统内，类似陆惊涛的年轻人，都巴望着往外调。这跟监狱的工作性质不无关系：囚犯人满为患，狱警配备严重不足，宁城监狱实行三班倒，值一天，休一天，清闲倒是清闲，却没有足够的时间可供自由支配。万一发生突发情况，当班狱警得承担直接责任。

然而要想往外调，比宫女得到皇帝宠幸还难。监狱系统岗位单一，不似公安机关职能部门繁多。考进监狱，意味着，要与犯人打一辈子交道。老同志扯闲篇儿，总结外调有三条途径：一是找人，二是立功，三是走运。找人，陆惊涛是找不着了，家族五服之内，没出半个当官的，连吃公粮的，也凑不齐一个巴掌。立功，对狱警来说，就是擒获越狱逃犯，这种可能，渺小到忽略不计。据说从 1985 年创建至今，宁城监狱从未发生过犯人越狱，退一万步说，倘若真有犯人越狱了，说明监狱管理存在漏洞，领导根本不敢往上报，你立了功，也只当是做好事不留名的活雷锋，私下给你个安慰奖，罢了。至于走运，老同志的表情就很暧昧了："陆惊涛同志，你长得还算一表人才，万一哪个女领导跟你确认过眼神了，还真有可能把你捎带走。"当然是玩笑话。

办公室里，手执复印来的材料，陆惊涛陷入久远回忆。兰万河比陆惊涛大一岁，一个村子里出生，一年级到五年级，两人都是同桌。兰万河很有绘画天分，习惯拿废弃的三合板画画，画出来的东西，连老师都说好。兰万河的梦想是当画家。初考时，陆惊涛考上镇里的初中。兰万河留级，比陆惊涛晚一年上初中。三年后，陆惊涛考上县一中，又三年，考取警察学院。初中毕业，兰万河啥也没考上，读了一所职业技术学院。

陆惊涛1992年考上县一中，再加上那年全家迁到县城，与兰万河见面的机会自然就少了。起初还有信件来往，新年圣诞互寄些贺卡明信片之类的，后来由于备战高考抑或其他原因，两人之间也逐渐隔如秦越。同学聚会时有过两次邂逅，心里好像有很多话想说，却又不知该从哪里说起。应了那句矫情的古词：相会无言，谁知我心中悲切？纵有千言万语，难叙一时愁予。并非两人的感情淡了，至少在陆惊涛心里，少时记忆依旧闪闪发光，只是长大成年，两人中间多了不可言说的落寞。

已经很多年没见过兰万河了，听母亲说过他在做理发这行，陆惊涛无论如何也想不到会在这里遇到他。

"大白天的，发什么呆！"中队长林福亮走进办公室，将陆惊涛从回忆里唤醒过来。林福亮，虚岁五十三，粗野干瘦，头已秃，背已偻，脸上的皱纹像是刀子削出来的，在中队长位置上坐了十几年，乍看像经验丰富的乡下老农。用他自己的话说："我在这破地方，一待就是半辈子，双脚难免沾了这片田野的地气，不是农民也像农民了。"但凡这类型的人，工作一般没甚魄力，不愠不火，兵来将挡水来土掩，屎顶到屁眼了才急着寻茅厕。总之，是个被动型的人，陆惊涛没少领教。将材料塞进抽屉，陆惊涛敷衍地回应了声："没事。"林福亮叹口气，摇摇头，背过双手，踱到自己位置前，一屁股坐下来，拿起报纸翻翻抖抖。导演张艺谋超生事件霸占了半个版面，林福亮觉得没啥看头，将报纸搁在了一旁，掏出烟盒，从中抽出"壹枝笔"，叼嘴上，用打火机点燃，老汉吸烟锅似的，吧唧一口。"壹枝笔"不是笔，是产于山东的一种烟，味儿呛，抽这烟的当地人不多。

下午4点，恍然记起什么事，陆惊涛来到403监室，将牢头井毛招到走廊，递过去一支"玉溪"："刚进来的新犯，悠着点，别太过了。"井毛是老油条了，四年

前因故意杀人，被判无期徒刑，余生最大的希望，是将
刑期减到十五年。接过烟，井毛贪婪地嗅了嗅，一脸暧
昧地嬉笑道："什么人？"陆惊涛说："发小。"井毛问：
"啥事？"陆惊涛说："盗窃。"井毛说："几年？"陆惊
涛说："十五。"井毛"哎呀"了一声："我知道了，陆
教官的发小，就是我的发小。"陆惊涛拍了下井毛的后
脑勺："少瞎咧咧！"当然没怎么用力，还带着点亲昵。
对付井毛这类犯人，陆惊涛向来恩威并施，该端起架子
时端起架子，该哄时掏心掏肺地哄。这些犯人讨厌你道
貌岸然的装腔作势。

　　新来的犯人，除了睡环境最差的床铺以及负责刷厕
所这类脏活儿，还要接受老犯人一段时间的"训练"。
这几乎是监狱一直以来的潜规则，狱警对此也睁一只眼
闭一只眼。陆惊涛没叫井毛废除这个惯例。他们表面上
嘻嘻哈哈相当听话，对管教其实惺惺作态阳奉阴违，不
一定会将你的话搁在心里。万一不满了，背后使几道暗
杠，当事人也不敢声张。这种情况不是没发生过：新来
的犯人明明受了欺凌，却不敢向管教报告，甚至面对管
教的质询，也不敢说牢头的半点不是。

二

陆惊涛与兰万河正式坐下来谈话，是兰万河到宁城监狱的第三天。面对面，中间隔着长方桌，平等的朋友关系。兰万河坐得规规矩矩，双掌平贴于大腿上。陆惊涛一身休闲装扮，没穿制服，没戴警帽。

气氛有些凝重。握手，只会显得生分做作；拥抱，又做不到那么黏腻矫情。陆惊涛竭力用极其舒缓的声调道："这几天还好吧？"兰万河苦笑了一下："还好。"陆惊涛说："他们对你怎样？"兰万河说："挺好的，谢谢你。"陆惊涛说："我们之间还谢什么。"接下来一时无语，沉默如同青灰的暮色，从起先的凝重变为萧索，听得见彼此轻微的呼吸。"为什么去做那件事？"陆惊涛避去"盗窃"这个词。兰万河摇头："过去的事，不要再说了。"陆惊涛说："既然你不想说，我也不勉强你。""总之一言难尽。"兰万河的声音仿佛飘浮在水面上的树叶。

初中毕业，兰万河就读于一所职业技术学校，美术专业。他希望在绘画方面有所成就。技校三年，兰万河一心一意扑在绘画上，学习巴洛克艺术主义风格油画，连美术老师都欣赏他。教他美术的，是个黄姓女教师。

毕业前夕，黄老师让他准备几幅最满意的画，说晚上带他去参加一个饭局，届时美协张主席将大驾光临。张主席是本市书画界名流。

吃饭的人陆续来了十几个，将一张大圆桌围得满满当当，聊的都是与绘画有关的话题。张主席无疑是餐宴的中心，整个人端着，脸上一副傲然的神情。酒酣耳热之际，黄老师将兰万河推出来："这是我们学校的兰同学，今年刚毕业，在绘画上很有天赋，希望张主席多多指教。"黄老师朝兰万河打眼色。兰万河站起来，行鞠躬礼，双手举杯，仰头将酒饮尽。黄老师说："今天兰同学特意带了几幅画过来，主席你看，是不是可以帮忙指点一二？"张主席捏起酒杯，轻轻呷一口，眉头微锁，意兴阑珊："这——"黄老师说："作为兰同学的老师，我也想听听张主席有何高见。"张主席勉为其难的样子："那拿给我看看吧。"

接下来的短暂经过，给兰万河留下不可抹灭的记忆。这位左手拇指套着个祖母绿玉扳指的张主席，翻了翻兰万河精心挑选的那几幅画，喷着酒气吐出一句话来："你画的是什么玩意儿！"兰万河杵在他身边，尴尬到不知所措。按说他是抱着学习态度来的，心里头早做好了挨批评的准备，但还是难以接受张主席如此视如粪土的评价。在座的其他人，不免面面相觑，认为张主席的点评是有些过了。黄老师赶忙救场："兰同学的画，虽然还不够成熟，但还是很有灵气的。"张主席半点面子也没给："什么灵不灵气，画就分为好或不好，好就是好，不好就是不好，什么叫灵气！"

吐出来的每个字，都包裹着尖利的牙齿，啃噬着初出茅庐的兰万河。他生平从未受过如此尖锐的批评。张主席随手将画搁在餐桌上，就像搁下几张擦拭过嘴巴的餐纸。画瞬间被汤汁酒渍濡湿。兰万河赶忙将画收起来，仿佛稍慢一些，就会碍到张主席的眼。"主席批评得对，我一定要好好努力。"讪讪地回到自己的位置上。张主席并未接受兰万河的谦卑："光努力没用，还要学会思考！"态度依然居高临下，气势还是咄咄逼人。

好不容易挨到饭局结束。兰万河内心无比挫败。黄老师则是心怀愧疚。黄老师早就耳闻张主席眼光挑剔，孰料她所看好的兰万河，居然这般不入张主席的法眼。早知如此，就不要搞这一出了，这不是自讨没趣？简直是把脸凑上去让人家捆。这对年纪轻轻的兰万河来说，不啻一次莫大打击。

张主席的那番话，如刀子镂刻在兰万河脑海里。一提笔，那些话，像夏日里的蝉鸣，像池塘里的蛙声，把感觉都搅浑了。他没料到自己的画居然拙劣到张主席连言之有物的评价都不肯施舍。既如此，画下去，还有何意义？

　　美术生的就业路子相当窄，像兰万河这种从技校出来的，去当教师的可能性不大，想要创办美术培训机构或设计工作室，又缺乏必备的人脉关系和社会资源。兰万河走投无路，只好在表哥的介绍下，去一家美发店学理发。用他的话说："好歹也是一门艺术。"

　　兰万河学得很卖力，在一同进来的学徒还只能给客人洗洗吹吹的时候，他已经可以操刀上阵了，并且顾客反馈普遍良好。连教他手艺的师傅都说："小河是我带过出师最快的学徒。"

　　然而这项头顶上的艺术，并未给他带来美的感受。那一次，一位满脸雀斑的女顾客说头发被理坏了，叫嚷着要兰万河赔偿。兰万河认为女顾客是无理取闹，她的发际线本来就高，却要求剪时下最流行的空气刘海。兰万河一开始就跟她说这款刘海不适合她，女顾客听不进意见，最后发觉理出来的效果不好，羞恼之下把责任推给兰万河。店长出来协调沟通："大姐您先不要急，我叫首席给您修一修。"女顾客不满意："刘海都没了，还怎么修！"免单也不接受。女顾客指着兰万河鼻子骂："也不撒泡尿照照，就你这破技术，也敢出来理发！"转而怒斥店长："我在你们店花了没有一万也有八千了！你们怎么能把这些阿猫阿狗都招进来！"女顾客骂人的声音，像吹奏一曲凄厉的唢呐，其他客人听到动静，一窝蜂聚拢过来，七长八短的目光落在兰万河身上。好似被扒光了衣服示众，兰万河恨不得找个地洞钻进去。

男人排解情绪，通常离不开酒。那天兰万河心情十分糟糕，早早下了班，路过楼下超市，买了一箱啤酒和一些下酒菜，回到宿舍准备把自己干倒。当时兰万河跟一个叫陈小炳的还有一个叫魏继东的，合租一套三室一厅的旧商品房。陈小炳在金铺上班，魏继东在夜总会工作。正独饮着，陈小炳下班归来。兰万河邀请陈小炳一块喝。喝到 12 点的时候，魏继东也回来了。按理说魏继东要上到凌晨两三点的，是陈小炳一个电话把他叫回来的。

借着酒劲，兰万河大倒苦水。为什么有钱人这样高高在上？为什么他如此卑贱憋屈？抓起一瓶啤酒，用牙咬掉瓶盖，陈小炳说："这个社会，金钱至上，要想被人瞧得起，就得有钱！"魏继东说："阿炳说得对，那些进出夜总会的男人，不就因为有钱，才左拥右抱前呼后拥的！"陈小炳说："靠工资，针挑土，一辈子发不了财。这年头，撑死胆大的，饿死胆小的。有个大生意，你要不要做？"兰万河咂着舌头："什么大生意！我可没本钱。"陈小炳说："胆子够大，就是本钱！"兰万河说："直接说，什么生意！"陈小炳说："偷金条！"兰万河打了个激灵，酒醒了一半。陈小炳冷哼一声："怕？怕就不要学娘们跟老子诉苦！"不知从哪里冒出来一股豪气，兰万河说："怕什么怕！就怕没地方偷！"

"就怕你不敢偷！"陈小炳说上帝给咱留了一扇门，钥匙得靠咱们自个儿去找。陈小炳说他们店刚进来一批金条，整整十四斤，老板是款爷，就那么随随便便搁店里，连报警器和摄像头坏了，也没叫人来修。陈小炳说这是个千载难逢的机会，前两天就跟魏继东说过了，本没打算让兰万河参与进来，今天见他也算条汉子，就想拉他一起干。

计划好的行动方案：陈小炳做内应，关门时在金铺卷闸门上做手脚，然后跟往常一样骑电动车回宿舍。具体行动由魏继东和兰万河负责实施，事先预备好焊割机、螺丝刀、铁锤、乳胶手套。顺利得手后兵分两路，兰万河负责清理作案工具，找地方"毁尸灭迹"（侦查阶段已找到），回宿舍路过超市进去买箱啤酒；魏继东负责保管金条，在工作的夜总会附近开个房间，藏好金条后再去赶夜场。总之要造成三人正常上下班的假象。次日夜晚12点整，三人在嘉梁废桥洞碰头，将得手金条坐地平分。之所以不将金条带回宿舍，陈小炳的解释是，提防警察第二天会查上门来。

偷金时间定于夜晚10点，那天是6月25日星期六。

用陈小炳的话来说，最危险的时候就是最安全的时候，这时金铺刚关门十五分钟，周末逛街的年轻人比蚂蚁还多，混在人群中不易被盯上。城市的夜，比白天还像白天，终于到了那一刻，兰万河和魏继东走在 2005 年的宁城街道上。只要再拐过一个弯，便是目标所在地。兰万河几度想停下脚步，但仿佛被什么神秘的力量牵着，将他引向沼泽、漩涡或深渊，像泥石流中的石块，已经无法抽身回头。

行动很顺利。

次日夜晚来到嘉梁废桥洞，兰万河没见到陈小炳和魏继东。在桥洞里等了一会儿，其间还对着江面撒了泡尿，终于等来了陈小炳。两人面对面，坐在桥洞里，烟抽了一支又一支，望眼欲穿，除了漫天漫地银子般的月光，始终不见魏继东身影。他们以为魏继东被什么事耽搁了，又等了两个多小时，还接连打了几个电话，均提示无法接通，最终确定魏继东是不会来了。他们断定，魏继东不是被抓了，就是把金条私吞了。后者的可能性更大。万般无奈把郎怨，他们将魏继东祖宗十八代骂了一遍。陈小炳说："我们必须找到他，不然所有功夫都白瞎了。"兰万河说："他要躲，怎么找？"陈小炳说："到时候再说，这几天你不要联系我，今天我老板报案了，警察还找我问话了。"兰万河说："没问出什么吧？"

陈小炳说："要问出什么，我还能在这里？"

　　第二天傍晚，陈小炳跑路的风声刮到兰万河这儿。兰万河没敢在理发店做下去，辞职后一路逃至江西，用一张假身份证，在萍乡芦溪县一个小镇做理发师，每天战战兢兢，犹如惊弓之鸟。有琢磨过自首，可一想到要面临牢狱之灾，他还是选择继续潜匿。这样子过了几个月，用公共电话打回家，兰母并未在电话里提到什么。兰万河以为公安没有追查到他，就在那年春节前夕回了老家，结果刚到家乡的头个晚上，就被公安逮个正着。那是一个寒冷但喜庆的夜晚，家家户户门口都亮起了红灯笼。他永远也忘不了，他被带走那一刻，年迈的母亲号哭着追出来，瘫倒在家门口尘土里，像一只被掏空的破麻袋，哭声将寒夜撕扯得支离破碎。如果可以重来，他宁愿选择浪迹天涯，或者自首，也不想让母亲面对这个场面。

　　"一分钱都没得到，我被判了十五年！"兰万河声泪俱下，握住陆惊涛的手，"我现在最不放心的是我妈——"陆惊涛本能地将手抽离出来，兰万河手心的温度还遗留在他手背上。"事已至此，过去的就不要想了。我会照顾好阿姨的。只要我在这儿一天，就会照顾好你。"陆惊涛停顿一下又说，"表现好些，不用十五年的。"心里却想，十五年，兰万河四十六岁，刑期再怎么减，一生中最好的时光，都将耗在这里了。

三

掐指算来，陆惊涛有七八年没回老家了。先是回了
一趟县城的家。陆惊涛说起兰万河的事。陆父道："小
河犯了这事，他娘可遭罪。你们打小一起玩到大，该照
顾的也该照顾些。"陆母说："那也得注意影响，监狱又
不是咱家开的，可千万别被牵连了。"

晌饭过，坐中巴回集镇，到集镇，又包辆摩的回村
里。在陆惊涛记忆里，兰母是长得很好看的。可眼前
这个女人，眼球布满蚯蚓似的血丝，再也看不出当年模
样。拧眉蹙额的兰母没认出陆惊涛来，狐疑地朝他打量
半天。陆惊涛自报家门。兰母说："哎呀，你瞧，你瞧，
这么多年没见，你不说，认不出来了。"说着便要进厨
房煮点心。尽管陆惊涛是地道的村里人，可毕竟搬出去
多年了，像嫁出去的闺女，回来便是客了。陆惊涛拦住
说："千万别忙活，我在家吃过了。"

一只老牛伏在毗邻溪流的水田里，几只长颈细腿的
白鹭在它身旁走来走去。一只土狗远远地躲着陆惊涛又
舍不得跑开，几只母鸡咯咯咯地在脚边不远处觅虫食。
院子里，坐在马扎上，陆惊涛与兰母，有一搭没一搭地

聊起来，话题自然不离兰万河。

兰母数落儿子："你说我家小河，咋就不晓得好歹呢，去偷人家东西，真是造孽呀。小河一天不出来，我这日子过得，一天比一年还长，咋熬下去……"在这个日渐荒凉的村庄，兰母无处可诉，难得陆惊涛来，就想把攒在肚里的话，全掏出来叨叨。

陆惊涛将一千块钱递到兰母手心里。兰父去世得早，兰万河唯一的姐姐嫁到了外地，日子本就不宽裕，除了卖些瓜果蔬菜鸡鸭猪兔，兰家没什么添项。兰万河在监狱里每个月两百的伙食费，也是兰母从牙缝里挤出来的。陆惊涛说："我会照顾好他的，这次就是他托我回来看你。"陆惊涛有意回避了"关""服刑"一类的字言。

兰母坚决不收："我没给你送钱，已经亏待你了，怎能收你的钱？有你照顾小河，我也放心些。小河在家的时候，没少念叨你，说你考上警校了，毕业出来，就是威风体面的警察了。"

"什么时候说的？"

"好些年了吧。他说有你这个当警察的兄弟，以后出去做事也可以耍威风了。他呀，跟自己当上警察一样，显摆！"

陆惊涛没搭腔，不知怎么接这个话茬。

"还真让他说中了，现在只能指望你了。"

"我会照顾好小河的。"

"这几日，眼皮儿跳得厉害，老梦见小河在里面受欺了，真怕他出啥事。"

"现在监狱很文明，不许打人的，有我看着呢，不会受累的，就是没那么自由。"

"自由算啥？像姨，你说自由嘛，一辈子也走不出村子。都怪我太宠他了，也该管管了。不管管，以后会去杀人了。"自由是相对的，捆绑住人的，往往是自己。人一生都在追求自由，可真正的自由，又是什么样的呢？

屋里传来重物落地的声音。陆惊涛撇过脑袋朝屋里睃。"估摸又是哪来的野猫，村子里的人一少，野猫啥的，胆儿就肥了，老折腾家里的物件，上次还把小河的画，翻得乱七八糟的。"兰母站起来，捂着腰眼往里屋走。陆惊涛也起身尾随进去。

屋子里的摆设，跟记忆里无甚变化。陆惊涛想去兰万河的卧室。卧室里几乎都是画。兰母说："小河打小就好画画。"陆惊涛说："小河有这方面的天赋。"兰母说："又能咋样，命中八尺，难求一丈，咱庄稼人不兴这个，当不了饭吃，反而害了他。"陆惊涛问："阿姨为何这么说？"兰母说："去偷东西干啥，不就是想办个啥画展。说过不止一回两回了，刚毕业那阵子，一门心思就琢磨办啥画展。啥画展，我哪里懂，听说要烧老鼻子钱。"

　　一幅一幅翻过兰万河的画，陆惊涛竟然看到自己的一幅肖像素描。纸张已经泛黄，线条已经模糊，上面落满灰尘。陆惊涛用手抚净了，小时候的记忆杀上来。那会儿五年级，在教室里，兰万河让陆惊涛坐好。陆惊涛坐得笔挺，却忍不住想笑。兰万河说："你别笑，你再笑，我就画不好了。"

　　那时候，兰万河对陆惊涛真的好，有什么好吃的，叫他一起吃，有什么好玩的，邀他一起玩。为什么对他那么好，陆惊涛至今也没琢磨明白。那时候，隔三岔五地，陆惊涛在兰万河家过夜，两人并排躺在床上，春雨打芭蕉似的，说不完的话。兰母经过房间，总会探进头来："这么晚了，还不赶紧睡！"两人便钻进被窝窃窃私语。半夜里，下意识地，兰万河还会给陆惊涛掖被子。有一次，陆惊涛鞋带松了，兰万河瞧见了，像军官那样，用命令的口吻说："站住，不许动！"陆惊涛还了一个军礼："是！"立定住了，站着笔直，纹丝不动。走到陆惊涛跟前，兰万河蹲下身来，默默地为他系上鞋带。这样的感觉很好，至于怎么个好法，陆惊涛无法形容。总之他很享受兰万河的照顾。

　　回到宁城监狱，陆惊涛对兰万河说："我去看过阿姨了，她叫你不要担心，让你安心待在这儿，别想七想八的。"兰万河竟微微欠了欠身："谢谢你！"陆惊涛说："以后别说这些话了，我会每个月去看一次阿姨。"兰万河说："你是我的好兄弟。"陆惊涛说："你还喜欢画画吗？"兰万河停顿一下，眉头紧锁起来。陆惊涛察觉到他的变化："算了，不说这个了。对了，当年你为我画的素描，我带走了。"兰万河思索片刻："那么差劲，拿了干吗？没进来之前，我都在画。人总要追求点东西，不然清汤寡水的，没什么意思。"陆惊涛心头微微震颤，联想到自己的处境。一直以来，自己又在追求什么？

　　陆惊涛没有食言，坚持每个月去看望兰母。一乡下妇女，大字不识几个，大老远跑省城探监，委实不便。每次去，陆惊涛都给兰万河拍照，然后将手机里的照片呈给兰母看，相当于每月探一次监了。

　　第三次去的时候，有人跟踪陆惊涛。其实陆惊涛早就注意到那家伙的存在，这是警校四年所形成的职业条件反射。那家伙行为鬼祟，从省城进站到县城下车，都在不远不近的地方晃荡，目光一不经意与陆惊涛碰撞，就会烧灼般躲闪开。陆惊涛在心里掂量了一下，看那家伙的身板和脚力，不是什么厉害角色，凭自己身手，拿下应该不成问题。

县城车站出口，陆惊涛瞅准时机，猛然回头几道箭步，将那家伙撂倒了："为什么跟踪我！"挣扎了几下，那家伙束手就范，双手抱后脑勺，一副投降求饶的姿态，嘴上却强词夺理："我哪有跟你！"陆惊涛特意打量了他的手，十指修长，看起来也很灵巧，符合小偷的职业特点："去派出所再说。"那家伙还是理直气壮："去就去，怕什么！"这么一个老鹰捉小鸡的举动，引得一干群众纷纷围拢过来，围成一堵厚实的墙。陆惊涛怕众人误会："这人偷我东西！"将那家伙反剪着，正欲押往附近派出所，冷不丁被他撞了个趔趄，手上一滑溜，被他挣脱了。那家伙猴子一样钻进人群。陆惊涛拨开人群，目光追出去几步，看见他脚底像踩了风火轮，溜得比兔子还快，真追还不一定能追上，也就耸耸肩作罢了。车站人多嘈杂，反正也没损失，真动起手来，万一殃及群众，责任就大了。要猜得没错，也就是个没眼力的小偷，自个儿往枪口上撞，偷到警察身上来了！陆惊涛想，是不是自己越来越不像个警察了，不然怎么连小偷也瞄上他？

四

兰万河声称有事要反映。见他闪烁其词，便将他带到谈话室。兰万说他想换监室。问其原因。兰万河说他被人打了。问被谁打了，什么时候的事。兰万河说黑亮动的手，就在前晚。黑亮是个愣头青，三年前犯故意伤害罪进来的，平日里对井毛言听计从。这事跟井毛脱不了干系。403的事，基本上都跟井毛脱不了干系。陆惊涛说他为什么打你。兰万河说不知道，莫名其妙的，就把我打了。陆惊涛问有没有受伤。兰万河说肚子挨了几拳，现在还有些疼，一吸气就疼。撩起上衣，露出清瘦的腹部，左肋有些青紫。陆惊涛领兰万河去医疗室。兰万河边走边说你一定要给我换监室。陆惊涛说我会安排的。

　　检查结果无甚大碍，皮下组织轻微淤伤。陆惊涛没有即刻给兰万河换监室，转身将井毛从监室里提出来。陆惊涛问他："为什么要打兰万河？"井毛说："陆教官，你冤枉我了，黑亮动的手。"兰万河说："你小子少给我耍这套，实话说吧，到底怎么回事？"井毛一脸为难的样子。陆惊涛递烟过去。井毛接过来，将烟叼嘴上。陆惊涛拨动打火机为他点上。井毛狠狠地吸一口，吐出一溜儿烟圈："他拿了不该拿的东西！"陆惊涛说："什么东西？"井毛说："陆教官你还是自己问他吧，我也是替人办事。"陆惊涛说："谁？"井毛说："陆教官还是不知道的好。"这些犯人的脾气，陆惊涛清楚，虽然关在这里，江湖做派还很重，会说时自然会说，不会说，拿枪顶着也不管用。

谈话室，陆惊涛定睛注视兰万河："你是不是有事瞒我？"兰万河目光闪躲："没有。"陆惊涛说："他们说你拿了他们东西。"兰万河说："真没有。"陆惊涛直勾勾地望着兰万河："你这样我也帮不了你。"兰万河说："你不信我？"陆惊涛说："你什么都不说，叫我怎么相信你？"目光垂下去，片刻又吊起来，兰万河说："他们怀疑我私吞了金条。"陆惊涛说："那批金条？"兰万河说："是，可是我没有。"陆惊涛说："真没有？"兰万河倏地直立起来："我都说了，我没有！金条是被魏继东私吞的！"陆惊涛说："那他们为何怀疑你？"兰万河揪住头发："我不知道，他们弄错了。我都说了没有，他们不信。"陆惊涛目光在兰万河脸上扫了扫。兰万河冷不丁搂住陆惊涛的胳膊："你要相信我，我真没有！"

一把将陆惊涛搂过来，头顶在陆惊涛肩膀上，兰万河哽咽说："小涛，我不甘心，我一分钱都没得到，却要坐十五年牢。"这句话，在陆惊涛面前，说了不止一次。陆惊涛拍拍他后背，不知如何安慰。这就是法律，犯了罪，即便未遂，也要受到制裁。这些普法教育，千篇一律，太过于冠冕堂皇，陆惊涛不想说。兰万河搂着他的动作，令陆惊涛想起来，小时候那次捉迷藏，他们藏在一间木屋墙壁的暗层里。空间极小，面对面地站着，隔层里漆黑一片，唯有兰万河的眼眸，闪动着奇异且温暖的光芒。陆惊涛感受到从兰万河脸上扑过来的鼻息。当时，兰万河也像眼下这样，将陆惊涛揽得紧紧的，将脑袋顶在他肩膀上，轻轻地唤了声："弟——弟——"那声称谓，仿佛有了回音，飘出去又飘回来，在陆惊涛心尖上抚摸了一下，一股暖意，瞬间从心底升腾起来。这么多年过去了，陆惊涛一直记得这个细节，每每想起，那种久远的暖意，依然真切。

兰万河说："我真的没有拿那批金子，别人不相信我，我没话可说，你不能不信我！"陆惊涛轻轻推开兰万河："好，我相信你。井毛那儿，我会跟他说，没必要换监室，那样对你更不利。"

陆惊涛推心置腹地对井毛说了："不管你受谁之托，你还看着我点面子，就不要再对兰万河动手了。实在过不去，做做样子就行。总之一句话，兰万河没拿那批东西。我跟他是穿开裆裤长大的兄弟，刑侦法院那边也是这个结论。"井毛想了想："知道了，陆教官，黑亮出手是有些重了。"

联想到上次被跟踪，陆惊涛认为事情并非想象中那么简单。往回一想，怪不得每次外出，总感觉背后粘着双眼睛。有一天，父亲打来电话，说家里遭贼了。陆惊涛心里一咯噔，问父亲有没有丢什么东西。父亲说什么也没丢，就是被翻得乱七八糟。"乱七八糟"这个词，兰母也提到过。这些事串联在一起，得出的结论是，某些人还是没有死心，认为那批金条还在兰万河手里。

陆惊涛决定反击。他必须把主动权抓在手里。这次去看望兰母，被跟踪的感觉更加强烈。在县城下车，陆惊涛未立即前往集镇，转身出了车站，顺着街道，拐到县郊河滩边。县郊河滩，去年参加同学聚会时去过一次，人迹罕至，倘若真动起手来，不会殃及群众。

一道并不高大的身影，若即若离尾随至河滩。陆惊涛利用余光，看见那道身影正猫在芦苇后。陆惊涛往前疾走几步，迅速拐弯，从芦苇中间横蹿过去。那道身影来不及逃脱，被逮个正着。不是上次那个小偷又是谁！陆惊涛用膝盖顶住他："你到底是谁！"那人将脑袋埋在沙土里不吱声。陆惊涛没跟他废话，掏出从监狱带出来的手铐，将那人双手反铐身后。刚走出去两步，后脑勺被人敲了一下，随即眼前发黑，径直晕倒在地。

醒来时，发现自己躺在河滩上，后颈隐隐作痛。陆惊涛站起来，活动一下手脚，扭扭涩痛的脖子，下意识左右环顾，哪有小偷的影子。风拂过芦苇，哗哗作响，四周空寂无人，河滩落满凌乱足印。

路上发生的事，陆惊涛没向兰母提及。陆惊涛说：

"小河有没有跟你说过什么事？"兰母费力回忆了一阵：
"没有呀。"陆惊涛又问："他有没有把什么放在家里？"
兰母说："除了那些画，还能有啥？"陆惊涛灵光一闪：
"他最新的那幅画在哪里？"兰母说："最新的呀，我
找找看。"兰母进屋了，过了几分钟，拿着一幅画出来
了。是幅油画。几幢庭院黑瓦白墙，一道石阶从中逶迤
而过，几面斑驳的棕色柴扉，一堵墙上爬满青藤。看起
来不像藏有玄机，瞅了老半天，也没看出端倪。见陆惊
涛心事重重，兰母便问："是不是小河出事了？"陆惊涛
说："没有，我只是感兴趣，这画的是哪里的房子。"接
过画，左右瞧了半天，兰母摇头说不清楚。

　　一轮红日悬挂天边，余晖笼罩宁城监狱。陆惊涛出
来散心，见林福亮伫立在不远处，面朝夕阳。陆惊涛踯
躅了一下，朝林福亮走去。看见陆惊涛走过来，林福亮
打招呼："小陆呀。"抽出一支烟，轻轻一抛。陆惊涛双
手接住了，在指间绕来绕去。林福亮再次面对残阳，吐
出来的烟雾，飘散在琥珀色余晖里。

　　黄昏是白日的尾声，像生命阅尽了沧桑，不再锋
芒毕露。朝阳倘若收起了锋芒，应该也就是夕阳的模
样吧。陆惊涛说："为何要这么做？"林福亮夹着半截
烟的右手停留在半空："你都知道了？"陆惊涛为他的
坦然感到吃惊："知道我什么时候请假外出的人，除了

我们中队的人，不会有其他人了。"林福亮仿佛在描述一件与他无关的事，听起来又像在讨论一桩案件："那也证明不了是我。"陆惊涛说："会让井毛为难的人并不多，况且，我在河滩上发现一个烟头。"林福亮笑了笑，似乎在自嘲："你知道我在这儿工作了多少年吗？"陆惊涛说："三十多年了吧。"林福亮说："准确说来，是三十八年。可是到头来，你说我得到了什么？监狱长、政委、大队长，走马观花，换了一拨又一拨，我还是个小小的中队长，活得窝窝囊囊。再过几年我就要退休了，总要给自己留点东西。"陆惊涛说："那批连见都没见到的金条？"

残阳溃退，暮色压阵。陆惊涛说："跟踪我的人，是魏继东，还是陈小炳？"林福亮说："陈小炳。两个月前的一天，他找到我，让我帮他打听金条下落。他说只要事情办好，会分给我一半。"陆惊涛说："你有没有想过，金条并不在兰万河身上。"林福亮说："陈小炳一口咬定在他那里。"陆惊涛说："私吞金条的人是魏继东。"林福亮说："魏继东已经死了。"陆惊涛说："死了？！"林福亮说："陈小炳说怀疑。"陆惊涛说："怀疑？那就是并不确定。我记得，我们学过一种攻心战术叫误区审讯法，简单地说，就是在不确定犯罪主体的情况下，极力营造各种假象，让犯罪嫌疑人误以为我们已掌握充分证据，借以摧毁他们侥幸的心理。同样的道理，陈小炳是在求证。"林福亮说："那金条在谁身上？"陆惊涛说："在谁身上，并不重要。"林福亮说："可以肯定的是，金条不在陈小炳身上，不然何必多此一举？"

暮色四合，群山沉眠。似乎一切都是注定的，考进监狱，仿佛就是为了如今与兰万河相遇。陆惊涛说："我相信兰万河。"林福亮说："你未尝不是先入为主。"陆惊涛说："不管金条在谁身上，我们都不该掺和进去。你更不该放走陈小炳，你明明知道，他是通缉犯！"林福亮说："他被抓，能保证不供出我？是我太轻信他了。那天我在河滩上待了很久，犹豫要不要放走他。"陆惊涛说："你到底还是放走了他。"林福亮说："我很无奈。"陆惊涛说："我们是警察，拿国家俸禄的人民警察！"林福亮激动起来："警察？不，我们只是狱警！我这辈子，没破过案子，没抓过犯人，没开过枪，你说我哪里像警察！"

五

一纸调令，仿佛从天而降，将陆惊涛调到市刑侦处，是中队长林福亮帮的忙。市公安局局长是林福亮警校同学。

　　陆惊涛将此视为林福亮用来堵住他嘴巴的筹码。这事彼此心知肚明，没必要摊开来说。陆惊涛当下还在犹豫，要不要向上面报告此事。身为警察，尽管只是狱警，他也没忘记警察的天职。可事关林福亮，两人共事多年，是同一战壕里的战友，难免心生恻隐。林福亮这人，工作是散漫了些，但不是坏人。退一万步说，林福亮也悬崖勒马了，并未造成社会危害。

　　离开宁城监狱那天，陆惊涛对林福亮说："还有件事，还要麻烦林队长。"林福亮说："有事就说吧。"陆惊涛说："麻烦您多照看一下兰万河。"林福亮说："我会照顾好他的。你到了刑侦处，要好好表现，什么时候有空了，就回来看看。你是个有情义的人，但不管怎么说，作为刑警，今后不宜跟犯人走得太近。"陆惊涛说："其实你没必要帮我的。"林福亮说："我知道你一直想干刑侦。"陆惊涛说："你不也是早想调走？"林福亮说："我年纪这么大了，过几年就要退休了，调过去没有意义。这么说吧，如果我年轻十来岁，如果那时我同学是公安局局长，搞不好我还真调走了，那你也没机会认识我了。"

　　人生没有如果。

　　从监狱到刑侦，跨系统调动，这边收人，那边放人，牵涉诸多部门，难度可想而知。其间迂回曲折，离不开林福亮煞费苦心，更离不开市公安局局长出面协调。了解林福亮的人都熟知，他不爱跟达官显贵打交道，上班监区，下班回家，两点一线，半部人生。然而，为了陆惊涛的事，林福亮却去找老同学。当时市公安局局长问他为何对这事如此上心。林福亮解释："我觉得以小陆的性格，更适合待在刑侦处。他学的是刑侦专业，毕业成绩很是瞩目，是个干刑侦的好苗子。"

陆惊涛买了牛奶和水果，去林福亮家道谢。去之前，通了电话。林福亮说："想见我直接来监狱，顺便可以看看旧同事，别搞那些有的没的。"陆惊涛说："林队长，一个道谢的机会，都不给我？放心，一箱牛奶一篮水果，算不上行贿。"林福亮在电话那头沉默了片刻："那你来吧。"

搭档几年，陆惊涛未去过林家。电话里说住锦绣花园。光听名字，花团锦簇的样子，到了才发现，这是改革开放以来第一批商品房，当年或许风光过，如今美人迟暮。开放式，格局杂乱，没有假山，没有池水，连眼下最普及的健身器材都没有，更遑论电梯了。楼梯扶手锈渍斑斑。林家在三楼，普通装修，光线不好，客厅亮着灯。毛茸茸的灯光下，卧室门口，有个成年男孩。说成年男孩并不矛盾，他下巴长有卷曲的胡须，笑容却像孩童那般纯真，一丝涎水从嘴角耷拉下来。巴掌大的脸白得惊人，衬得牙齿特别黄。他蜷曲在轮椅里，看见陆惊涛进来，歪脑袋，乜眼白，呜啦啦地叫唤。陆惊涛有些惊慌失措，仿佛无意间窥到人家的秘密。"没事的，"林福亮看出陆惊涛的慌乱，"我儿子。"陆惊涛朝他点点头，尽管对方并没有回应。

"天热，老林，你给小陆泡菊花茶。"消瘦的林母从厨房里出来，拎着开水瓶放在茶几上，转身推儿子进卧室。陆惊涛望着他们背影。林福亮说："我爱人，为了儿子，早年把工作都辞了，一门心思在家照顾。"陆惊涛问："什么病？"林福亮说："脑瘫，两岁时发了次高烧，变成这样了。那会儿我刚分配到监狱，儿子发病那晚，我还在监狱值班。"一人赚钱，三人花，还没个盼头，这日子过得也实在够呛。陆惊涛说："你不容易。"林福亮说："能怎么办？自己的儿子，不能不管吧。我现在最担心的是，万一我和老伴哪天走了，留下他一个人在世上怎么办。"陆惊涛内心一派凄惶。

从林家出来，在街上步行了一段距离，陆惊涛想把堵在心里的情绪，都甩到街上去。行人如流，行色匆匆，表情线条与高楼大厦一般坚硬。这年头，谁活得都不容易。人的快乐和自尊，需要无后顾之忧来支撑。林福亮从未在同事面前说过家里的事。陆惊涛没想到林家会是这样一种境地。

橘逾淮为枳。不得不说环境对人的重要性。刑侦工作需要保持牵一发而动全身的临阵状态，陆惊涛吃了兴奋剂满血复活，犹如一个枕戈待旦的战士，业余重拾起落下多年的体格锻炼。不仅如此，他还重温了犯罪心理学和刑事侦查学。

时不时回宁城监狱看兰万河，每次谈话的内容大同小异。"你还好吧？""还好。""他们对你怎么样？""还好。""那就好。""你那边工作忙吗？""挺忙的。""忙才有机会升职。""你放心，就算再忙，我也会去看阿姨的。"每每说到这，兰万河的眉目，才会明显舒展开。

陆惊涛离开宁城监狱十年，发生了几件事：一是他在郊区按揭买了套房子，一百二十平方米，并在三十二岁那年，跟一个女教师结了婚，次年生育了一个儿子；二是调到刑侦处的第四年，他主持破获一起震惊全国的连环杀人案，荣立二等功，受公安厅表彰，并于那年升任副中队长；三是兰母去世了，那是兰万河在宁城监狱服刑的第七年，在陆惊涛的奔忙下，监狱出动四名狱警，押解兰万河见了母亲最后一面；四是兰万河服刑的第九年，宁城监狱发生一起越狱事件，越狱的是两个抢劫杀人犯，反侦察能力极强，市里出动特警一千余名，才将他们击毙在一座深山里，中层以上监狱领导干部一律受到处分，当时林福亮已退休三年。

　　兰万河服刑十年后提前释放。出狱后的兰万河没回家乡。陆惊涛的意思，让兰万河住在他家里，好歹有个照应，等哪天条件成熟了，搬出去住也行。兰万河拒绝了："你是有家室的人了，我这个外人，不方便打扰。"现在的兰万河，拘谨木讷，眼神空洞，像是对任何事都没了心劲，唤他一声，老半天才有反应。看东西，一看就是老半天，眼珠子不动一下。或许他什么也没看，就那么莫名其妙地望向虚空。向陆惊涛借了两万块钱，兰万河在宁城安民巷里租了个铺面，重新做起理发的老本行，吃住都在那间不足四十平方米的店里，形同孤独的囚徒。

　　陆惊涛时常去看望兰万河。理个头发，捎上爱人煨的汤，有什么好烟好酒的，也会顺道拿过去一些。兰万河也不说什么客套话，默默接受陆惊涛对他的照顾。如同小时候陆惊涛享受兰万河对他的照顾那样。

　　出狱的首年春节，陆惊涛将兰万河拉到家里过。吃过年夜饭，站在十五楼阳台上，兰万河静静地望向远处。天空亮了一下，又亮了一下，面孔也随之一明一灭。陆惊涛站到兰万河身边，看着兰万河消瘦的侧脸，此时此景，又将他带回往昔。那时候，每到春节，他们就一起放鞭炮燃烟花，二踢脚、霸王鞭、小游龙。陆惊涛触景生情："我们下楼放鞭炮吧。"放鞭炮，他们记忆里的关键词。兰万河怔了怔:"还是算了,城里不让放的。"陡然间,夜空绽开烈焰繁花,枝繁叶茂的火星子,噼里啪啦凌空溅落,将夜空照得亮如白昼。繁花谢尽,曲终人散,这是烟花对世界轰轰烈烈的告别。

安民巷。三个小混混来收取保护费。

兰万河从口袋里掏出三百元现金,递过去的手被刚好前来的陆惊涛截住了。陆惊涛对三个小混混说:"你们这是干吗!"

领头的,是个染着黄毛的家伙,尖嘴猴腮,下巴上长着个大瘊子,右手食指冲向陆惊涛鼻子:"你谁啊,少管闲事!"陆惊涛冷哼一声,将证件从口袋里掏出来,在黄毛面前晃了晃。黄毛倒是机灵得很,吓得拔腿就溜。两个小跟班不明就里,也撒开腿跑出去。陆惊涛一声断喝:"站住!"不过是几个色厉内荏的小混混,听到声音,吓得几乎同时刹住身子。陆惊涛招招手,让他们过来。跑也不是,不跑也不是,他们最后还是扭扭捏捏折返回来。陆惊涛说:"你们记住了,我是市刑侦处的陆惊涛,这是我兄弟,以后要来这里,先跟我吱一声。"三个混混脑袋点得像舂米:"不敢了不敢了。"

兰万河拿围布掸掸座椅。陆惊涛一屁股坐下。兰万河为陆惊涛系上围布。

"他们收多久了?"陆惊涛捋捋并不长的头发。谁也没见过头发倏倏生长的样子，却无法改变它们分分秒秒生长的事实。

"一直都这样。"盯着眼皮底下密密麻麻的黑，兰万河双手娴熟地指挥着梳子和剃刀，两者在他手上仿佛长了翅膀，起起落落，上下翻飞。

陆惊涛盯着镜子里的兰万河："为什么不跟我说？"

"街上开店的都这样，我不想搞特殊。"剃刀一张一合，所过之处，断发细雨般纷纷洒落。

陆惊涛心底一声叹息。他想起上初中时：他上初二，兰万河读初一，他们这些乡下来的学生，隔三岔五被本镇土生土长的同学霸凌。有次因为考试没帮同学作弊，陆惊涛被几个当地学生堵在厕所里。不知从哪里听到风声，兰万河跑到厕所，单枪匹马地跟学长对峙。兰万河视死如归："他是我弟，我看谁敢动他一根汗毛！"这句话瞬间点燃了双方战火。虽然后来兰万河被揍得鼻青脸肿，但也赢得他们充满江湖气的尊重。

究竟是什么，让当年快意恩仇的兰万河，如今变得如此忍气吞声？

理发店的生意不好不坏，来的多是上岁数的人。此时，店里没有其他客人，也没有乐声缭绕，剪刀咬噬头发的声音，倏倏作响。陆惊涛想象得出兰万河是如何孤寂。陆惊涛说："你也该找个伴儿了。"朝镜子里看了一眼陆惊涛，兰万河笑了笑："看缘分吧。"

六

尘封多年的黄金失窃案，因为陈小炳的投案自首，再次掀起波澜。"6·25"专案组早已解散，陆惊涛奉命接手该案件。

审讯室。陆惊涛目光如炬："姓名？""陈小炳。""籍贯？""柚里县童安镇苦竹村。""抬起头来！"陈小炳瞪大了眼睛："你……是那个狱警？""记性倒不差。"陈小炳长着一副恶相：眼神惊恐，鼻孔外露，地阁塌陷。状态看起来虽萎靡不振，眼珠子却蟑螂似的，在眼眶里四处逃窜。这是犯罪嫌疑人长期潜逃所形成的眼神。陈小炳苦笑了一下："呃……当初我就不应该逃。""法网恢恢，疏而不漏。""我已经肝癌晚期了。"嘴角竟有一丝隐蔽的笑意。"这就是你自投罗网的原因？""算是吧。""说说当年的案子怎么回事。""有什么好说的！我就是傻，太容易相信人了！"

陈小炳十五岁初中毕业，父母安排他去县城学金匠，跟的是金铺里一个叫杜大鹏的师傅。杜大鹏也只是在那儿打工。陈小炳手巧得很，很快将手艺学会了。金铺老板正式给陈小炳开工资。生活这样下去，其实也挺好。然而，杜大鹏不愿意待在这儿了，想跑去省城开金铺。杜大鹏叫陈小炳跟他一块去。陈小炳不想去，眼下福利待遇不错，老板及时足额发工资，逢年过节，还会发些奖金。老板也不想让杜大鹏走，让他继续在这儿干，每月给涨五百块钱。杜大鹏去意已决，金铺已经拴不住他。杜大鹏说服不了陈小炳，就许诺，如果陈小炳跟着走，会让出三分之一股份，不要陈小炳付一分钱。"为人徒弟的，学三年帮三年，这是道义。"杜大鹏说。陈小炳被说动了，就跟着杜大鹏，离开了县城。

位于省城商业街一隅的金银首饰店，被杜大鹏磕磕碰碰地开起来了。陈小炳是店长，还请了两个女店员。杜大鹏每个月付陈小炳原先一半的工资，按他的说法，陈小炳现在也是股东了，不存在工资不工资的，等到店里有利润了，会分红给陈小炳。可是两年下来，杜大鹏半毛钱也没分给陈小炳。

陈父陈母时常打来电话，问陈小炳这几年究竟赚了多少钱，让他好歹寄些钱回家盖房子。语气已有埋怨之意。杜老板给三分之一股份的事，陈小炳在父母面前说过。陈父陈母当时还说杜老板是好人，让陈小炳好好工作报答他。怕父母生气，也怕父母伤心，陈小炳不敢告诉父母，杜大鹏一分钱也没给他。

终于忍不住，陈小炳跟杜大鹏摊牌："我给你干了两年，也该分些钱给我了。"杜大鹏冲他冷哼："哪里有什么钱！这两年都在亏钱，店都快经营不下去了，没让你贴钱进来就不错了，还想分什么钱！"

有次，陈小炳无意间听见杜大鹏夫妇的聊天。杜大鹏对婆娘说："陈小炳那傻子，还想从我这分钱，门都没有！"杜大鹏喷出来的话，像投过来的炸药包，炸得陈小炳心裂肺炸，身体里的愤怒，像张拉满的弓，恨不得一脚踹进去，拿刀剐了杜大鹏。转念一琢磨，这样进去，是可解一时之气，吃亏的反倒是自己，什么都得不到，赶明儿就得滚蛋。他想，无论如何，离开之前，也要把杜大鹏这几年欠他的，拿回来。

那一阵子，黄金价格走俏，商家囤积了不少库存。杜大鹏也进了一批金条，进的量比以往都多，整整十四斤。陈小炳满脑子都是那批金条在闪闪晃动。巧合的是，店里的摄像头和警报器，那几天也罢工了。这是个千载难逢的机会，一切都恰到好处，连老天爷都替他安排好了。你不仁，我不义，我只是拿回属于我的东西。陈小炳思考了很久，觉得自己动手不合适，警察会轻易查到他。于是想到了舍友魏继东。魏继东在夜总会工作，那段时间想买房子，想钱都想疯了，短时间内，就算陪再多老女人喝酒，也赚不够房子首付款。陈小炳只想和魏继东合作，没想跟兰万河合作。兰万河在理发店上班，眼睛长在脑盖上，独来独往，不显山不露水，跟他走得不太近，大多时间，只会躲屋子里画画。

兰万河有天晚上破天荒地请喝酒，还向陈小炳大倒苦水。兰万河对陈小炳说了很多掏心窝的话，令陈小炳莫名升起一股认同感和崇高感。兰万河过得也不如意。百年修得同船渡，既然同居一个屋檐下，就是共患难的好兄弟，有福同享有难同当，干脆让兰万河也一起干算了。为此，他还打电话让魏继东提前下班回来。没喝上几杯，士气高涨了，三人议定方案，举指起誓，就差歃血为盟。

陈小炳接下来的陈述，与兰万河口供基本吻合，作案时间亦不存在出入。陈小炳负责内应，下班时在卷闸门上动手脚。魏继东和兰万河负责偷窃，用焊割机切开保险柜。成功得手后，约定次日晚上 12 点到城西嘉梁废桥洞汇合。

第二天，陈小炳像平常那样去上班。陈小炳第一个到店里，"发现"卷闸门被撬，金条失窃，打电话给杜大鹏。杜大鹏匆忙赶到店里，报了警。没过一会儿，警察来了，分别给杜大鹏、陈小炳和两名店员录口供。因为店内监控和报警器损坏，警察只能调取附近路口交通监控记录。金铺位于商业街，又逢周末，人流如织，现在的人都有带包的习惯，大包小包比比皆是，没发现形迹可疑的画面，要找到所有人盘问排查，难度系数太大。

陈小炳夜间下班，先是回了趟宿舍，从宿舍出来，打的到城西，在城西绕了一圈，踩着月光来到嘉梁桥。陈小炳抵达嘉梁废桥洞时，大致 11 点 50 分，看到兰万河坐在那儿，没看到魏继东。陈小炳跟兰万河碰了头，等了两个多钟头，大致到凌晨 2 点，还是没看到魏继东。陈小炳让兰万河给魏继东打电话。拨了几次，无法接通。"我们被放鸽子了。"陈小炳狠狠弹出去一截烟头，"那小子跑路了，金条被他私吞了！"兰万河说："那怎么办？""能怎么办？先回去再说。"陈小炳叮嘱兰万河，"你这几天不要打我电话，警察已经找我问话了。"

周一那天，陈小炳强打起精神去店里。杜大鹏像什么事都没发生一样，让他照常开门做生意。周一客人不多，闲下来的陈小炳，将事件捋了一遍，越寻思越觉得事情蹊跷得很，不似表面上看起来那么简单，一些疑问镜头般闪现。陈小炳跟店员小妹交代一下，再次跑到嘉梁废桥洞，像条狗似的在那儿搜寻了半天，发现一块带血渍的石头。

带血渍的石头印证了陈小炳的判断。魏继东八成已经不在人世，杀害魏继东的人，极有可能就是兰万河！事情的过程应该是这样：魏继东和兰万河先到嘉梁废桥洞，兰万河见财起意，为独得金条，用石块将魏继东砸死，再将魏继东尸首推到江里。金条被兰万河藏在附近，随后兰万河装作什么事都没发生，坐在废桥洞里等他。陈小炳越想越后怕，如果保管金条的是他，被置于死地的可能就是自己！第一个念头就是报警，转念一想，这不等同于自投罗网吗？

还在桥洞里的时候，店员小妹打来电话，说杜老板找他。陈小炳说："我不是说了今天有事吗？"店员小妹用气声说："警察找你。"警察为何找他？陈小炳觉得店员小妹说话的口气跟平日不太一样。那天陈小炳思绪极乱，乌天暗地飞沙走石的，心里完全没了谱，之前认为天衣无缝的计划，现在想起来漏洞百出，经不起推敲。陈小炳越寻思越觉得事情应该败露了，不然警察不可能这么急着要找他。捞到金条被抓去蹲大牢也就罢了，可是自己连个屁都没捞到！这样坐牢实在太不值得了。

三十六计，走为上计。

某个深夜，陈小炳回了趟住处，没敢上楼，躲在篱笆暗影里窥望。宿舍窗口黑灯瞎火，以往这个时候，兰万河都在房里画画。兰万河应该也跑路了。杀了魏继东，带着金条，兰万河跑了！去兰万河工作的理发店打听，果然，兰万河前几天就已经辞职，不知去向。

陈小炳一直没停止对兰万河的寻找。那年岁末，兰万河被捕，警察没有搜到金条。那么多金条，要想出手，并非易事，就算金条已经出手，那么多钱，兰万河也不可能一下子花完。陈小炳想，兰万河满肚子诡计，不可能把钱存银行。所以不论是金条还是钞票，肯定藏在什么地方。兰万河是在家中被捕的。陈小炳乔装打扮，潜入兰万河老家，结果一无所获，还差点被兰母发现。

"我一分钱没捞到，却落个被通缉的下场，我不甘心！"

没抓到鸭子也就罢了，到手煮熟的鸭子飞了，换谁也不会甘心。兰万河还关在看守所的时候，陈小炳就想找人套话，找不到突破口。一年后，兰万河关进宁城监狱，陈小炳费尽周折找到林福亮。陈小炳暗中调查过，林福亮有个脑瘫儿，还有个体弱多病的老伴，是个缺钱的主儿，便抛出丰厚诱饵，换取那批金条下落。当然，收买林福亮的过程，费了他不少时间和精力。

"你也不能确定金条在兰万河身上是不是？"

"怎么可能不在他身上！这件事就我们三人参与，金条不在我身上，魏继东又被杀了，肯定在兰万河身上，这是顺理成章的事！以我对魏继东的了解，他不可能做那种事，我去过他家好几次。"

"仅凭一块带血的石头，你就断定魏继东被杀，这是想当然的推理。"有些事就是这样，不想则罢，越想越像，越想越觉得事实就是如此。

"照你这样说，那块石头怎么回事？兰万河私吞金条，栽赃嫁祸给魏继东，把屎盆子往死人头上扣，让一个死人当替罪羊，这是再明显不过的事！我找过魏继东，没有他任何消息，只有死人才会间蒸发！"

"活要见人，死要见尸。事情没调查清楚之前，一切都是你的臆想！"

"现在说这些也没用了！你不知道我是怎么过来的。我每天都做噩梦，梦见我被兰万河追杀，梦见我被警察逮捕。我的命不长了。你们查清楚了，麻烦告诉我，金条究竟在谁手里！如果那天我死了，在我坟前烧张纸告知我。"

陆惊涛摇头叹息。人为财死，鸟为食亡，到了这个时候，陈小炳还是没放下那批金条。也许陈小炳只是不甘心，只想要个答案。然而，这个世界上没有答案的东西太多了，你不能奢望每个问题都能找到答案。

陆惊涛说："要想知道结果，你要尽力配合，一旦想起了什么，第一时间报告。"

"报告？不！你们都不可信！杜大鹏不可信，兰万河不可信，魏继东不可信，你们警察更不可信。什么坦白从宽，什么抗拒从严，都是骗人的把戏！"陈小炳发泄对这个世界的不满，捂住腹部痛苦呻吟，表情像爬坡那么吃力，额头冒出豆大汗珠。看样子不是装的，陆惊涛将陈小炳送往医院。检查结果，陈小炳的确患了肝癌，已经全面扩散。半个月后，在医院停止呼吸，走完他短暂的人生历程，病态的灵魂去了另一个世界，带着一个未解开的谜题。

每每想起陈小炳，陆惊涛总有这么一种感慨：陈小炳最大的失败，不是轻信他人，而是他的不甘。不甘被杜大鹏当猴耍，不甘分文未得却要身陷囹圄，不甘找不到答案就撒手人寰。不甘，是陈小炳最大的痛苦，使他利令智昏，使他一错再错，令他浪迹天涯，令他东寻西觅。越不甘，越去争，不惜代价，不计后果，直至，燃烧了自己。

七

一滴血，离开身体，能存在多久？

嘉梁桥横跨东西，两岸各有两孔泄洪洞。人站在桥洞里，风南北直通，犹如站在一个大功率的排气口。陆惊涛展开周密勘察，找不到蛛丝马迹。这在他的预料之中，毕竟过去了这么多年，就算有线索，也湮灭在漫长岁月里。

　　桥洞离江面两丈多高，激流冲击桥墩，江水湍急浑浊，看起来也很深，就算成年人，从桥洞掉下去，也很难爬起来，被冲走的可能性极大。假设魏继东已遭不测，极有可能就死在江里。如果陈小炳没有说谎，所有疑点都直指兰万河。陆惊涛头皮发麻浑身战栗。魏继东究竟是死是活，才是这桩案件的牛鼻子。

　　陆惊涛带着助手小徐前往新港县。魏继东老家位于新港县一个小岛上，岛叫算盘岛，父亲魏宜华，母亲林秀宝，根据户籍系统查到的资料，尚在人世。

　　风中弥漫浓烈的鱼腥味。村主任怕招嫌话，远远指明方位，做贼似的离开。魏家跟岛屿上的其他人家并无二异，四间平房，青砖黑瓦，一字排开，低矮陈旧，门口拉起来的铁丝上，挂晒着几束风干的咸鱼。

　　魏母林秀宝正在屋里打扫，见有人来，手拿扫帚走到门槛边："你们找谁？"陆惊涛说："这是魏继东的家吗？"魏母一脸警惕："你们是谁？"陆惊涛掏出证件道明来由："我是刑侦队的，过来了解一些情况。"魏母将扫帚往陆惊涛脚上赶："没这个人，找错地方了！"陆惊涛不得不往门外后退几步。魏母说："你们城里人，没一个好人！"

　　屋里传来一道卡着浓痰的声音："是不是谁来了？"魏母扭头说："公安局的。"里面的声音说："让他们进来吧。"魏母嘟哝了几句，极不情愿地倚在门旁，将陆惊涛他们让进去。

　　一股异味翻滚扑鼻而来。屋内光线很差，墙角摆着一张床，床上躺着一个老人。陆惊涛和小徐靠近床前。魏父想起身，努力几下，没成功。魏母过去，将老伴扶起。魏父的喘息好似拉风箱："是不是我仔……有消息了？"陆惊涛摇摇头："我们过来是想了解一些情况。"魏父悻悻道："还想了解什么？该说的当年都说了几十遍了。你们有我仔消息，跟我说一声。我半只脚都埋进土里了，想死前见他一面。"魏父吃力地打了半个揖，拿干枯的手背抹眼睛。魏母说："我仔出了事，他大也中风了。"魏父说："我仔不会去做那种事的！"

　　魏继东生得周正，讨人喜欢，在省城打工那几年，每个月都会寄钱回来。魏继东在省城处了一个女友，谈婚论嫁了，婚却没结成，原因是在省城没房子。女方的家长放出话来，要结婚可以，先在城里买房子，至于车子，到时候再说。一套房子得上百万，二十出头的魏继东，想都不敢想。魏继东跟爹娘提过这件事，两个老人也没法子，只能愁着脸干瞪眼。家里穷得叮当响，哪来的钱买城里的房子？

　　魏父叹了一口气："为了房子，我仔急疯了。"魏母骂骂咧咧："真是稀罕，一套房子上百万，不去抢，哪里买得起？男不搂猫，女不搂狗，咱乡下男娃，不娶城里媳妇。那挨千刀的女人，该挂房梁上。"陆惊涛说："我们可以四处看看吗？"魏母没好气："看吧看吧，破屋几间，没值钱的，爱咋看就咋看！"朝小徐打个眼色，两人分头行动，里里外外转了一圈，无果，连一张魏继东的照片都没看到。的确家徒四壁，没什么值钱的家具。

从新港县回到省城单位已是正午，计划下午去找魏继东前女友。有关魏继东前女友郑晓慧的信息，是从陈小炳那儿获得的。

郑晓慧结婚多年，家住城北香墅别苑，一个高档联排别墅小区，如今房价高达四万一平方米。郑晓慧正要出门。陆惊涛说明来意。这个极显富态的女人对陆惊涛的来访充满戒心："过去十几年的事了，你们来干吗？魏继东的事，我什么都不知道。"陆惊涛说："知道多少，就跟我们说多少，不介意进去聊聊？"郑晓慧回头看了看："还是出去聊吧。"

聊天地点，一家咖啡厅，坐落于树林深处，早上没其他客人，三人找靠窗位置落座，郑晓慧点了三杯蓝山。

"是不是小东有消息？"

"认识陈小炳吗？"

"陈小炳，我知道，小东的朋友。"

"他已经自首了。"

"哦。"

"认识兰万河吗？"

"不认识。"

"兰万河落网，陈小炳自首，当年黄金失窃一案，只有魏继东毫无下落。"

"我是跟小东处过一段时间，可是我什么都不知道。"

"听说他会去盗窃，是为了买房子跟你结婚？"用的是激将法，一个人一旦动怒，自然会为自己辩解。只要郑晓慧多说些话，就可能从她话里找到蛛丝马迹。

"谁说的！"郑晓慧果然一脸怒容。

"有人是这么议论。"

"我哪有打算让他买房子，他根本买不起！当年我这么说，是想让他放弃。我没打算跟他结婚。他在夜总会上班，不是服务生，陪酒的，陪那些上了年纪的女人或者男同性恋喝酒，鬼晓得他们有没有干其他的！他是个过于敏感的人，我不想把话说得那么明白。我想跟他分手，又怕他缠着，就冲他说这是我爸妈的主意！我也没骗他，我爸妈根本不会同意我嫁给一个连房子都没有的人！我没料到他会去偷金条。我是后来才听说的，报纸都登出来了。那件事后，他消失了，再也没有联系我。"

"他还有没有其他朋友？"

"没有，除了那个陈小炳，其他的不知道。你们可以去他工作过的夜总会问问。"

"哪个夜总会？"

"新丽池，原来叫丽池。"郑晓慧看看表，"时间差不多了，我该去买菜了，你们自便。"

回单位途中，陆惊涛问："小徐你买房了吗？"小徐说："我可买不起房子。"陆惊涛说："那你现在住哪儿？"小徐说："自己家呀，我爸帮我买了两套。"陆惊涛说："两套？"小徐说："我家拆迁，赔了三套。"陆惊涛说："哦。"小徐问："怎么了？"陆惊涛说："如果魏继东跟你一样，应该就不会去盗窃了。"小徐说："这不应该成为犯罪的理由。"陆惊涛说："你说得对。"

晚上9点才到新丽池，夜总会一般这个点才开门做生意。从原来的丽池变成现在的新丽池，除了重新装修过，股东也换了一拨。陆惊涛有陆惊涛的办法。他直接对大堂经理亮明身份。大堂经理赔着笑脸："长官，我们可是合法经营，您这是——"陆惊涛说："你们合不合法，不归我管，我今天就想找人了解一些情况。"大堂经理敬了个礼："没问题！长官要了解什么？"陆惊涛说："把你们这工作年限最长的员工叫过来。"

　　片刻后，大堂经理领着一个身形颀长的年轻人走来："这是我们包厢经理小标，在这里工作十几年了。"

　　陆惊涛暗忖，或许这人知道魏继东，便将他带到僻静处："记得十一年前，你们这有个叫魏继东的吗？"

　　"魏继东？"唇红面白的小标，点上一支烟，兰花指夹着烟，送到嘴里吸一口，眯着双眼吐出来，完成烟的一道轮回，"我知道，在我们这儿工作过一段时间，听说犯了什么事，不辞而别了，还预支了我们半个月的工资。"

　　魏继东起先在一家餐馆打工，隔三岔五送外卖来丽池，小标就记住了他。小标会记住他，还有一个很重要的原因，魏继东长得英俊，身材相当匀称。这么帅的人干送外卖的活儿，简直暴殄天物。小标问他一个月工资多少。魏继东说一千五。小标让他来夜总会上班，说我们这儿一个晚上三百打底，一个月顶你半年工资。魏继东只是笑笑，没有答应。

　　魏继东后来会到夜总会工作，可能因为一桩事故，至少与那桩事故有关。那次，在送餐途中，魏继东骑车不小心刮到一辆小轿车。车主让他赔一千五。魏继东问能不能少赔些，求爷爷告奶奶，就差下跪了，车主还是分文不让，只好打电话向老板求助。老板跟车主讨价还价，最终答应赔一千。钱是老板付的，魏继东感动了几天，孰料发工资时，这一千块，被老板从工资里扣了。一气之下，魏继东炒了老板鱿鱼。

刚到丽池那阵子，魏继东跟小标谈心，说自从那次事故后，他看到小车就犯怵，越怕就好像越会往上撞，以至于一看到小车，就不得不停下来。他忘不了，那个车主声称魏继东妨碍他执行公务，让他交出暂住证，扬言要抓他去派出所。"那一小块漆，屁眼那么大，要价一千五！"魏继东说他患上小车恐惧症了，就算不辞职，也没法在餐厅工作了。那件事后，魏继东没再敢骑车，上下班步行，不然就打的。魏继东总结说这是心病，永远好不了的，就像小时候被盘在房梁上的蛇惊吓过一回后，直到现在还经常梦见那条蛇朝他咝咝吐芯子。

"我知道的，也就这些，你们想了解更多情况，可以去找魏继东的女友郑晓慧，听说她嫁了一个有钱人。"

绕了一圈，再次转回来，办案最忌讳这样。陆惊涛憋得慌，决定再跑一趟算盘岛。小徐不想去，晕船，上次吐个人仰马翻，便发牢骚："不是去过了吗？没什么有用的线索。"陆惊涛说："线索哪有一摸一个准？知道我们查案为什么要反复提审犯罪嫌疑人吗？线索不会一次性呈现在你面前，线索需要反反复复才会现出端倪，线索就像牙膏，需要我们一点一点挤出来。"

依陆惊涛的想法，倘若魏继东还活着，可以不联系郑晓慧，可以不联系陈小炳，可以不联系小标，不至于这么长时间不联系家人。陆惊涛和小徐这次没上魏家，转而走访了附近村民和码头船夫，重点对魏继东的人缘和社会关系进行调查，诸如魏家在外地有没有亲戚，有没有见过魏继东回过家或往家里捎口信，魏继东平时为人如何等等。魏继东的事当年闹出不小动静。岛上村民很排外，警惕性极高，答案一律是不知道或不了解。

小徐垂头丧气："我就知道是这结果。"陆惊涛说："你没发现村民有什么不对的地方？"小徐说："没有呀。"陆惊涛笑了笑："我也没有。"小徐扑哧笑起来："头儿也这么幽默了。"

陆惊涛想抽烟，掏出烟盒发现空了，便去村委旁食杂铺买烟。食杂铺门脸边小黑板上，用粉笔写有几个人的名字。这是来信告知牌。类似这样的小乡村，邮差不负责送信上门，而是将信放在村里固定地点，由本村人负责通知收信人，从中赚取手续费。令陆惊涛眼睛一亮的是，小黑板上竟然有魏宜华的名字。谁会给一个中风多年的人写信？

店主是矮矮胖胖的女人，奶子鼓得淹没了肚子。陆惊涛装作漫不经心地搭讪："有魏宜华的信？"店主说话腔调有些嫉妒："汇款单！每月一张，五百块，他儿子——"意识到说漏了嘴，立马刹住嘴皮，下巴僵滞地合了回去。陆惊涛说："可以让我看看吗?"店主冷哼一声："怎么可以!"陆惊涛说："我是刑警。"店主翻了下眼皮："你是刑警?"陆惊涛撩开衣服,露出别在腰间的六四式手枪。店主脸上肥肉哆嗦一下,随即将一张浅绿色汇款单拿出来。

汇款人一栏,写着名字:魏继东。这三个字,令人振奋,陆惊涛心里更甚。只要魏继东还活着,就能证明兰万河清白,日夜奔波的陆惊涛,渴望是这样的结局。再往下看,汇款人地址是贵州省贵阳市花溪区,后面还跟着一个固定电话号码,汇出局盖的是贵阳市花溪区某邮政所的邮戳。

八

宁城飞往贵阳的航班。

小徐说："头儿,我有种预感,咱又得扑空。"陆惊涛问："为何这么说?"小徐说："如果你是魏继东,会傻到用真名汇款? 还留下真实地址?"陆惊涛说："至少与魏继东有关。"

三小时后,抵达贵阳市。抓捕魏继东,有两个方案:一是在魏继东汇款的邮政所守株待兔,二是前往汇款单上的地址直捣黄龙。根据前期侦察结果,魏继东每月汇款时间并不固定，采取第一方案，时间精力不允许。尽管如此，陆惊涛和小徐还是前往那家邮政所，调取魏继东最近一次汇款监控记录。正如小徐所预料的那样，出现在镜头里的魏继东，并非通缉犯魏继东，而是一个头发花白的老者，看上去六七十岁模样。小徐说："会不会搞错了？"陆惊涛说："有没有搞错，找到他便知。"

　　汇款单上的地址是贵州省贵阳市花溪区天禾路78号。一妇女打开门来问："你们找谁嘞？"陆惊涛说："请问魏继东在吗？"妇女蹙眉道："啥东东嘞？"小徐一字一顿地说："魏——继——东——"妇女说："没这个人了嘞，你们找错地方了嘞。"陆惊涛拿出魏继东的照片："见过照片上这个人吗？"将湿手在屁股上揩了一下，接过照片，妇女看后频频摇头："没见过嘞。"

　　很显然，汇款单上的地址是假的，固定电话号码自然也是假的。无奈之下，请求当地警方协助。看过监控，调阅了户籍系统，当地刑警很快得出结论：监控里的魏继东，绝对不是通缉犯魏继东，因为这个魏继东，是他们这儿的文化名人，贵州大学教授，享受国务院津贴。

　　贵州大学位于贵阳市花溪区。中午下课时分，陆惊涛和小徐进入贵州大学北校区，按地址找到魏教授住处，一幢绿树掩映的教职宿舍楼。敲门。门开了，监控里的那个老者出现在他们面前。

陆惊涛说："魏教授?"老者爽朗一笑："如假包换。"陆惊涛将汇款单复印件拿出来："这钱是您汇的吧?"老者接过汇款单扫了一眼："对，汇是我汇的，但钱不是我的钱，请问你们是?"陆惊涛说："我们是宁城刑警，过来了解一些情况。"看过陆惊涛的证件，老者领他们进屋。陆惊涛跟进去："您认识收款人?"老者说："不认识。"陆惊涛说："那您为何……"给陆惊涛和小徐各斟上一杯茶，老者在他们对面坐下来："这事我到现在也觉得相当稀奇呢。"

老者是历史学教授，很有名气，时常辗转各地讲学，上过《百家讲坛》。一年前，魏教授收到一封来信，请求他每月给一个叫魏宜华的人汇五百块钱，当然，对方会提前将这些钱到打到他卡上。信里还留了手机号码。照那个号码打过去，还真有人接了。接电话的是个男的。魏教授问他为何这么做。那人说他有个朋友也叫魏继东，已经不在人世了，但朋友父母并不知情，天天盼着儿子回来。因为同情朋友父母，就想每月汇些钱帮助他们。恰巧有一次，看到关于魏教授的报道，灵光一闪，就想给朋友父母经济上资助的同时，还给朋友父母一个活下去的希望。为表明自己并非坑蒙拐骗，他让魏教授给他一个卡号，几分钟后转了两千块钱过来。虽然觉得这事蹊跷，但魏教授着实感动，便将这事应承下来了。

"对了，他请求我汇款时，不要留真实资料，说怕他朋友父母会来找上门来。"陆惊涛问："那人叫什么？"魏教授说："好像叫什么来着……你们稍等一下，我留有他的来信。"魏教授进了屋，出来，将信递给陆惊涛。陆惊涛掏出信纸，顿时脊梁发凉。他看到一个不愿面对的名字：兰万河。原来这一切真与他有关！信上留的手机号码不是兰万河的，不排除他还有另一个号码的可能。

魏教授说："他汇我卡上的钱有记录，随时可以去银行查询。"陆惊涛说："这个倒不必……可以借您的电话一用？"魏教授说："没问题。"拨打信纸上手机号码，话筒里传出来的提示音：您所拨打的电话暂时无法接通。魏教授说："如果不介意，能不能告诉我，这个兰万河，是不是犯了什么事？"陆惊涛说："我们怀疑他与一宗杀人案有关，目前案件还在侦察阶段。"魏教授说："如果猜得没错，这个兰万河杀了那个魏继东？"陆惊涛说："不排除这个可能。"魏教授唏嘘不已。

案情调查到此处，真相昭然若揭。回宁城的飞机上，陆惊涛神情肃穆。窗外云层，状若雪丘，绵延不绝。人心如古巷，幽幽不可测。原来，兰万河一直在演戏，自己像傻子一样，被玩弄于股掌之上，还屁颠屁颠地为他来回拉幕。

小徐欲言又止。陆惊涛说："想说什么？"小徐说："头儿，要是为难，你可以当作什么都不知道，我也什么都不知道。"陆惊涛望向窗外："你知道警察的天职是什么吗？"小徐说："忠于党，忠于人民，忠于法律。"陆惊涛转过脸来："不管凶手是谁，哪怕父母兄弟，我们都要绳之以法。我们要对死去的魏继东有个交代，这是人民警察该具备的风骨和尺度。"

安民巷。理发屋。

察觉陆惊涛神色异常，兰万河什么也没问。

陆惊涛打破沉默："是不是有什么事瞒着我？"

电推子向上推动陆惊涛的鬓角。"为什么这么说？"

"魏继东的死，是不是跟你有关？"

嗡嗡作响的电推子，在半空中停顿一下。"魏继东死了？！"

"你不是一直都知道吗？"

电推子再次贴紧陆惊涛颞部。"我不知道，我没有他任何消息。"

"你还要瞒下去？"

说话的语气平淡如常："你认为我瞒你什么了？"

"魏父每月收到的五百块，是你汇的吧？"

不知何时，剪刀替换了推子。"你都知道了……"

"你去自首吧。"

翘着兰花指，拦住一缕头发，轻轻挑起来。"为什么要去自首？给一个人汇钱也犯法？"

"你杀了魏继东！"

"咔嚓"一声，发梢飘落。"我没有杀他。"

"你杀了魏继东，私吞金条。你出狱后，心怀愧疚，每月给魏家汇钱。为造成魏继东尚在人世的假象，你找到一个叫魏继东的教授，编造出一个无比崇高的理由。"

一道阴郁的眼神打量了一眼镜子里的陆惊涛。"我是给魏家汇钱，可是我没有杀魏继东。我去过魏家，见他们生活艰难，对儿子思念成疾，就想帮助他们。我也不知道魏继东是死是活。"

"那你直接汇钱给他们就行了，何必要绕出这么大一个弯子，还不远千里联系魏教授。"

"你有很多白头发了。"兰万河顾左右而言他，手指轻抵陆惊涛脑袋两侧，"你知不知道，希望对人来说，有多重要？哪怕这个希望，只是海市蜃楼，永远不可能实现。"

"那怎么没见你给陈家汇钱？只有一个原因，你杀了魏继东，对魏家深怀愧疚！"

兰万河沉默了，良久才说道："我没想这么多。有些事，随性而为，偶然发生，我并没有考虑太多。"

"善与恶，对与错，本就一念之间，不要将所有症结归咎于随性偶然！你去自首吧。"

"我没有杀魏继东！"兰万河拔高声调。

"冲动是魔鬼，毁了你一生。你去盗窃，行差踏错，我可以原谅你，可是我无法原谅你杀人，你还是去自首吧。"

"我没有杀魏继东！"兰万河双手颤抖，表情局促不安。

陆惊涛重重吐出一口气，以示他的气愤和失望。

兰万河歇斯底里地咆哮："我说了我没有杀魏继东，你为什么就是不信我！"

"你怎么让我相信？如果猜得没错，这家店面不是租的，是你买下来的吧？"

兰万河挥舞双手，梳子和剪刀，在半空中划出弧线："我可以骗其他人，可我从没有骗过你！"

"去自首吧，争取宽大处理。"

兰万河的情绪复又平静下来："让我给你理完头发吧。"

斜阳探进安民巷。理发屋如迟暮老人，沐浴在日光里，气氛便有了几分落寞。自行车丁零零穿过街巷。兰万河继续给陆惊涛理发，动作缓慢细致，像艺术家在摆弄艺术品，每个动作都恰如其分。"好了。"解掉系在他身上的围布，抖了抖，将围布搭在一旁椅背上。如同走完一套神圣的仪式。

陆惊涛在椅子里沉坐良久，站起来，转过身，发觉兰万河有些异样。目光往下，赫然看见插在兰万河腹部的刀。用来给他理发的剪刀。滴落的血渍，在白瓷砖地板上，宛若点点梅花。兰万河像一根失水的萝卜，逐渐苍白萎缩，朝陆惊涛笑了笑，缓缓倒下。陆惊涛抱住兰万河，左手捂住兰万河腹部，右手拨打急救电话。

兰万河语气孱弱："我不想被枪毙，也不想再去坐牢了……"陆惊涛说："你要挺住！"兰万河摇头："你还是不相信我……"陆惊涛说："对不起，我是警察。"兰万河下巴抵在陆惊涛的左肩上："我没有杀魏继东……我从来没有骗过你……"

兰万河渐渐丧失力气，身体重量搭在他身上。陆惊涛难以掩抑，泪湿了一脸。陆惊涛想起小时候和兰万河藏在木屋隔层里的情景。当时也是这样，兰万河抱着他，将下巴抵在他肩膀上，在他耳边轻轻地叫了声："弟弟——"声音如同梦幻，风一样从远方飘至，云一样飘向远方，循着声音奔跑，怎么追也抓不住。

急救车驶进安民巷。兰万河已经手脚冰凉。医生无可奈何地摇摇头。陆惊涛痛苦地蹲在地上。兰万河是有多恨他？为何要以这样的方式，来证明他的清白？难道这世上就没有他可以留恋的？兰万河已经不会回答他了，这个日渐沉默的朋友，将永远地沉默下去，留给陆惊涛的，是不可言说的忧伤。兰万河的自戕，是对陆惊涛的反抗，比逃脱更为冷峻，比动武更具伤害，比反目成仇更为绝情。

操办完兰万河的丧事，陆惊涛来到理发屋二楼，收拾兰万河的遗物。映入眼帘的是满屋子的画，地板上、墙壁上、桌子上，一幅幅油画，让本就狭小的房间，没有落脚之地。兰万河从未放下过他这辈子唯一的爱好。陆惊涛想起兰万河的梦想。陆惊涛想，无论如何，也要帮兰万河实现这个梦想。

几乎动用了全部社会关系，陆惊涛为兰万河办了个人画展。

一名身着中山装的老画家，倒背双手驻足于一幅油画前。画面上：一个中年男人和一只孟买猫，呈四十五度相互对视。猫眼如人，人眼如猫，诡异幽深，仿佛多看上一会儿，便会吸进眼球深渊。陆惊涛正好走过来，并排站在老画家身旁。

老画家说："陆队长，其实你无须为兰先生的死而自责。"陆惊涛声音沙哑："是我太疏忽了，如果我多开导他，哪怕是欺骗他，也许他就不会这样。"老画家说：
"你知道我从他油画里，看到了什么吗？"陆惊涛问：
"什么？"老画家说："死亡。"陆惊涛说："死亡？"老
画家说："对。他所有的画作，都散发死亡的气息。"陆
惊涛说："所以您为这次画展取名——生死予夺？"老画
家说："人活着需要意义支撑。有些人的死去，并非什
么斩钉截铁的原因，而是如影随形的无奈和苍凉。"

　　按老画家的诠释，油画上人与猫的对视，是生与死
的凝眸。死亡是有灵魂的，一旦在心里扎了根，它就赖
着不走了，一寸寸腐蚀生的欲望。陆惊涛想，是什么孕
育了兰万河的苍凉无奈？是什么动摇兰万河继续活下去
的信念？是什么成为压倒兰万河的最后一根稻草？

九

　　市局要求刑侦处提交"6·25"结案报告。陆惊涛迟
迟未交。分管领导语重心长："我是搞刑侦出身的，畏
罪自杀的现象并不少见，我们市陈年积案居高不下，破
案率在全省垫底，已经多次被省厅通报批评……"陆惊
涛反驳："办案讲求证据，'6·25'所引发的余案，只
有人证，没有物证，并且是孤证，缺乏完整的证据链。"
领导有些不悦："照你这么说，何时可以结？""必须找

到魏继东。""魏继东已经死了。""这只是推断，并非事实。""那麻烦陆同志解释一下，嫌犯兰万河为何自杀？"陆惊涛将目光移向窗外："当一个人想死的时候，有时候并不需要理由。"领导气得拍桌子："你到底是刑警，还是搞哲学的？"

兰万河死前所说的话，萦绕在陆惊涛耳畔。一个人连死都不怕了，还有什么必要撒谎？他选择相信兰万河。即便所有疑点都指向兰万河，他也选择相信兰万河。只要没找到魏继东，案件就不会有收梢的一天。那魏继东到底是死是活？死了，凶手究竟是谁？活着，如今又身在何处？人生总有一些问题无解，永远找不到答案。陆惊涛的坚持是对是错，只有时间才能证明，也许，连时间也证明不了。

好在时间是公正的。兰万河死后的第四个年头，区刑侦队破获一桩杀妻案。案件缘于一起交通事故：一名叫许言珠的女人，驾驶私家车撞向路边护栏，连车带人沉到护城河底，被打捞起来时，已无生命体征。表面上看起来是一起意外事件，然而许言珠的弟弟怀疑另有隐情。因为那段时间，许言珠跟丈夫因为离婚之事，闹得不可开交。交警勘查后果然发现许言珠的车辆被人动过手脚，遂第一时间将案件移送至刑侦处。

此案顺利告破，凶手正是许言珠的丈夫。根据其口

供，他之所以谋害妻子，有三个原因：一是许言珠不
同意离婚，没日没夜地跟他纠缠；二是就算许言珠同意
离婚，也将分走他大半资产；三是许言珠拿捏着他的把
柄，多次扬言要去告发他。至于什么把柄，他和盘托
出。这个其貌不扬的男人，就是"6·25"黄金失窃案的
苦主杜大鹏。

三十五岁之前，杜大鹏在柚里县一间金铺打工，干
了八年，深受老板器重。然而他并不满足于此。他的目
标是拥有一间属于自己的金铺。时机差不多成熟，杜大
鹏欲带走徒弟陈小炳，去省城盘一间金铺，自己给自己
打工。陈小炳并不想离开。杜大鹏开导他："在这种小
店，能有什么前途？只能做打工仔，没有出头之日。跟
着我，给你三分之一股份，不要你出一分钱。"这是个
香饽饽，陈小炳受不住诱惑，决定跟出去闯天下。

来到省城不到一年，杜大鹏当了甩手掌柜，不务正
业，吃喝嫖毒抽，样样不落。那段时间，他在赌桌上砸
进去百来万，输红了眼，债台高筑，连睡着了，都梦着
发横财。不知怎么，仿佛受了什么点化，他打起保险公
司的主意。金铺刚开业那会儿，保险公司营销员过来拉
业务，说附近金店都给金银首饰办盗窃险，万一金银首
饰被盗，保险公司将按市价全额赔付。为将美梦变成现
实，杜大鹏决定铤而走险。

　　他的阴谋诡计，少不了陈小炳。陈小炳，他了解得很，是个憨货，农村出来的，没啥心眼，太容易相信人。为了哄陈小炳跟他出来，当时许诺让出三分之一股份。实际上，这是他画的一个饼。他压根儿没想过要给陈小炳股份，更没想过要跟陈小炳共致富奔小康。当然，如果哪一天，杜大鹏真发大财了，也许会给陈小炳三分之一股份。问题是，现在的杜大鹏，泥菩萨过江自身难保，哪来闲钱给不沾亲不带故的陈小炳？

　　陈小炳多次暗示。杜大鹏佯装不懂。陈小炳将话摊开来。杜大鹏诓骗："哪里有什么钱！这两年都在亏钱，店都快经营不下去了，没让你贴钱进来就不错了，还想分什么钱！"陈小炳说："怎么可能还在亏钱？"杜大鹏说："生意是不差，可店租工资什么的，一天天往上涨，你不经手这些，怎么晓得？老板要这么好当，满大街都是老板了。"陈小炳心有不甘。这不难理解，这么多年来，他一直把金铺当成自己的金铺，兢兢业业，一丝不苟。而杜大鹏，除了来店里收款，几乎不管金铺生意。

　　杜大鹏使的第一计是"引君入瓮"。陈小炳心怀憎恨，正合杜大鹏下怀。见时机成熟，他购进十四斤金条，偷偷弄坏了摄像头和报警器。这是另一种形式的赌博。杜大鹏在赌陈小炳会不会入他的局。赌赢了，他就迈出成功的一步；赌输了，他也不损失什么。他萌生过

跟陈小炳合作的念头，联袂导演出一起黄金失窃案。细
一思量，这个办法并不牢靠，这种见不得人的事，多一
个人知道，就多一成风险。多数人都抵挡不住真金白银
的诱惑，他笃定陈小炳会打那批金条的主意。"我对那
小子太了解了。"杜大鹏不无得意地说。

他计划的第二步是"偷龙转凤"。只有他知道，那
批金条不是真的，是从地下市场买来的，无论手感、密
度还是色泽，足可乱真，花了他五百块钱。进货的发
票，也是他买通供应商虚开的。为提防陈小炳发现金条
真伪，杜大鹏再三交代，这批金条暂时不拿去加工。现
在，之所以要拿回这批金条，是怕万一陈小炳被捕，被
发现那批金条是假的，他的计划将功亏一篑。为确保高
枕无忧，无论如何，他都要拿回金条。这样一来，即便
陈小炳被抓，金条下落不明，公安也无处查证。就算陈
小炳潜逃又如何？他总不能贼喊捉贼，去报案说偷来的
金条被偷了吧？

金铺里的摄像头和报警器的确是坏了，杜大鹏暗中
安装了一套微型摄像头和传感器。魏继东和兰万河从进
入金铺那一刻起，所有动作都呈现在杜大鹏眼皮底下。
杜大鹏看得很清楚，装金条那个包，是那个帅气的年轻
人背着离开的。就算没看清也没什么大不了，杜大鹏早
就在金条里黏附了定位追踪芯片。魏继东和兰万河逃离

金铺，杜大鹏旋即动身跟踪信号去向。信号源在一家宾馆附近停止移动，过了一会儿，杜大鹏看见魏继东从宾馆出来。很显然，金条还藏在宾馆里。本想径直将金条从宾馆里偷出来，又怕宾馆装有摄像头。

杜大鹏坐在车里盯守了一个昼夜。次日晚上 10 点 40 分左右，信号源终于移动。背着包的魏继东从宾馆出来，站在路边拦了一辆的士。的士朝城西疾驰而去。杜大鹏启动引擎一路尾随。二十分钟后，的士停靠在城门公交站，魏继东开门下车，步行往嘉梁桥方向。将车停在隐蔽处，头顶鸭舌帽、面戴大口罩，杜大鹏悄然跟上。

这是前往嘉梁桥的唯一通道，左边是花岗石砌的陡坡，右边是灰蒙蒙的江面。杜大鹏快速向魏继东逼近。听见动静，回头，见一黑影扑来，魏继东撒腿逃窜。一边跑向桥洞，一边大声呼救。假如时间往后推迟半小时，或许兰万河和陈小炳会听见他的呼救。遗憾的是，跑到桥洞里，魏继东并未看到他们。这时杜大鹏追过来了。魏继东回头跟杜大鹏打起来。两人扭打着翻滚在地。魏继东扯掉了杜大鹏的帽子和口罩。杜大鹏随手抓起身边石头将魏继东砸晕过去。杜大鹏摇晃着站起来，拎起装着金条的那个包，临走又停下脚步。那晚月光很亮，怕魏继东已经看清他的模样，一不做二不休，杜大鹏将昏迷过去的魏继东推进了江里。跟着沉至水底的，还有那个装金条的包，前后发出的声响，同样沉闷。

计谋天衣无缝，魏继东死无对证，假金条无影无踪，杜大鹏获赔近百万巨款。一切神不知鬼不觉。然而杀了人的杜大鹏魂不守舍，经常梦见魏继东变成厉鬼找他索命。他不是一个胆大的人，只想谋财，没想害命。石块砸开脑壳的声音，回想起来，令他毛骨悚然。他不敢下水，哪怕是泳池，仿佛被他推进江里的魏继东，会从水下伸出枯枝般的手，将他一股脑儿拖进水底。有一晚，从噩梦中惊醒，杜大鹏一时没忍住，对妻子坦言这个秘密。

事情过去若干年，逐渐从恐惧中缓过神来。日渐风光的杜大鹏在外面有了情人，对人老珠黄的许言珠瞅着就厌恶，天天寻思着跟许言珠离婚。许言珠以杜大鹏杀人骗保这事，威胁丈夫跟小三断绝来往，否则就去公安局报案。杜大鹏痛苦极了。杜大鹏跟许言珠是包办婚姻，没有恋爱史。可以说，年近半百，杜大鹏才开始他的初恋，陷在与情人的爱情旋涡里无法自拔。杜大鹏觉得这才是他想要的人生，原来的大半辈子都白过了。爱，让这位多年前失去头发的中年男人，如今又失去了脑子，为了能早一天跟情人长相厮守，迫不及待地对妻子驾驶的车辆动了手脚。

陆惊涛将噩耗通知魏家。魏父一声长嚎："我可以死心走了——"没过几天，这位跟死神磕了十六年的老人，终于溘然辞世。陆惊涛唏嘘不已，希望是什么？绝望又是什么？等不来的那些海市蜃楼般的希望，是否不如彻彻底底的绝望？

陆惊涛向市局提交了当年欠下的结案报告。这份迟到的报告，让他在副中队长的位置上原地踏步了好些年。

那天从单位出来，陆惊涛去了郊区陵园。天空澄澈，柏树环绕，陵园被隔成另一个世界。拔掉阶沿湿漉漉的地衣，将一束白菊摆放在坟前，陆惊涛对长眠于此的兰万河说："我知道你从来没有骗过我……"

他一直坚持对兰万河的信任。然而，扪心自问，这种信任，是刻意的，也是勉强的。它随时会动摇。在动摇中坚持，又在坚持中动摇。这种刻意的信任，始终糊着一层窗纸一样的东西，阻隔在边缘，无法抵达内心深处。

现在，一切有了答案。此刻，他多么想哭一场呀，抱着兄弟兰万河淋漓酣畅地哭一场。一声幽远的"弟——弟——"仿佛长着翅膀，从远方飘然而至，在他耳边停留片刻，又往远处飞去。一只猫，幽灵似的，不知何时蹲坐在墓碑横截面上，宝石般的目光与陆惊涛对视几秒钟，随后钻进坟旁的灌木丛，倏忽不见。

那幅肖像素描，安静地躺在镜框里。陆惊涛眼前时常浮现起那年兰万河为他画肖像的情景。那会儿五年级，在教室里，兰万河让陆惊涛坐好。陆惊涛坐得笔挺，却忍不住想笑。兰万河说："你别笑，你再笑，我就画不好了。"那天，阳光很好，空气很好，窗外的梧桐很好，小鸟的叫声很好。陆惊涛想，那样的时光，他是再也回不去了。

幽暗之门

一

男孩掀开门帘走进来。

"请坐——"黄山眉眼一挑。

男孩二十余岁，一米七过一点，偏瘦，刺猬头，黑色夹克衫，内搭黑色线衣，黑色混纺直筒裤，黄山再往下打量，黑色运动鞋，不出意外，袜子大抵也是黑色。一身黑的男孩在黄山对面落座，隔着张弧形会客桌，很安静地等待黄山发话。

"有什么可以帮到你？"面对来访者，黄山几乎用这句作开场白，是否有别于其他心理医生，他不得而知。倒是在他这儿治疗的一个暴怒症患者提起过，她去市区某二甲医院就诊时，那个心理科年轻医生问她的第一句话是"你有什么毛病"，她当场发飙："你才有毛病，你全家都有毛病！"

"我也不知道……"男孩声线较细，手搭桌面，十指绞一起。

"比如？"黄山留意到，他进来时，右手握手机，左手攥成拳，背微驼，落脚轻，步距短。这种类型的年轻人，往往焦虑，还缺乏自信。

"我就是觉得……生活没意思，尤其一到傍晚，心里特难受。"

黄山颔首，示意他说下去。

"我对什么都提不起兴趣，美食、购物、旅行、抽烟、喝酒……厌倦工作、应酬、说话，不想跟同事说话，也不想跟家人说话……我害怕吵闹，听到稍大动静，心跳就加速……我容易烦躁，遇到丁点不顺就心烦意乱，又很记仇，屁大点事都耿耿于怀……我知道这样不好，就是控制不住……我知道我有抑郁症，上医院瞧过，不止一家……"男孩喋喋不休，不像自己陈述的那般厌恶说话，相反，罗列以上这些时，还有些碎碎念，神经质的那种话痨，类似鲁迅笔下的祥林嫂。

黄山问："你从事什么工作？"

"税务局，前年刚考进去。"

"你的确患有抑郁症，而且相当严重。"

"不用测吗？"之前就诊过的医生，无一例外，拿出一张测试表，形同试卷，至少两页，尽是选择题，让他逐题勾选。他不太相信这些，认为是伪科学，故意恶作剧，胡乱勾选——也算不上恶作剧，今天选 A，明天选 B，答案本身就具随机性。那些个医生，一度蒙在鼓里，拿着测试结果，神情肃穆，看得煞有介事。

"那个不管用，我不相信那些，我理解你，这是典型抑郁症。"

相扣的十指再次绞紧下，男孩对这位医生陡生好感。前段时间，他慕名去一个医生那儿就诊，对方居然否认他有抑郁症。那个中年男医生是母亲同事介绍的，长着尖酸刻薄的嘴脸，斥责他用抑郁症逃避现实。他不否认自己是生活的弱者，但绝非那医生所言。当时母亲也在场，他不知晓她是否信服他的诊断。

"你睡眠很差。"

"嗯。"

"你很少运动。"

"嗯。"

"你不喜欢新生事物，喜欢独来独往，至少——现实中是这样。"

"嗯。"

"你缺乏安全感，事情都埋心里。"黄山凝视男孩，"你家境不错，遗憾的是，你并不幸福。"

"算是吧。"男孩点头，对这个医生的信任，一点点增加。

"好，不要绞手指，也不要握拳，手摊开，掌心向上。"

男孩照黄山的说法做，看起来颇别扭，仿佛一个来看手相的人。他腼腆笑笑，说："有点不习惯。"

"你要尝试改变一些生活习惯，比如坐的时候，不要跷二郎腿，不妨试试倒立，尽可能用腹部呼吸。你应该听过，从中医角度，抑郁症属于气机郁滞。"黄山继续道，"好，跟我说话也不要正襟危坐，放轻松些，喝点什么？"

"不用——"男孩说。

"不收费的。橙汁吧？现榨的。"不等男孩表态，黄山起身，从会客桌后面一扇门钻进去。

男孩调整坐姿，撑住扶手，往后挪挪屁股，趁当下，打量起这个房间。深黄色橱柜，深黄色门板，淡黄色地毯，奠定这里的视觉基调。外间是等候室，方才从那里进来，连接这间的推拉门没关，悬挂水晶珠帘，"珠帘绣幕卷轻霜"，他脑子里冒出这么一句，与时下应景，不知晓它的存在是否有此寓意。咨询室大约四十平方米，应该是客厅改造的，后面自然还有房间，比如厨房和卧室。靠近落地窗，两张沙发卧榻，相对摆放，间隔半米，边上各有张竹制小茶几。左右墙角两盆绿植，半人高，不晓得品种，不是常见的那种室内盆栽。

男孩认为这才是心理咨询室该有的样子，色调不似医院门诊室那般阴森，线条也不那么僵硬，更重要的是，环境也不那么嘈杂。这里离他家不远，隔一条半街，新建楼盘，前身市供销社福利房，依稀一年前才有居民入住。会寻至这里，缘于当地门户网站一则帖子，广告性质，事实上他不太信任。前后看过五六家医院，无一例外，先是疏导，讲事实，摆道理，甚至上升到哲学和佛道高度，然后开出三五种药，开头貌似有些效果，后来就没感觉了。不信任归不信任，这两天心情差到极点，电话里预约好，他还是过来了，说句难听的，死马当活马医。出乎意料，这个医生给他的感觉，有种源自困厄的真诚，不似之前那些个医生，隔岸观火那般若无其事。

端着玻璃直身杯出来，黄山走得很慢，似乎今天所接待的，是一位熟得不能再熟的朋友，毫不介意这位"上帝"是否会因为等得焦躁不辞而别。他将橙汁往男孩面前推。男孩说了声"谢谢"，双手捂住杯身，像大雪天捂着暖手炉，怕它长脚跑了似的，用上蛮大力气，让人感觉杯子会被他捏碎。

黄山问他："以你自己的直觉，你的抑郁症是哪方面引起的？"

"不知道。"男孩小抿一口，仍不免被呛到，一滴橙汁被喷到桌面。他拿手去抹，一下，两下，三下，仿佛在抠。

"谈恋爱了吗？"

"没。"

"谈过吗？有没喜欢过谁？有没喜欢过不该喜欢的人？"黄山没直言问他性取向是否有问题，尽管性取向有异于常人，于他看来也不算什么问题。他接诊过几个男孩，看过去很正常，因为这方面症结，他们偷偷摸摸找到他，或受父母胁迫前来。

"跟这个没关系！"

"那就是跟家庭有关。"黄山穷追不舍，视线咬住男孩眼睛。

"我不知道！"男孩开始烦躁，剧烈摇头，手指插进头发，抓挠头皮。

"这么说吧，"黄山放缓语速，"每个人心里，都有处阴暗角落，里面有贪婪、嫉妒、傲慢、淫欲、仇恨、自卑、愤怒……总之一切污秽情绪、欲望和念头，好比一只只恶犬趴在门后。通往这处角落，有扇门，没上锁，很轻易可以打开，可能是你自己推开进去的，也说不定是他人促使你推开进去的，因素很复杂，总之眼下你已经进去，一时半会儿走不出来，终日被阴影笼罩。"

"我真不知道……"平息小荷已露尖尖角的怒气，男孩想说，我是患者，要什么都知道，就不会来找你。

"好，不介意我对你催眠吧？前提是你不要反抗。"

催眠？这个词汇，近年来极流行，比比皆是，距离很近，其实很远，于男孩看来相当神奇，很诡异，像巫师魔法。之前几次，去医院就诊，那些医生从未对他施展过这种近似巫术的手段。他难以置信，一个连夜晚都失眠的人，怎么可能被催眠？因为质疑，所以期待，他一步步走过去，从会客桌到卧榻，面朝穿透进来的日光，仿佛走向一个绮丽梦境。

听从黄山指令，男孩屁股落在一张卧榻上，缓缓放平身体。"累了吧，累了，就睡吧……"站他跟前，黄山俯视他，阳光斜斜映照他半边脸，形成梦幻剪影。声音袅袅萦绕，男孩天旋地转，感觉自己是片风中的羽毛，飘然落定。

二

沿男孩记忆往里走，好比穿进一条隧道，黄山以为永远走不到尽头，眼前豁然一亮。他看见光，老式电影放映机投射过来的光，打在幕布上，画面呈现。

是间书房，倚墙整面书柜，格子嵌满书籍。书柜前有张办公桌，办公桌后有个男人。桌上有个电话机，话筒被男人握手里。一个两岁左右的男孩，朝通电话的男人跟跟跄跄扑过去。男人一手接电话，另一手将男孩轻轻推开。男孩再次缠上去，抱住他大腿，嚷着："爸爸——爸爸——"男人似乎正在讲一件很重要的事，表情显示不胜其烦，一骗腿，将男孩撕开，像挣脱一条难缠的哈巴狗。男孩跌倒在地，号啕大哭。男人没理会，兀自捂着话筒说事。

接着是客厅，雪白墙壁，米黄地砖，棕皮沙发，沙发上坐着男人，正看电视。画面里的男孩，这时候约莫四岁，端个水盆，盆里两条金鱼。男孩步子蹒跚，水摇晃出来，脚一滑，连人带盆，摔倒在地，爬起，没敢哭，看着沙发上的男人。男人皱眉，遥控器朝前一指，好比扣动扳机，开枪将电视毙掉，进去书房，嘭的一声，将男孩接下来的哭声，关在门外。一个面容姣好的女人，从另一个房间出来，问："怎么啦？"

乡下院子，围墙边有棵香樟树，边上是藤架，吊下来几只葫芦瓜。这时的男孩，看过去六岁，跟小伙伴一起蹲地上玩沙子。无疑夏天，短衣短裤，沙滩鞋，他们各自拿一把玩具铲子，将沙子从这个地方铲到那个地方，乐此不疲。小伙伴一扬铲子，将沙甩到男孩脸上。

男孩抹一把脸，吐出满嘴沙，不甘示弱，也一扬铲子，将沙子还给他。两小孩缠身扭打，拧成麻花；麻花翻倒在地，滚来滚去，如置油锅；从堂屋出来，男人伸出手，将麻花拨弄开；男人将麻花支起来，弹给一半麻花一板栗，转身安抚另一半麻花，叠声说："有没事？有没事？有没哪里痛？有没哪里痛？"女人出来，问："怎么了？"男人说："这么大个孩子，也不让着点表弟。"

画面切换到卧室，壁灯清亮，蓝色灯罩，空间如海。男孩问女人："爸爸是不是不爱我？"女人说："怎么会呢，他是对你好，让你表现更好，你爸他工作忙，你要体谅他，不能惹他生气，更不能生他气，好吗？"男孩郑重点头。女人说："你要学会独立，还要学会坚强，做顶天立地的男子汉。"

学校，教室，讲台上是漂亮的女老师，台下是一张张朝气蓬勃的面孔。老师开始通报这次期中考成绩，端坐前排的男孩，腰杆挺得老直，胸脯挺得老高。老师一顿一顿说："这次期中考，科目总成绩，张小凡同学，依然是，我们班，第一，全年级，第二。"哗啦——同学们满堂喝彩，掌声几乎掀翻天花板。

一张大学录取通知书，左上角圆形徽记，中间图案类似鸽子，徽记里写有"1897"，数字略弧度排列——浙江大学，汉语言文学专业，男孩报考的第一志愿。脸上被青春痘点缀的他，将通知书递给母亲。母亲如获至宝，眼里闪出泪花，像捧一尊老祖宗画像，将通知书捧去书房。他亦步亦趋尾随。那个他叫爸爸的男人，打量一眼"画像"，脸上露出一丝笑容，随即又被收回去，恢复日常那张刻板脸，半句夸奖都没吐露。

男孩在同学家吃饭，灯下花红柳绿——极丰盛的晚餐，墙上有本挂历，时间显示 2016 年 1 月 28 日。家长去厨房收拾，同学神秘兮兮递给他个大信封。他不解地看着同学。同学说："不是给你，给你爸的，我爸给的，让你爸帮忙，把我哥调城关来。"他犹豫不决，最后还是接过来，塞进胸前暗兜。

还是书房，男孩的父亲接过信封，咬一眼儿子，抽出里面钞票，一甩手，将那叠现金摔他脸上，洒下一阵钞票雨，对他怒吼："给我还回去！"捡起散落一地的现金，怯生生看父亲一眼，男孩仓皇跑出书房。

酒店包厢，紫檀圆桌，巨如船只，桌面琳琅满目，中央有丛绿植，跟墙上那幅《蒙娜丽莎》一样假，周围十余位饕客。他嵌在其中一个位置，一脸茫然，宛若羊混进狼群，或者，鹅卵石混进玛瑙。他被动端起酒杯，一杯接一杯，脸上掬出笑容，一个笑容接一个笑容。一位领导模样的冲他说："年轻人，发挥发挥，走一圈。"他点头，一手执瓶，一手端杯，挨个敬过去。面红耳赤，回到座位，他松口气，时不时，抬头瞟领导，嘴皮子动了又动，似乎想说什么，到底什么也没说。

米白色墙，米白色床，米白色书桌，米白色组合柜。他背对母亲，伏案摆弄手机，母亲坐床沿收叠衣物。母亲说："你在单位得活跃些，多跟同事打交道，不要死气沉沉，黄处长跟你爸说了，这样不行，过段时间，他会提你当副科长。"男孩头也没抬，嘟哝道："我不想当副科长。"母亲说："什么？"他拔高声调："我不想当副科长。"母亲朝他后背打量一下，欲言又止，重重叹口气。

还是客厅，经过一个房间，门虚掩，他听见父母聊小志的事。小志，他表弟，打过架那个。母亲说："打算怎么办？"父亲说："先待那边读书吧，我打听过，那边一中还是不错的，等他大学毕业，让他考公务员，再安排他回来。"母亲说："你表哥没意见？"父亲说："能有什么意见？这几年，给他的还少吗？"

男孩一个激灵醒来，夕阳已经收起余晖，夜幕将落未落，户外灯火四起，仿佛白天的光坠落人间，屋里两盏落地灯，不知何时亮起。他仿佛做了场梦，一截一截，短暂又漫长。黄山不在，他起身叫唤："医生，医生。"黄山从里屋出来，袖子卷到肘部，十指伸张，水光晶亮："醒了？"男孩说："我睡着了？"黄山说："被

我催眠了。"男孩说:"那——"黄山猜到他想问什么:
"这么跟你讲吧,你的抑郁症,与你成长经历有关,当
然,兴许还有其他原因。你应该知道,有过类似经历
的,不止你一个,他们并不存在性格缺陷或心理障碍。
生活就是这样,泥沙俱下,你只记住那些不好的……"

　　男孩望向窗外,随即将脸转回来:"能治好吗?"黄
山耸耸肩:"很难。"忧伤从男孩眉目间潮水般漫出来。
黄山抽出纸巾,擦拭手心手背,直至搓成团:"所谓药
物治疗,只能缓解,降低敏感度,换句话说,让你麻
木。"男孩疑惑:"麻木?"黄山道:"你以为别人比你坚
强?不,他们只是比你麻木,该快乐时不会快乐,该忧
伤时不会忧伤,该感动时不会感动,该痛苦时自然也不
会痛苦,对事不关己的灾难无动于衷。"男孩点头,表
示认同。黄山继续道:"药物治疗,哪怕你感觉好转,
一旦遭遇不如意,抑郁症还是会复发——不是复发,它
从未离开,好比某种食物,有些人天生过敏,这是先天
沉疴,难以改变。是不是很失望?从这方面讲,心理学
存在的意义,仅仅是认识、预防和控制,统称'心理干
预',理论上也的确这么表述。"

　　男孩思量黄山的话,弱弱说:"还是帮我开些药
吧。"黄山摇头:"药吃多可不好,副作用会让你迟钝,
还会产生耐药性。如果你濒临崩溃,再过来时我给你开

药。不妨换个生活环境，得有耐心，改变需要一个长期过程——要在我这儿吃饭吗？"男孩摇摇头："谢谢，多少钱？"黄山说："你睡着不算，五百六，两小时。"

<h1 style="text-align:center">三</h1>

　　从透析室所处的门诊大楼出来，黄山和沈自强绕向医院后门出口，权当散步。因通往远离楼群的停尸房，这条路被知情人命名"黄泉路"。虽已深秋，夹道榕树绿意依然深重，秋风从须蔓间吐过来，一缕缕，凉飕飕，落进沈自强耳朵里，是它们在呜咽。刚透析完，沈自强感觉身体轻松了些，心头积郁也散淡几分，对黄山说："我在想，要没这病，活到这把岁数，我们没牵没挂，生活也蛮自在。"黄山呵呵干笑两声："哪来的自在，那句话怎么说来着，人生不如意十之八九，剩下一二可能是幻觉，没有这样烦恼，总有那样烦恼，人活一世，就是自寻烦恼的过程。"沈自强说："也是，要不是摊上这狗屁倒灶的病，我还在为发财伤脑筋。"这样边聊边出医院，站路边等候的士。

　　柚里县医院不具备透析条件，料理完母亲后事，沈自强搬离童安镇，在宁城南郊租房栖身，便于每周至少两次的血液透析。透析结束，惯例会去黄山那儿吃午饭，午睡醒来再搭公交回住处，算是对单调乏味生活的调剂。并非每次黄山都会陪护他上医院，这回也只是刚好路过，知道这个时点他在医院，便顺道拐进来了。出租车汇入滚滚车流，载着他们驶向黄山心理咨询室所在的白马街，车载收音机播放新闻："凤山县公安局重拳出击，进一步巩固扫黑除恶阶段性工作成果……"

黄山进厨房张罗午餐。沈自强埋进卧榻歇息。黄山煮好面端出来。面是线面，又名"长寿面"，他们老家童安镇特产，细如发丝，入口即化，浇以鸡汤、筒骨汤、羊肉汤或牛腩汤，皆宜，再卧枚走鸡蛋，滋补得很，适合体弱者及孕产妇食用。乌鸡汤一早熬好的，撇去油花，将面氽熟，捞起入汤，辅以黄花菜和黑木耳，肾病患者忌盐，黄山没敢多放。百味咸为先，盐按粒下，辅料再丰富，吃到沈自强嘴里，也寡淡无味。

接待来访者那张会客桌，黄山和沈自强对坐而食。沈自强细嚼慢咽："最近生意怎样？"黄山头也不抬："就那样，混口饭吃，饿不死人。"沈自强说："没想过干老本行？"黄山正嚼鸡肉，腮帮鼓鼓："老本行？意思不大，被管怕了，不想再遭那罪。眼下挺好，来去自由，不用受拘束。广告打出去，来的人比过去多些。"沈自强嗯一声："酒香还怕巷子深，广告还是要打的，看来精神有问题的人真不少。"黄山说："可不是，人人都是神经病。"沈自强说:"包括我们?"黄山说:"包括我们。"

将桌面拾掇干净,黄山端空碗去洗刷,出来时没头没脑冒一句:"他现在倒是出尽风头。"沈自强没赶上趟:"哪个?"黄山说:"还能哪个,听说这几年同学聚会,都不见他来,摆老大官架子。"沈自强才明白他说的是张家锐:"没准儿人家真忙,那么大一个官,都不容易——我们不也没去。"黄山说:"我们是没脸去,他是不屑去。他这官当的,口碑可不咋地,听说他亲戚找他办事,尽不给情面,甭说老同学了。"沈自强说:"这样的官员可不多。"黄山冷哼一声:"背后的事,你知道还是我知道?哪个不是一查一屁股屎。"

深秋夕阳光照,柔和,如茸茸黄猫,一冲一冲蹿至卧榻位置。风从落地窗缝隙钻进来,呼呼叫嚣。黄山将玻璃门关严,拉上半扇窗帘,又从里间抱出来一床绒毯,为沈自强盖上,随后将身体嵌进另一张卧榻,半截小腿搭靠边缘,枝丫那样斜逸出去,抱着膀子,很享受的样子。黄山问:"肾源的事怎么说?"沈自强答:"医生说继续等,排队的很多,不抱太大希望,五十好几的人了,也没几年好活,听说我们班都走了俩。"黄山反驳:"五十三哪里会老,上海有个画家,九十多岁,还开着跑车晃荡。"一声叹息,余音绵长,沈自强联想到,身体里，两瓣器官，吊腰杆两侧，像两只丝瓜，日渐枯萎，长出黑斑，生出霉菌，腐臭滚滚。黄山说："钱的事，我想法子。"沈自强说："能有啥法子？又不是不晓得你几斤几两。"沉默。

黄山说："不是还有张家锐？"沈自强苦笑："他怎么可能帮我？几年没见了？十五年，还是十六年？"黄山说："他会帮我们的，他欠我们的。"某个画面在他脑海重现：铺满枯黄落叶的枫树林腹地，三个少年身穿蓝白相间校服，一株上年纪的三角枫见证了他们结拜过程——有福同享，有难同当，不求同年同月同日生，只愿同年同月同日死……因为这桩当初兴许荡气回肠如今看来土到掉渣的仪式，使得 1985 年秋这一天留给他的记忆毫不斑驳，凝固成琥珀，在无数过去的日子中间熠熠生辉。沈自强不知黄山正神游万里："要说欠，是我欠你，我这辈子太悲催，只能下辈子再还了。"

厨房里传来哨响，黄山起身进去，出来时手里端杯水，泡有枸杞，如桃花琉璃，赏心悦目。枸杞在水中沉浮，滚动，战栗，膨胀，炸裂，漾开，洇染，奉献中死去，死去中绽放。黄山另起话题："前几天，我这儿来了个客人，你猜谁？"沈自强说："不会是他吧？"黄山说："猜对一半，他儿子。"沈自强感到匪夷所思："怎么可能？""是呀，谁能想到，我也吓一跳。"那男孩挑开门帘进来时，黄山确实有过转瞬即逝的失神。黄山见过他一次，五四路口，他跟他母亲一道，从省立医院出来。沈自强问："多大了？"黄山说："二十多了，蛮周正，眼睛像他，工作也好，税务局。"沈自强咋舌："官二代会抑郁症？严重吗？"黄山说："会主动来我这儿的，都不算严重，严重的抑郁症患者是拒绝心理医生的——那小子爆料，他爸还有个私生子。"沈自强呀一声："他会告诉你这个？"黄山打个碗大哈欠："也不瞧瞧我是谁？十几年牢饭不是白吃的。"

他没跟沈自强说，那天他在那小子喝的橙汁里下了药，今天一早还跑了趟南宋县，准确地说，是南宋县西河镇下面一个小乡村。此去是为证实，那个出现在男孩记忆里的小志，是否真的存在——理论上不排除抑郁症患者会将臆想中的事物移植到自己身上，尽管在他这几年从业经历中尚未碰到过此类案例。一个鸟不拉屎的小村子，仅百来户人家，民风倒是淳朴，对陌生人不戒备，两支烟代价，就让黄山打听到，张家锐果真有个老表在那儿，姓何，名成安，育有一儿一女，女儿叫何小珊，儿子叫何小志。乡下地方藏不住事儿，那个豁嘴庄稼汉，何家邻居，不无艳羡地说："老何有个表弟，他过世的奶奶的妹妹的闺女的娃，跟他可铁，公安局工作，瞧着还是领导，派头，开辆乌龟壳，乌黑锃亮，每回来，没空手的，尽好东西。"

黄山将水杯递向沈自强："他不应该有私生子的，有一个还不满足。搞不好还有第三第四第五个，当自己番石榴吗，满城尽是私生子。你说，咱要是把这事捅出去，他屁股下公安局局长的位子，还坐不坐得稳？"沈自强接过水杯："不是放开二胎了？"黄山说："新法生效前的事件和行为，适用旧法，先不论他违不违法，捅出去，对他总不是件乐事，够他吃一壶，当官的就怕这茬。"沈自强抿一口，将混进嘴里的枸杞吐回去："我读书少，拎不清这些，想用这事要挟他？不，黄山，你不能有这想法，他没对不起我——""们"溜到嘴边，又被他咽回去。"你不能再出事……不要给我泡枸杞了……仙丹也补不进去……"困倦一阵阵袭来，沈自强将水杯搁茶几上，合眼呢喃，说话越来越轻，最后悄不可闻，被疲乏所致的困劲，一把拽进梦乡。

四

2003 年腊月，沈自强被放高利贷的追债，向黄山借钱。黄山问他借多少。沈自强说二十万。黄山拿不出这么多，带他去找张家锐。当时张家锐是柚里县交警大队副队长，接到电话后不情不愿出来，听说要借钱，不加考虑，一口回绝，说他刚在市里买了房，两三千可以，二十万，把他身上警服扒了也掏不出。黄山说："又不是全让你出，我出十万，你出十万，小强你还信不过？"张家锐将脑袋撇向一旁，硬邦邦两字，像粪坑里的石头滚出来："没有！"黄山义愤填膺："兄弟有难，你就这么袖手旁观？忘了当年我们怎么说的？"他就不信，以张家锐今时今日地位，十万也掏不出。张家锐没跟他计较："随你怎么说，还有事吗？没事我要工作了。"人家不掏钱出来，又不能拿刀架他脖子上。黄山拉沈自强离开，撂下话："从今往后，桥归桥路归路，我们就是卖血也不会求你。"

　　一路上，黄山骂骂咧咧，为沈自强打抱不平，张家祖宗十八代，被他一个不落问候过去。沈自强灰溜溜尾随黄山，自暴自弃说："我看还是算了，大不了跑路，姑且被他们找到，卸条胳膊得了，一条胳膊，二十万，值！"黄山说："少说丧气话，我再想想办法。"

　　黄山想到的办法就是打单位公款主意。彼时他是柚里县广电局财务室主任，单位银行对公账户的钱进进出出，常年保持五六十万余额。黄山寻思，先借用二十万，再在对账单上做些手脚，短期内应该不会被发现。事体有个缓急，怎么还，他盘算好了，家里积蓄十五万，财权掌握妻子手里，需要做通她思想工作，剩下五万，工资慢慢抵，一年到手工资加奖金，再加外面兼职收入，五六万，一年就可以清零。这是最坏打算，还有沈自强呢，生意这事不好说，风险大，来钱也快。黄山寄望他能成功逆袭，将那笔款还上。

　　剧情并未如黄山所预判，他妻子不赞成钱拿出来，理由是这笔压箱底的钱，属于他们夫妻共同财产，得花在孩子教育这口刀刃上。几个回合，攻不破这块森严壁垒，黄山硬声硬气："你不拿出来是不？"妻子视死如归："不拿！"黄山二话不说，从厨房拽出把菜刀，刀口横手腕上："你拿不拿！"见他不像吓唬人，妻子不再藏掖，声称那笔钱投出去了，她老弟的建材店，压货里，一时半会儿拿不回来。黄山火冒三丈："都说这是我们夫妻共同财产，你怎么自作主张动用这笔钱！"妻子抽抽搭搭："我不就想钱生钱，为你减轻负担，投我弟那儿又不会有风险……我为这个家付出几多心血知不知道，你怎么能这么凶对我说话……"

　　提心吊胆过了些日子，挪用公款的事终究没捂住。领导十分震怒，拍完桌子摔杯子，限黄山十天内还钱，否则上报县纪委处理。领导如此生气，还有一个原因，黄山指使出纳给他转二十万，扯的幌子是局长要用这笔钱。用领导的话说："你贪便贪了，不该把屎盆子往我头上扣。"黄山急得团团转，几天没合眼，愁得要上吊，想到卖血、卖肾，还想到卖身，都不现实，唯一可行的办法，找人借钱。找谁借？脑子里筛一遍，沾亲带故的穷得叮当响，没找他借钱就阿弥陀佛了，给个三五百可以，想借到二十万，无异于痴人说梦。至于朋友、同事和同学，素日跟他走得都不太近，好听点说是君子之交淡如水，难听些就是没啥交情，真开口，只会自讨没趣。真相本就赤裸裸，眼下火烧眉毛，顾不得啥面子，还是觍脸找了几个，毫无悬念，好话收到几箩筐，萝卜没借到半根。黄山筹备卖房，还未找到买家，领导一改往日左请示右汇报的工作风格，将这事捅到县纪委。不知怎么，一来二去，黄山所为被定性贪污罪，金额巨大，获刑十五年。

刚进去那阵，黄山一度寻死，绝食，拿脑袋撞墙，狱警反复做他思想工作。后来他想通了，为打发时间，攻读心理学，觉得除了让自己心理强大，没有谁可以拯救得了谁。他对英国心理学家赫伦德的一段论述很推崇："每个人内心深处，都有一处幽暗角落，一切的恶，尽在里面滋生。这个角落通道，被一扇门关着，没上锁，很轻易可以进去，总有这样那样的原因，让你打开它，贪婪、嫉妒、傲慢、淫欲、仇恨、懦弱、自卑、忧伤、愤怒……像毒蛇猛兽蚕食人的意识，教人把事情往极端处想，会伤心、会脆弱、会犯罪、会自残……心理学的诞生便具有划时代意义。"

也就在那几年，妻子结交新欢，起初一个月来探视他一次，接着三个月一次，半年一次，后来每年春节前才来一趟，最后几年压根不见人影。黄山才出狱，她就摊牌离婚，带着已经上高二的儿子，嫁给一个建材商，说早几年就该离的，为他守这么多年，是因为欠他。我身在监狱，你守不守，于你心安，于我何益？引用心理学家赫伦德理论，幽暗之门被打开，仇恨针尖一样刺着黄山。他记恨前领导、记恨前妻、记恨张家锐，尤其张家锐，恨得牙痒痒，这么多年过去，无法消弭。他想告诉全世界，这个道貌岸然的家伙，私底下如何薄情寡义，置兄弟生死不顾。

这些年，黄山热衷心理学，开心理咨询室，跟心理障碍患者斗智斗勇，没少向沈自强科普心理学专业术语，什么认知评估、长期记忆、前俗例道德、迷失型统合等等，并对后者灌输"人之初，性本恶"怪论，相当奇葩，几乎颠覆沈自强三观。黄山说："人生下来就有罪，幼童拉屎都不晓得脱裤子，却懂得把想要的东西，抢过来死死抱怀里，抢不来就闹，稍大些，受欺负，不管何方神圣，都会不要命打回去，打不过就哭。人渐渐长大，不断被灌输道德良知和社会规则，知道哪些事该做，哪些事不该做，这意味着什么？意味着将与生俱来的恶，关进幽暗角落。总有一些人，会打开那扇门，进入其中。很不幸，这些人中，有一部分可能未泯灭良知，或囿于道德审判，或惧于法则惩戒，深陷幽暗之地，与恶纠缠，厮杀鏖战，年复一年，日复一日，情绪滑入泥淖……"

他们接下去的谈话仿佛一场学术答辩。

沈自强说："咋解释张家锐他儿子的抑郁症？"黄山说："道理很简单，他对他父亲怀有怨恨，孝道作为基本道德，圣训一样告诫他，不能去怨恨父亲，更不能去报复父亲。他渴望逃离樊笼，又不敢突破禁律，这就是他抑郁的根源。""照你这种说法，你为何这么照应我？仗义总该是一种善吧？"沈自强从不怀疑黄山对他的好。黄山笑着给出答案："不是说有福同享有难同当吗？我不能食言，怕遭报应。这等于是种规则，约束我们三人的规则，不然，你是死是活，关我鸟事！"思索黄山的话，沈自强说："那扇幽暗之门，那么难关上？"黄山说："不是难，几乎不可能，亲历的事，能视作没发生过？好比我坐过牢，是不争的事实，就算睡着了，有时也会梦到，除非失忆，或者死亡。"

尽管黄山的论证有鼻子有眼，沈自强还是觉得哪里不对，一时又无从反驳。他说："我想，办法会有的，至于啥办法，我们不知道而已，我听说，毒蛇多的地方，多半有解蛇毒的草药，一个理儿，既然有原因让幽暗之门打开，也就会有办法让它重新关上。"黄山摇头："没那么容易，所谓的药物治疗，治标不治本，除非将恶释放出来，寻求心理平衡。世界上为何那么多案件？正是这个原因。"他继续道："前段时间，我这儿有个患者，动辄拿针扎自己，试图用肉体痛苦转移精神痛苦。没用，他需要的是出口，真正的出口，将针扎进痛苦根源。"

<h2 style="text-align:center">五</h2>

男孩再度露面，已是半个月后。鉴于他愈发严重的抑郁情绪，黄山开出两种抗抑郁药，氟哌噻吨美利曲辛片和舒肝解郁胶囊，同时将一张巴掌大的浅蓝色便笺递给他，说："给你爸的。"男孩惊愕，眼睛瞪得老圆。黄山说："我认识你爸，我跟他是初中同学。"男孩噢一声："上次你怎么没说——可以看看内容吗？"黄山说："当然。"男孩将横竖对折的便笺摊开，上面有一行字：10月24日上午10点，童安镇枫树林见——同学黄山。"干吗不自己交给他？"黄山实话实说："我没你爸电话，你爸是当官的，我是平头百姓，见他一面可不容易，你替我交给他便是。当然，你要给我他手机号码，我更

乐意。"男孩迟疑片刻："还是帮你交给他吧，至于他会不会去，我可不敢打包票。"

黄山也将这事跟沈自强说了，让他那天跟自己一道回童安镇。沈自强没料到黄山玩真格的，行动还这么快，说："他怎么可能帮我？我们说过卖血也不会找他的。"黄山哀其不幸怒其不争："要是那铁公鸡主动拿钱出来呢？"沈自强说："你想用那事要挟他？"黄山道："别说要挟那么难听，我只想跟他面对面谈谈，他要不拿钱出来，我也拿他没辙。"沈自强说："他肯帮又能怎样，肾源呢？有钱也不一定能等到，都是命，我命不好，怨不得谁，不想再折腾。"

"你这个沈大善人，安心睡午觉吧。"黄山目光变得幽远，"你说得对，他不欠我们什么，但欠我们一段感情。"沈自强凝视他："能聚一次当然好，不然哪天突然挂了，想照上一面都赶不及……万一他不来怎么办？"黄山阴恻恻笑两声："怎么，区区县公安局局长，七品芝麻官都算不上，我们就见不得啦？"捕捉到黄山眼中闪过的戾气，沈自强重申："他要真来了，别说钱的事，就当我们聚一回，人家肯来见我们，说明还念及当年情分。"对老朋友的瞻前顾后，黄山不以为然："知道了，知道了。"他大大咧咧躺下，双手枕脑后，习惯性跷起二郎腿，嘴里衔一根牙签。

此刻的黄山，与面对来访者的黄山截然不同，与曾经的黄山也判若两人，带着对生活不满的偏执情绪，仿佛随时准备向世界宣战。沈自强摸不准猜不透，哪个才是真正的他？还是如他所普及的，存在多重人格分裂症？也许，一个坐过十几年牢的人，或者说，一个沉迷心理学多年的人，身上总会多些与常人不一样的东西吧。

下午 3 点左右，沈自强从黄山那儿出来，乘 36 路公交，半小时抵达南门公交站，等候前往郊外的末班车，每天固定两班，早上 8 点一班，下午 4 点一班。黄山邀他住自己那儿，省房租不说，上医院也近。沈自强死活不答应，理由是一个人生活惯了。真正原因是，搬到那边去，那么齐整的房子，腾不出地方给他堆放废品。

下车的公交站距居所还有段距离，沈自强慢悠悠步行，当初腿脚蛮伶俐的人，患病后，仿佛被摁下慢进键，做啥都慢下来了。多久没奔跑，像少年那样奔跑，他记不起来了。路中央有个矿泉水瓶，他弯下腰，拾起来，捏着瓶口，拎在指间，继续往前走。这一路，不算长，他走了足足十五分钟，又拾到一张厚纸皮，还有一只看过去还崭新的皮鞋，四下里寻觅，天色渐暗，另一只怎么也找不到。过去他不敢做这些，不光彩，有了第一回，就习惯了，合着这事就该他干似的。慢吞吞蹲

下，拾起细漏，捂着腰，慢吞吞直起身，再慢吞吞向前
挪开步子，画面没半点违和。他觉得自己就是一堆行
走的破烂。叫黄山干这个？叫张家锐干这个？没法想
象的。

　　生病之后，也许更早，他不再跟黄山和张家锐较劲
了，不是佛说的"放下即自在"，而是不得不放下。注
定比不上的，连命都比人家薄。一个人，多少富贵，尽
是定死的，不能跟老天爷争，任你摸爬滚打，被打脸不
说，反倒把该有的也折进去。什么三十年河东河西，命
不好，再借你五百年也白搭。心比天高命比纸薄，说的
就是他沈自强吧。只是，不去争又如何知道结果呢？

　　20世纪80年代，没有手机和网络，流行拉帮结派，
最拉风莫过于，一人一辆自行车，呼呼穿过街巷。他们
一个班，家挨得也近，牛皮糖似的，几乎天天腻一块，
连课间上厕所也要一道，被同学戏称"铁三角"。那年
上初二，深秋一天上午，他们跟人干了一架，缘由是
在镇文化宫打台球时，张家锐多看了邻桌一个靓仔几
眼，被对方杀过来赏了一耳光。兄弟被打脸，黄山与沈
自强自然不会善罢甘休，抡起胳膊与对方五人来了个零
距离互动。时间就在那天中午，地点镇郊枫树林，草皮
加盖落叶，两寸厚，哥仨头顶头，躺成奔驰车标，张家
锐说——他记得是张家锐提出来的，简直神来之语，说

前还打了记响指——"我们结拜吧。"尔后，哥仨骨碌起身，一字跪开，冲一株三角枫，效仿桃园三结义，举指宣誓，内心滚烫，声音嘹亮，惊得一只彩色羽毛的怪鸟，像片枫叶，从一株枫树飘然落下，又掠到另一株枫树上。往事不堪回首，回首就冒鸡皮疙瘩。有福同享有难同当尚经不起检测，怎么可能同年同月同日死?

黄山考上中专，张家锐考上高中，沈自强名落孙山。考不上，正常，那年月，录取率低，能考上中专或高中的毕竟少数，考上中专都要大摆筵席的。那是沈自强有生以来情绪最低落的暑假，张家锐和黄山都跑来宽慰他，鼓励他别灰心，再复读一年："天将降大任于是人也，必先苦其心志，劳其筋骨，饿其体肤……"母亲也让他复读。那就复读吧，咬牙切齿，立下鸿鹄之志，坚决不拖哥们后腿。头悬梁锥刺股拼一年，也不知咋回事，成绩更离谱，距离分数线更遥远，再复读没信心了。母亲让他去学手艺，跟他多数同学那样，学理发、烹饪、修自行车，要不去做水电工、木匠、铁匠、皮匠、砖瓦匠或打酒壶的锡匠，手艺傍身，日后开个小店，守着一亩三分地过日子，没啥不好，这也是童安镇一代代人常走的路。

沈自强选择去餐馆当学徒，出师后找门路进省城一家老牌大酒楼，水台，砧板，烧腊，打荷，烟熏火燎，一步步跻身一等大厨，收入一年比一年高，花销也一年比一年大，多年下来，除一身怎么也洗不掉的油烟味，讨媳妇的钱也没攒下，不出意外，人生巅峰不过如此。寻思这样下去不是办法，马无夜草不肥，单靠死工资，一辈子发不了财，便炒了老板鱿鱼，跟朋友去游戏厅看场子，相较当厨师，工作轻闲，工资也高得多。老板门槛儿精，为拉拢人心，怂恿他入股。看场子一年多，他是知道的，开游戏厅是看得到利润的，赚的不是游戏机的钱，挂羊头卖狗肉，猫腻在背后隔断间的赌博机，墙壁有道隐形门，进去得使暗号。他将积蓄一并投进去，两年不到，攒下五六万。1997 年，也就是香港回归那年，五六万算很多了，搁他们老家童安镇，可以买下一间门店，一间门店外加楼上两套房，拢共八万可以拿下。那无疑是他人生最风光的两年，刚过完三十二岁生日，在市里置下房产，八十平方米，两室一厅，当时价格十二万，贷款买的，首付五万，街坊邻居对他竖大拇指，母亲更是乐得合不拢嘴，认为儿子总算光宗耀祖了。

黄山中专毕业分配进广电局，张家锐大学毕业考进公安局，都吃上公家饭，他不行，初中学历，家里没背景，机关单位的门，没资格进。他不甘心，想干大事，想让人家知道，他不是平庸之辈。三百六十行，行行出状元，读书改变命运，钱也可以，他想多赚些钱，当垫脚石，缩短与黄山他们的差距，跟他们平起平坐，甚至他日飞黄腾达，一举超越他们，改日聚一块，也不至于抬不起头。

这样下去也挺好，他也以为会越来越好，未承想，一年后，赖以生钱的游戏厅被查封，人都差点搭进去，拘留所里关几天，稀里糊涂被放出来。之后遭遇滑铁卢，做啥都黄，开卡拉OK厅，开麻将馆，投资入股酒吧，像散财童子，千金散去不复来，房贷供不起，只能转手卖出。他反省那段血泪史，问题主要出在太过急于求成，缺乏理性判断，走的又是偏门，一锤子买卖，一亏亏到姥姥家，没有翻本余地。卖房的钱不够还债，实在没路可走了，那么好面子的一个人，只好觍脸向黄山求助。也多亏黄山，他才没被追债的卸掉手脚。随后颠沛流离，十多年时间，干过不下十份生计，没搞出名堂，咸鱼未能翻身，欠黄山的钱没还上，理想和斗志消磨殆尽，精气神也垮了，像散去的魂魄，招不回来。那时他已经四十来岁，男人活过不惑，还在为生计发愁，别指望有多少出头之日。

六

沈自强住的地方是四合院，坐北朝南，大门开南边。正对大门两间正屋，房东老太婆住。她七十多岁，脑后挽个发髻，盘发网兜住，常年用茶油梳头，每天一早，站窗户前，面前一面镜子，脑后一面镜子，将染过的头发，打理得一丝不乱，能闪出光来，苍蝇都停不住脚。她说她老伴过世了，有个儿子，在美国开餐馆，忘记是前年还是大前年拿到的绿卡。左边住一对母女：母亲四十来岁，丰乳肥臀，没见过她男将，听说已经离异，除蹬三轮载客，还兼事跳大神行当，名气还挺大；女儿二十来岁，俊俏是俊俏，就是屁股特大，目测得占去体重三分之一。沈自强蜗居右边，一间半，里间是卧室，外面巴掌大半间，花岗石板搭起来的偏厦，当灶房用，石墙板间缝隙，塞得下拳头，波浪状石棉瓦斜头顶，垂下来一陀螺油腻腻的白炽灯。

将童安镇独门独院的祖宅租赁出去，收入堪堪对付这边租金。积蓄还是有些的，不多不少，二十万，他的全部身家，存了定期，黄山不清楚这笔钱的存在，也许有一天他会向黄山交底。换肾，他思量过，等不等得到肾源是一回事，等到了，二十万是不少，摊到这种最吃钱的地方，约莫只够前期费用，接下去的抗排异治疗，想来也只能靠黄山接济。黄山还会不会帮他，谁知道。哪个环节，都非他能左右，既然无力改变啥，想再多也白瞎，只能脚踩西瓜皮，走一步是一步。以他眼下身体状况，也没精力思量太多，主要是容易疲劳，吃喝拉撒睡，这些最平常不过的事，也要耗去相当心力。

早上煮的稀饭，放锅里热热，再炒份花瓶菜，晚餐就这么对付。感觉没啥爱吃的，他现在对山珍海味也没多少兴趣，还没开始吃，就寻思如何排出去，再好的胃口也没了。倒是对咸食有些馋嘴，好些年不敢放开吃，怕加重尿潴留。他几次对黄山说："如果提前知道第二天要死，就狠狠吃它半缸子腌萝卜，再让老太婆挖出一坛窖藏多年的青红，猛灌它几海碗，死前放纵一回，烂醉中升天。"

半年前，房东老太婆起夜，从床上栽下，怎么也爬不起来，像只虫子蠕到门口，是沈自强听到动静，背她上的医院。才知是中风，不太严重，吊几天点滴，血栓化开，居然没留后遗症。医生交代："不幸中的万幸，日后千万得当心，降压药要吃，不然随时会中风，到时就没这么便宜了。"老太婆感恩戴德，生怕哪天中风，死在屋里头没人知晓，光想想就骇人。出院后，她拜托沈自强，哪天早上她没站窗前梳头，劳驾他进屋瞧瞧，出于补偿，日后不收他房租了。房租加水电费每月五六百，沈自强照付不误。"您老莫跟我客套，不瞒您说，我也是随时走的人，哪天我走了，劳烦您老拨这电话。"沈自强不忘将黄山手机号码抄给她，"屋里七八物件，抱去路口烧掉，莫怪我污了您屋子，床头柜抽屉，有封信，一并交给他。"老太婆抹一把松树皮似的脸："不打紧，哪片土地没死过人，我们相互照看，谁走前头，谁有福——"那一抹，仿佛抹沈自强脸上，后者感觉面皮刺刺拉拉，也拿手一抹，湿了掌心。

沈自强不想搬去黄山那儿，其实还有一个原因，住这儿感觉就像住自家老宅里。这里离市中心远是远，毕竟还不算城市，没有城市的喧嚣，以后就难说了，听说这一带要拆迁。院前是青石板铺就的老街，院后是一畦畦连成片的水田，收割后总有鸡鸭走来走去觅食，光景与童安镇相似。沈自强会梦见眼下租的屋子连同院子跑到童安镇上，有时又会梦见童安镇老宅跑到这里来。夜半梦醒，没回过神来，分辨不清身在何处，也辨不清今昔是何年——同时跑进梦里的还有黄山和张家锐。他们并排躺被窝里天南地北侃，苏有朋、吴奇隆和陈志朋在石灰墙上笑眯眯听，过去这一幕经常上演。那时他们仨往往聊得正欢，沈母将门擂得震天响，冲屋里喊："说话就说话，开甚灯，听屁眼里去不成！"听到呵斥，沈自强龇牙咧嘴冲门板扮个鬼脸，从被窝里钻出来一扯灯线，好似把喉咙里的喇叭也关了，接下来的聊侃低低切切，像三只老鼠深夜里偷吃饼干。他们没想到沈母压根没走开，屋外又一道呵斥冷不丁炸开："早些睡去，少像窝鸭子嘎嘎个没完，明早还上学！"她嗓门儿粗，讲话直，在市场卖半辈子鱼，却没跟人红过脸，对黄山和张家锐也好得没话说，每天早上5点出摊，只要他们在她家过夜，走前都会煮好早餐热锅里，留给他们仨起床吃。父亲去世得早，母亲教诲沈自强："兄弟好，赛金宝，八十亩地一棵苗，你没弟兄姐妹可帮衬，跟小山小锐磕碰拌嘴不打紧，莫翻脸不认人，出门耍，莫惹事，昧良心的事莫得犯。"

说到昧良心的事，回顾大半生，沈自强觉得自己亏欠过不少人。开游戏厅那两年，在他那儿玩赌博机倾家荡产的赌徒，那是自作孽不可活，虽算上一笔，他倒不怎么介怀，母亲是他怎么也绕不过的心结。母亲苦哈哈一辈子，他这个做儿子的，没能让她卸下鱼腥味享清福，也没能让她抱上孙子……还有就是黄山。黄山一生，被他连累了，算是被他毁了。他死前会向他坦白，当年他被放高利贷的追债不假，利滚利，撑死十万多点，远不到二十万。他的想法，不是有福同享有难同当吗？谁叫你们混得那么体面，十万是借，二十万也是借，横竖要落下面子，索性多借些。多借来的十万，他指望靠它东山再起。

他觉得自己很失败，黄山和张家锐的成功，愈发昭示他的失败。过去他为自己寻找借口，比方说黄山和张家锐能考上，是他们家境好，用不着负担家务，不像他，父亲过世早，母亲在市场摆摊贩鱼。他们回家放下书包就可以上桌吃饭，吃完就可以趴书桌前做作业，他不行，得先做饭炒菜，等母亲收摊回来，才有现成饭吃，还要照顾瘫痪在床的爷爷。说起来有道理，再想想，自欺欺人的，考不好就是考不好，哪有那么多理由，年段几乎每次考第一那家伙，还是跟奶奶相依为命的孤儿呢。不过人家第一第二，沈自强不太稀罕。他没想过跟其他人比，却处处跟黄山和张家锐较劲，将他们当兄弟的同时，又视他们作宿敌。比方说想到黄山因他坐牢，愧疚之余，他反倒有种隐秘的快乐，心里多少平衡些。他越来越搞不懂自己了，一堆烂淋淋骨骼血肉组成的矛盾体。

住在对面的女人，晓得沈自强身子骨弱，闲下手脚就过来帮他洗洗刷刷。这回是帮他缝被褥，嘴皮子也没闲着，问他结没结过婚，得到否定答案，又问他为啥不结。沈自强呵呵笑，嘟哝说："没合适的。"他没告诉她，二十来岁时，他是谈过对象的，后来掰了，原因在他。他要找吃公家饭的，跟黄山和张家锐婆娘那样，有份旱涝保收的工作，模样自然也不能逊色。母亲多次给他张罗对象，因为与他心里定位有落差，被他以各种理由搪塞婉拒。那还是他出来社会头十来年的事，最近十年光跟病痛死磕无暇顾及这方面。他只想跟阎王爷多讨要几年光阴，婚姻爱情无甚讲究。寂寞空虚冷？不存在的。病痛就是他家那个无法驾驭的婆娘，长得丑，脾气躁，晓得他弱点，拿他出气，还动不动拳脚相加，难伺候得紧，想离又离不成。好在女人没追问，缝好被套，抖抖，将针线放回收纳箱，瞥见里边有张照片，卡相框里。灯色昏黄，画面有些模糊，她凑眼皮底下端详，三个少年，中分头，白衬衫，喇叭裤，一个搂一个肩，笑得像三朵向日葵。女人问："哪个是你？"沈自强说："中间那个。"女人说："嚯，年轻还挺俊。"沈自强说："是呀，老了。"女人说："边上那俩，你兄弟？"沈自强说："好朋友。"女人说："干啥的？"沈自强说："一个公安局局长，一个心理医生。"女人吐槽："嚯，可劲吹。"

七

凤山县地处宁城北端，从市区出发，走高速个把钟头，县域三面环山，西山险峰高耸，南北山冈对称。鸟瞰，西山似凤首，南北山似凤翼，辐射出去的东海，则似拖曳的凤尾——"凤山"之名由此而来。

凤山公安局位于县委县政府综合大楼右侧，门卫拦住沈自强，问他："你找谁？"沈自强说："我找你们张家锐局长。"门卫从头到脚打量这位没有任何气势可言相反还有些猥琐的男人，一脸狐疑说："那你得先跟他挂个电话。"沈自强早料对方会这么说，坦言没他电话，递过去一包烟："麻烦您传个话，就说他同学沈自强找他，他明白的。"将烟塞进裤兜，门卫拿电话，略作踌躇，不知拨给谁，当沈自强面，将情况大致说了，挂掉电话，让他稍等会儿。这一等，就是十来分钟。沈自强以为吃定闭门羹，正要离开，萨顶顶的《左手指月》尖声高唱。门卫接起手机，嗯嗯几声，挂掉，对传达室同僚交代几句，转身对沈自强说："你跟我来吧。"

一路上，穿制服的警察进进出出，沈自强没来由感到紧张，越往里走越紧张。门卫说："不是啥人都能进的，我们职责所在。"沈自强知道对方是怕他在同学面前嚼舌根，说："可以理解。"电梯将他们送上九楼，出电梯，走廊往右第九间，门卫指向一扇门："你自个儿进去吧。"

外间是小会议室，一张橙黄色会议桌，几把黑色折叠椅等距摊开，墙角有盆发财树，约两米高，树干缠红布条。办公室与会议室隔着磨砂玻璃，看不清里间情形。区间门敞开着，沈自强轻叩两下，里头传来声音："请进——"

沈自强一个深呼吸，迈腿进去，冲一身制服的张家锐点点头，用眼神打了招呼。该称呼他"张局长"，还是直呼他大名"张家锐"，抑或爽朗地叫他一声"老同学"，沈自强不是没斟酌过，还虚构情境排演过，感觉哪种都不妥当。

没有起身迎客，张家锐面色铁青，阴得能掐出水来，目光如锥，铆住沈自强足足半分钟，也许更长，像鹰藐视猎物。"请坐——"他说。起身走到饮水机前，从隔柜底下抽出纸杯，接上温水，端至沙发前案几，又回大班椅里落座，一副公事公办架势。沈自强绷紧身体，半个屁股搁长沙发外。常见的长短转角沙发，依待客之道，张家锐该坐短沙发才是，再热情些，跟他并排坐，再沏杯热茶，而非半杯寡淡水，刚照面时还可以来个大大拥抱。瞎子都能看得出，张家锐不待见他。

眼前的张家锐已不是曾经的张家锐，面盘大了不止一圈，过去那对讨喜的卧蚕不见了，耷拉成松弛厚重的眼袋，散发出一股威压，像只打盹中的老虎，不光是精神头儿足这么简单。沈自强当年怎么也想不到，他们之间差距会这般大。"平行空间"概念，他是从黄山那儿听来的，大概意思是同一时间，存在两个或多个平行空间，永不交集。他觉得眼下他跟张家锐的差距，就是存在于同一时间两个平行空间内，不像当年，再不济，总可以勾肩搭背嬉笑怒骂。

躲闪张家锐的注视，沈自强说："好久不见——"

张家锐不苟言笑："十来年了吧。"

沈自强直奔主题："没啥要紧事，就是问问你，这周六，10月24日，有没有空？"

"10月24日？"张家锐掏出手机，食指划动屏幕，貌似查行程。

"当年……我们的……结拜日。"

"噢！"张家锐抬头说，"到时看看吧，很多工作要忙。"

"理解，理解。"沈自强试图表现得轻松闲适些，"不知道是不是老了，总想起过去那些事……挖泥鳅、掘番薯、摘柿子、钓白条……去过镇河边起火烤鱼，烤地瓜，捡石块打水漂，你打得最出色……游泳，一个猛子扎到对岸……夜里抱草席毯子，上你家天台睡……那时空气好，月亮清，星星亮……如今田里都没泥鳅了……"他在心里告诫自己，像一个应聘者给自己心理暗示，公安局局长也是人，也要吃喝拉撒，跟老同学聊天，没啥可怕的。想当年，他们仨中，张家锐最胆小。

有回，去偷瓜，被逮个正着，他和黄山不屈不挠，唯张家锐哭鼻子。都说三岁看老，他脑袋比他们灵光，拿到啥新鲜玩意儿，一琢磨就会使，嘴皮子比他们甜，逢人阿叔阿伯阿婶阿姨地唤，没整明白，自己咋混成这样，而胆量最小的张家锐，咋就能当上公安局局长。

张家锐双腿抖动，连带身子也抖，仿佛座椅底下安有弹簧。"再也回不去了——"他撇撇嘴，嘴角浮出近乎微笑的弧度，不知是笑沈自强吃饱了撑着的矫情，还是笑花有重开日人无再少年的无奈。

目光不经意被撞下，沈自强干咳两声，垂下头，视线落在面前的案几上，仿佛对案几说，要不就是对那杯水说："正因为回不去，所以总是怀念。"

张家锐还是不为所动："工作这么忙，哪有时间怀念。"

"理解，理解。"沈自强像只应声虫，又将这词应和两遍。意思已经说得五六分明白，尽管算得上热脸贴冷屁股，"赏个脸"这等话，他还是说不出口。他觉得，至少在这件事上，他们是平等的。心里是这么想，也不能打开天窗说亮话，甩过去一句"好心当成驴肝肺"，先不论人家吃不吃这套，本来想去被他一说反而不去，还有可能使这把火烧到黄山身上。

他们像拔河那般你拉我拽——沈自强频频撩拨少年

记忆信号，将张家锐拉回过去：当年的时光多温暖呀。张家锐屡屡摁掉搜索引擎，将沈自强拽回现实：没工夫陪你伤春悲秋。

一时间无话可说，办公室落针可闻。一只鸟，貌似大山雀，停窗台外，叽叽喳喳，张家锐往那儿看，似乎不耐烦聒噪，起身过去，拉开窗，将它轰跑。

咸腥海风从窗外灌入，劈头盖脸，死死糊住眼耳口鼻，令人窒息，沈自强打了个寒噤。窗外无楼群阻挡，入眼便是苍天，乌云低垂，快下雨的样子。预报说今天有雨，沈自强没带伞。他觉得他跟那把伞一样，不适宜出现在这样的场合。一场秋雨一场寒，时下已是寒露，柿子红了皮，一过是霜降，再往后立冬。四季里，沈自强最怕冬天，一年冷似一年，冻死人，被窝里猫一宿，捂不出一丝热。一年比一年难熬了，他想，哪天他嗝屁了，八成在冬天，他出生的季节。他听说，多半人哪个季节出生，也会哪个季节死去。"我还是希望你……一道回去看看……我和黄山……肯定会去……下刀子都去……"胸腔里像装了小马达，沈自强牙齿咯咯打架，舌头变得不太利索，仿佛冬季已提前光临。

"到时看看吧。"张家锐还是那句话。

"我的日子不多了。"沈自强使出撒手锏。

"什么？"张家锐面色总算有所缓和。

沈自强正要往下说，门被笃笃叩响。

扫一眼沈自强，张家锐冲门喊："请进——"

一女的，身着深蓝连衣裙，脚蹬高跟鞋，鞋跟很高，目测有十厘米。她瞥瞥沈自强："有客人呀？下午过来？"张家锐说："无妨，下午我要去县委开会，没空。"那女的噔噔噔走过，裹挟起一袭清香，将手上一摞发票送到张家锐面前，后者龙飞凤舞，埋头一张张签过去，潇洒得紧。票据很多，沈自强默数，二十来份。张家锐签完，那女的拿发票出去，不忘再瞥瞥沈自强。

"你看看，我有多忙，"张家锐仰靠椅背，"刚说到哪儿了？"

"我有尿毒症。"沈自强扯扯嘴角，扯出一丝苦笑，膝盖并拢，手心夹腿间搓动，簌簌作响。

"什么？"

"尿毒症。"

"噢！保重身体。"

沈自强忍不住腹诽，尽说这烂大街的废话，真关心我，该问我需要啥帮助才是。嘴上还是虚伪道了谢。

张家锐说："我尽量抽时间去吧。"

沈自强发自肺腑说："听黄山讲，你儿子，抑郁症，挺严重的，多关心关心他。"

"嗯——"张家锐拧拧眉心，瞳孔蓦地收缩，眼里闪出一抹阴冷。

"我们等你，我先走了。"沈自强告辞。话说到这分上，再叨叨下去，就是不要脸了。他站起来，朝张家锐微微欠身，走出去。老天拉稀般，淅淅沥沥下起雨。

八

张家锐打电话给刑侦队小江，说："帮我查一个人。"

10月24日，10月24日……目送沈自强离开后，他心里叨咕个不停。自己是否赴约，那么重要？未免小题大做了。若说不怀念当年，也不尽然，尤其近几年，看到一群少年，闻到一股青草香，或听到一首老歌，他总不由自主忆及年少时光，只是那种感觉，犹如奔跑过去的野兽，一闪而逝，无法抓住。抓不住就抓不住，不重要，你不能奢望警察在办案过程中，还要去追求柔肠百转的诗意。

沈自强面容枯槁，比实际年龄要老相得多，看上去确实是生病气色，至于是不是尿毒症，没得到印证前，他还不能全盘相信。时隔十多年不联系，突然说要聚一聚，先是黄山，后是沈自强，连小凡也牵扯进来，身为公安局局长，他不得不保持应有的警惕。设身处地想一想，难保黄山不会因当年身陷囹圄而迁怒于他，难保他们不会蓄谋一桩醉翁之意不在酒的鸿门宴，尽管那件事不全是他的错。结拜过又如何？哪条法律规定结拜过就要负责给对方擦屁股？再说他曾经暗自发过誓，与他们老死不相往来的。

出于职业习惯，黄山转交的那张纸条，一度被他翻来覆去审视，仿佛捏在指间的，是件凶杀案物证，便笺材质、颜色、气味，还有书写笔迹和力度，意图从上面看出点端倪。收到纸条第二日，他就已经对黄山出狱后的活动轨迹展开调查，至今未发现有何异常。他不明白的是，出狱后的黄山，选择在他家附近开设心理咨询室，究竟是巧合还是阴谋？假设是阴谋，那黄山必先得知道小凡患有抑郁症，这没多少难度，毕竟小凡上多家医院就诊过。问题关键在于，据他所知，黄山在服刑期间就开始自修心理学，那时小凡小学还没毕业，抑郁症搁那年月还是个稀有名词。你黄山再居心叵测，总不至于未卜先知吧。

凤山县政法委书记荣升，空悬出来的位子，市里拟让他接任，考察组下来，也就是这几天的事，下午的书记办公会，也与此有关。办公室墙上，有面仪容镜，张家锐踱步过去，往镜中端详自己，下意识挺挺腰身，依次整饬警衔、领花、警号和胸徽，最后扯扯制服下摆。没有靠山背景，从基层民警做起，一步一个脚印，用时三十三年，爬到今天这个位置，付出多少心血，只有他自己能体会。他自诩没做过其他见不得光的勾当，非要说有何把柄落黄山他们手里，想来也只能是那件事。不孝有三，无后为大，倘若再回到过去，哪怕政法委书记一职失之交臂，哪怕屁股下公安局局长一职被挦到底，他也不后悔当年安排。

得知小凡 A 型血，是小凡出生后的第五日。他有这方面常识，自己 O 型血，妻子 O 型血，生的孩子怎么可能是 A 型血？以为院方搞错，他去找医生确认。医生言之凿凿："这个不会错的，我们有严格审核流程，错的概率不到千分之一。"他央求医生再测一次："有没有可能弄混血液标本？"再测一次，结果一样。他还是不信，又寻思到另一番可能，会不会抱错了孩子？电视剧里不乏类似桥段，新闻里也有过这种报道。小凡剖腹产出生，妻子尚未出院，他通过医院内部朋友关系，将母子俩血液标本，私下送去申请 DNA 亲子鉴定。宁城医科大学附属医院出具的鉴定报告显示：小凡跟姜娟生物学亲缘关系成立的可能性为 99.9999%，与他的 DNA 在多个探针上不吻合。通俗讲，妻子是小凡生母，他却不是小凡生父——多么荒诞！

实在等不及小凡满月，趁母亲上街买菜，他咄咄拷问妻子，要她给个说法。姜娟嗔骂他发哪门子神经。

"你别给我装蒜，"他剑指婴儿床里的小凡，"这孩子，你的！不是我的！不是我亲生的！"姜娟面色倏地煞白，支支吾吾，将那桩本以为已经揭过的隐秘，零零落落抖搂出来。事情发生在童安镇，他们成亲那个月底。张家锐质疑："我们成亲，他不是没回来？"姜娟有些理亏："那天没来，几天后过来了，说补份子钱，你没在，我留他吃点心……"愤怒如长江之水滔滔不绝，并未因为妻子的无过之失而偃旗息鼓，他跳脚骂娘，摔打枕头，毛发奓开，狮子一样咆哮："你干吗不早说，你干吗不早说！我要是不问，你是不是一直隐瞒下去！"姜娟掩面而泣，泪水从指间泻出，仿佛手指在流泪："我没想到这样，就一次，我没想到这样。"他说："你该告诉我呀。"姜娟披头散发："告诉你有什么用，杀了他，还是抓了他？"说到底，真正该委屈的是她。她才是受害者，出于为丈夫考虑，不想让他为难，才将这事往肚里吞。

杀了他？还是抓了他？张家锐一度失控，像只无头苍蝇，在屋里转圈，恨不得即刻拿枪将他击毙，或者叫上同事抓他起来兴师问罪。换作别人，他大抵会这么做，可那人偏偏是他老同学，结拜过的发小。未必是他妇人之仁或菩萨心肠，那口气顺下来，冷静琢磨，一旦去追究，这事将不可避免摆上台面，闹开去只会沦为别人笑柄，家丑不可外扬，尤其对他这样的官场新贵而言。蜷缩褓襁里的小凡，尚不知人间龌龊，小嘴一蠕一噘，双臂探出，紧握手心，擎于耳边，像在使劲，手背四个富贵窝，粉嫩坨坨，连指甲也是软的，小脸丑陋得有些可爱。叫他如何对妻子的亲生骨肉、一个无辜的孩子心生杀机。将孩子送还给他？不，那才叫人笑掉下巴，意味左脸被人打了，还将右脸奉过去，没有这样的道理。

　　小江向张家锐汇报调查结果，证实沈自强患有尿毒症，一直在宁城市人民医院治疗，无业，收入来源不得而知，活动轨迹不复杂，每周去人民医院洗肾两三次，住城乡接合部，宁城南门过去十五公里，租的民房，挺破，每次洗完肾，都会去那个叫黄山的朋友那里。张家锐问："黄山最近有没动静？"小江说："除上农贸市场买菜，还有去您家附近的金牛山公园散步，几乎每天宅在他那间心理咨询室，生意还行，三天七个客人光顾，五男两女，都是找他咨询心理问题的，暗中调查过，未发现异常，不过——他好像不具备行医执格。"张家锐点点头："继续盯紧他们，有问题，第一时间向我汇报。"小江说："好的，张局。"

九

　　一楼是客厅、厨房、客房，还有一间卧室；二楼共四个房间：除开书房和健身厅，一间是小凡卧室，另一间过去一直空着。2008年买的这套复式房，装修时张家锐夫妇颇费一番脑筋，将二楼中间打造成书房，左右两间作卧室，左间给小凡，右间留给小志。两间卧室，面积一般大，格局也大抵相同，这里边的用意，夫妻俩心照不宣。

小志在小凡三岁那年出生，这事张家锐夫妻俩酝酿已久。先提出来的是姜娟，张家锐早有这方面打算，只是没明说，怕妻子会有想法，没提出来还有个原因，那几年计生管控相当严，万一有所纰漏，不消说他当时屁股下的位子不保，恐怕连公职也会被撤，不能不有所顾忌。为这，夫妻俩可谓步步为营，每一步都如履薄冰，张家锐利用人脉从医院拿到诊断证明，姜娟才得以向单位请病假七个月，临近预产期赴相邻的江州市下辖南宋县医院待产。小志出生，他们将他寄养在一个远房表亲家，户口也落到他家——表亲农村户口，生有一女，多一儿，不违反政策。这些，对张家锐而言，不能说易如反掌，也算不上太棘手。如今小志长大成人，计生政策也放开，他们想接小志回来，这也是当年初衷。巧的是，小志考取的大学就在省城，距他们家不远，有公交直达。应他们要求，小志每周末过来住上一两天，周六上午来，连吃带拿，周日下午返校。他们没告诉小志真相，尽管没说，后者应该也明白。

一楼客厅，张家锐坐沙发里，电视正重播《家有儿女》，张一山饰演的刘星，鬼灵精怪，光表情就是一出戏，算得上本色出演。也许这才是少年该有的样子，像当年的黄山、沈自强和自己，张家锐这么想。这样的活泼，在小凡身上，他从未看到过。

小凡自幼畏惧他，本来跟母亲有说有笑，一见他回来，登时噤若寒蝉。他觉得对不住小凡，没给他一个父亲该有的温情不说，还处处对他横挑鼻子竖挑眼。他曾经期待小凡顶撞他，让他的刻薄拥有足够理由，只是小凡乖巧知趣得很，非那种让长辈不省心的顽劣孩子。小凡七岁时，有一回，他下班回家，疲乏，背靠沙发，闭目养神，有人捶他肩膀，落手很轻。晓得是小凡，他没睁眼，假寐，任他捶着，小凡每捶一下，他的心就柔软一下。小凡分明在讨好他，尽管很有可能出自妻子授意，仍不免令他触动。他觉得自己很不堪，想放宽胸襟，善待小凡，偏偏又是眼里揉不进沙子的人，不知道内情倒也罢，明明知道，看到小凡就仿佛看到他，像生吞了只大飞蛾，觉得遭受奇耻大辱。

时间晚上6点，姜娟在厨房忙碌。回想今天沈自强造访的情状，张家锐情绪莫名惆怅。照理说，在公安口多年，见惯生死离合，对这类事应该极具免疫力才是。

物伤其类，秋鸣也悲，也许年纪大了吧，他百感交集。从肾内科医生那儿他打听到，尿毒症透析存活率个体差异大，仅两三年的大有人在。

最后一道菜端上桌，姜娟招呼他过来吃饭。他关掉电视，与妻子呈对角落座，气氛静如既往，只有咀嚼以及调羹碗盘触碰的声响。几十年老夫老妻，他们已经习惯这样的沉默，可以讨论的似乎只有孩子，而关于孩子的话题，可以谈的已重复过无数回，不该谈的谁也不想捅破窗户纸。不知是幸运还是不幸，他也不常在家吃晚餐，饭局名目繁多，层出不穷，总有那么些人，借小聚或茶叙名义，不是放长线攀交情，就是这事那事有求于他，疲于应酬，又推脱不得。松木材质方形餐桌，淡黄哑光漆，与吸顶灯投下的橙黄，相得益彰。骨瓷盘碗，青花萦绕。菜有白灼虾、青椒炒牛肉、紫菜蛋汤，还有他爱吃的清炒甘蓝。

一家四口围坐餐桌吃饭，有说有笑，那般其乐融融的画面，他想象过，也是妻子乐意看到的。只是如此稀松平常的憧憬，这么多年居然没能实现。抛开去外地上大学那几年不说，自从参加工作，小凡明显淡出这个家，周末也极少回来，偶尔回家，看到他在，便匆匆离开，也不大跟小志说话。几天前，小凡将黄山写的便笺给他，一句话也没说，放办公桌上就走。扫一眼便笺上内容，张家锐冲到门口，探出身去叫住他，问他跟这个人是怎么认识的。小凡却步，回头说了，未多作停留，开门出去，背影略显落寞，以至于他这个名义上的父亲，蓦然觉得周遭空了下来，好比风筝断线飞去，仅留线轴握手里，与前者关系就此断裂，再也没有机会和解。那种滋味，没有恰当语言可以形容，贝多芬也弹奏不出。

去还是不去？他摇摆不定。生怕阴沟里翻船是一方面，再就是怕万一猜度坐实，不知道该如何处置。思忖再三，他将这事跟妻子言明，叫她帮忙拿主意。姜娟仿佛被电了下，低声说："你决定就好。"张家锐说："只要他们不是另有所图，去一趟也无妨，也就半天时间，就是不知道他们唱的是哪一出。"姜娟感觉丈夫是乐意去的，因为听见他接下来说："他尿毒症，五年多了，情况不乐观，听说没成家，生活不太好。"姜娟架梯子给他下："能有什么企图，还能绑架你不成？"张家锐还是没放下顾虑："就怕他不想死。"

抬头瞟一眼丈夫，姜娟嘴角悬挂讥讽，素日何等杀伐果断的一个人，今天怎么如此婆婆妈妈？不过也不稀奇，他心思缜密，做事一贯滴水不漏。她对他心存怨念，小凡患抑郁症，与他脱不开干系。小凡是她十月怀胎生下来的，是她身上掉下来的一块肉，小凡受委屈，她自然比小凡更委屈。他没为小凡冲过牛奶，没哄小凡睡过觉，小凡半夜发高烧不帮忙送医院，她都不怨他。她耿耿于怀的是他冲小凡发脾气时，并未多少顾及她为人母的感受。

"那就不要去了。"姜娟语气淡漠，想说的是，两条泥鳅能掀起多大浪，还能吓到你这只老王八不成。妻子的不愠不火，令张家锐有些下不了台："就是不知道……该不该告诉小凡。"姜娟依旧不动声色："你自己问小凡去，由他决定，他成年了，有权知道真相。"张家锐点点头："也行，他去，我便去，他不去，我便不去……你让他明天回来吃顿饭。"他搛一只虾，伸长手臂，送进妻子碗里，貌似很随意地说："我欠小凡一个道歉，是时候还给他了。"姜娟手端饭碗，唇抵碗沿，哗啦一下，泪珠滚落。

十

血液，暗红色，流经高分子管，进入透析机，对流，过滤，吸附，经水处理系统，下机返回体内，带着科学的凉意。拔掉沈自强大腿内侧导血管，护士好心提醒他："你基础体质不好，心脏和血管都不好，还伴有继发性高血压，最好尽早肾移植。多找些医院，不能光在我们医院等，人老多，排到姥姥家了——"

医院出来，沈自强照例去黄山那儿。有患者正在就诊，他怕惊扰到他们，坐外间等候。客人离开，沈自强进去。黄山说："来多久了，怎么不说声，以为你没这么早。"沈自强说："没多久。"坐外边大半小时，塑料椅硬邦邦，硌得坐骨神经痛，腰杆也疼，他有些扛不住，几近虚脱，像坨鼻涕，瘫进卧榻。

午餐照例乌鸡线面，算准今天沈自强透析的日子，黄山一早备下。沈自强边吃边说："后天，你希望他来，还是不来？"黄山吸溜一筷子："有区别吗？来了就坐下好好谈，不来就撕破脸。"沈自强理解，黄山那十年牢狱之苦，尽管肉身已经解脱，灵魂还在那个角落，被铁门铁窗禁锢，心里委屈，需要有个释放的出口，哪怕只是一道裂缝。他期冀黄山放下，又不能过于直截了当，也没底气对张家锐多加辩护，最没资格劝谏的人就是他。沈自强说："我们打个赌吧。"黄山问："赌？赌啥？"沈自强答："赌他来不来。来，别提钱的事；不来，就按你说的办。"仰头喝尽汤汁，黄山打出一串饱嗝："容我考虑考虑。"

10月24日，晴，气温15～24摄氏度，西北风2～3级，沈自强留意过天气预报，走时不忘掖上一柄匕首。没有什么比它更合适的了，尽管他无法预料是否派得上用场。他试着将匕首抵住腹部，用力，用力，再用力，感受到源自刀尖的锐痛，忍不住倒吸口凉气。

一早动身，坐大巴到柚里县，换乘公交抵达童安镇。离约定时间尚早，他们回了趟镇上祖宅，随后徒步前往枫树林。学园路是必经之道，童安中学就在路边，想进去转转，被门卫拦止，任他们磨破嘴皮，那老头就是不让进，悻然作罢。

一条花岗石铺就的小径，从葫芦口爬向枫树林腹地，以为会贯穿整个树林，进去百米左右，小径便被他们走到尽头，前方路面被衰草、枯枝和落叶覆盖。枫树林小家子气，远近不显名声，外围倒新栽种不少，只是未成气候，尽管周末，天气这般好，也不见其他游客。脚底很软，踩在落叶上，仿佛走在雪地里，每一步都留下印记，落叶被他们唤醒。

沈自强深呼吸："说说你这辈子最后悔的事吧。"

将枯枝拗断，凑鼻孔嗅嗅，环拇指中指，用力弹开去，黄山没搭腔，不知如何作答。当年那事，说不后悔，是假话，三人中，数他最感情用事，用时下的话说，入戏最深。那种小孩子过家家的戏言，他居然义无反顾去践行，不惜搭上一辈子。算不算可歌可泣？"你肯定姓张的会来？"他硬生生岔开话题。反过来说，倘若当年置沈自强不顾，由此衍生的负疚，会令他这辈子无法安宁，他一样会后悔。《圣经》祈祷文有句话，他烂熟于心，"不叫我们遇见试探，救我们脱离凶恶"，有些事，没遇到，是幸事，遇到了，你没得选。

沈自强望望天："他会来的——"

"可是，快 10 点了，"黄山回望一眼，"我看他不会来了……"

"会来的。"沈自强还是这三个字，指向前边一处地面，"我们当年就是躺这地方吧。"

"是的——"以草地某点为中心，黄山指向一个方位，"你躺这里。"他指向另一个方位："我躺这里。"手指再右移一个方位："姓张的躺那里。"

沈自强过去，躺下。天蓝得不能再蓝，太阳底下好似搁着面镜子，光照刺目，飞蚊乱舞，医生说是眼玻璃球体混浊，老年病。他眼睛酸涩，索性闭上，想这么睡过去，日光往皮肤里渗透。听见窸窸窣窣声响，应该是蚂蚁在落叶间爬动，也有可能是蟋蟀。他侧过脸寻觅，几米开外，落叶堆里，匍匐着两朵野蘑菇，色彩斑斓。

黄山也过去躺下。一个脚朝东，一个脚朝西，身躯一长一短，好比时钟的分针和时针——北京时间 6 点整。

"能永远睡这儿多好……我住的院子，有棵铁树，种瓷盆里，枯死了，房东把它扔掉，我觉得没死透，栽进土里，活过来了，挺没想到。我也想过，把自己埋土里，像植物那样，让土壤吸走病灶。我啥法子都试过，金银花、车前草、雷公藤、白茅根……人家说哪种草药对肾好，我就去采来熬汤喝。我喝过丝瓜根的水，不是丝瓜根熬成水，把丝瓜藤从根部剪断，把底下那截接进空啤酒瓶，地底根须还会拔水，一晚上时间，就会灌满整个啤酒瓶。我还喝过童子尿，吃过符纸灰、鸡胆、鸭胆、蛇胆……我想通了，人的命，天注定，做啥都不管用，举头三尺有神明，这都是……他来了！"沈自强一个激灵坐起。

黄山扭头朝葫芦口望去，有三道身影往他们这边走来，不是张家锐。三个二十出头的小伙子，肩扛鱼竿，手提塑料桶，头戴遮阳帽，从前面横穿过去——树林另一头，有汪半亩大池塘，生长一种很鲜美的野生河鱼，当地俗称"白条"，当年他们也去那儿垂钓过。留意到两个成年男人，一个抱膝盖坐着，一个手枕后脑勺躺着，三个小伙偷偷侧目打量。年轻真好！沈自强愣怔片刻，喟叹之余，不免泄气，复躺下，对自己的一惊一乍觉得有些尴尬。

风乍起，落叶飞。沈自强起身往一株三角枫走去。

黄山坐起，朝他喊："你干吗？"

沈自强冲他招手。

黄山跟上去。

沈自强目光扫描树身："当年我们把名字刻这棵树上的，看看还能不能找得到。"

"快四十年了，怎么能找到，找不到的。"嘴上这么说，黄山还是绕着那株合抱粗的枫树，视线蚂蚁般往树干爬动，其上布满沟纹和鳞片，仿佛老人面孔，沟壑纵横，足以掩盖陈旧疤痕。"可能不是这株。"他说，走至邻近一株，还是没找到。再过去一株。

见黄山越找越远，沈自强招呼他："肯定不是那头，你在那头撒过尿，再过去有座坟，你忘了，当年你尿都吓飘了，手提裤头溜回来了。"

"是的。"回到沈自强身旁，黄山笃定说，"应该就是这株，找不着了。"他霎时有种佛陀拈花一笑的顿悟，抑郁症未必不能治愈，时间会是剂良药，所有好的坏的，还有那些不好不坏的，终会被时间抹平，但凡挺过至暗时刻，就不会出现压死骆驼的最后那根稻草。

"我忘了在哪儿看过一段话，说有啥秘密，找棵树，挖个洞，讲给树听，再用泥巴封上，秘密会永远留在树里……"沈自强斜扶树干，捂着腰眼，微微喘息，又朝路口举目远眺，仿佛只需盯着那方向瞧，张家锐就会出现，或者说不那样盯着，须臾间就会错过他。时间一分钟一分钟过去，如同还在悄然飘落的枫叶。临近 12 点，他看看手机："我们回去吧。"

黄山以为自己会高兴，张家锐缺席，正中他下怀，是计划得以实施的前提，然而他并没有意料中那么欢喜。他们折路返回，两两无言，某种情绪类似超声波，在彼此间传递。

刚步出小径，前方出现两道人影，身披金甲衣，脚踏七彩云，宛若从天而降。沈自强却步，揉揉眼皮，认清有个是张家锐。"他来啦！"沈自强抑制不住兴奋，拿手肘抵抵黄山，像重新上足发条，萎靡一扫而光。黄山嘟哝："他怎么……带儿子来了？"

一身爽利便装，前襟沾有血迹，张家锐迎向他们。"久等了，"他表示抱歉，"路上遇车祸，送伤者上医院，来晚了。"沈自强跟黄山对视一眼，脸膛兴奋得泛红，回头对张家锐说："怎么会晚，一点也不晚。"他们调过头并肩而行，张家锐和小凡尾随其后，四人缓缓走向树林深处。

三个小伙，钓鱼返回，其中一个是小江，说不上乔装打扮，另两个是他朋友，此次算友情客串。不知谁起的头，也不知有意还是无意，他们一路高唱："朋友一生一起走／那些日子不再有／一句话／一辈子……"

一只彩色羽毛的怪鸟，像片枫叶，从一株枫树飘然落下，又扑棱棱翅膀，飞过树梢，飞出树林。

少年游

一

尤子鑫约我今晚吃饭，自然他请客的意思。我不乐意去，通常情况下，一个久未联络的人突然联系你，准没好事，何况，我能料到他所为何事。

个把月前，我妈对我说："娇娇姆让我问你有没有钱借点给子鑫。"我问："借多少？"我妈说："三十万。"我问："借那么多干啥？"我妈说："听讲要开新店。"我说："开店要三十万？"我妈说："听讲他开的都是好大的店，光店租一年都得几十万。"我说："不借。"我妈试探着说："她讲一个月一分二的利。"我说："不借，小心本都收不回来。"

微信里，我说："今晚有安排，跟客户吃饭，早约好的。"尤子鑫说："要不明晚？"我说："明晚我要赶回去，工作的事，等着处理。"绝非托词，是真的有工作，前妻卷走我大半积蓄，抛下一个问题孩子，又拒付抚养费，我得为自己和孩子的将来考虑，如今钱不好挣，尤其我从事的行业，更是夹缝中求生存，要知道，我还有个正处于叛逆期的儿子要管教。尤子鑫说："没事，就简单吃顿饭，后天早上，我开车送你回去，也不差一晚上时间。"我抓着手机，望天想了想，回复说："那行吧。"心道以后还是少发朋友圈为妙，不然他也不会知道我来了厦门。

约好5点酒店门口见，4点30分左右，尤子鑫发来微信，说他到了，让我不要急，有空就下来，没空他就坐车上等，刷刷抖音。我说："有空，我这就下去。"

说久未谋面，不尽然，我跟尤子鑫见面的频率，基本每年一次。还在毗家屯时，我跟他不是真正意义上的邻居，两家相距四五百米，中间隔着四五户人家，后来去镇上集资建房，我们才成了真正的邻居，他家三楼，我家四楼，厨房挨着——我们那幢楼仿造商品房样式，上面住宅，下面车库，车库不放车，作为厨房和餐厅。每年春节，我回我爸妈家过，他也回他爸妈家过，楼上楼下，用餐的地方又挨着，难免照面。照面，也就寒暄几句，无过多交流，原因是忙，他每年回来一两天，除夕那天中午或下午到家，初一携家带口去老家毗家屯访亲，初二去他莆田的丈母娘家，然后顺路去厦门，在家时间，连醒带睡，满打满算二十四小时。

尤子鑫的北京现代伊兰特，停在酒店门廊入口边，我走过去，他从驾驶室下来，老远递过来一支烟。我摆手表示不抽。他说："走，上车，找个地方吃饭，附近有家西餐厅不错，我去过。"他还是老样子，一身不合年龄的穿搭，头发烫过，风衣正面印着一排大而醒目的蓝色英文字母，咖啡色紧身裤，黑漆皮质高帮靴——干理发的，不这样打扮资历就不够深似的。我说："就附近找家炒菜的店吧，你车停这儿，刷我房卡，免停车费。"他犹疑了两秒钟，说："也行。"

我坐进车里，陪他去泊车。停车场位于酒店背后，周围种满冬青树，树上装有 LED 投光灯，满树的叶犹如翡翠，呈现童话般的美。停好，我们往街上走。尤子鑫说："来厦门怎么也不说一声？"我说："忙，没时间，你也要开店不是？"他说："吃饭时间总是有的，你难得来，我也算半个厦门人，总该尽些地主之谊吧？"我说："我是怕麻烦你。"他说："有什么麻烦，每次回家都匆匆忙忙，没时间跟你聊，我有好多话想跟你聊的。"

地道的炒菜店不好找，沿街都是些连锁餐厅，拐进一条支路，往前四五十米，有家叫"阿忠饭店"的炒菜馆，看着很有烟火气。我说："就这儿吧。"他说：

"好。"进去，挑角落一桌落座，他拿起菜单看了会儿，招手叫来服务员："土笋冻，半酒炖蛏，空心菜，生蚝八只……"他看菜单，我看他，还是一如既往的瘦，气色不太好，面容憔悴，黑眼圈也重，正是开始逐渐枯萎的年纪。"再来一份啤酒鸭。"他将菜单递给我，让我接着点。我说："够了，两个人，吃不完的。"他说："那喝啥，啤的还是白的？"我说："白的吧，啤酒胀肚，你点啤酒鸭了不是？"

等上菜的时间里，我们继续聊。"来厦门五六年了吧？"我没话找话。"七八年了，"他说，"2016年初来的。""厦门这地方不错，"我道，"不过给我感觉还是小了些，马路和街道不如我们福州的宽。""那是，"他说，"厦门是岛嘛，没有那么多地，每块地都得充分利用。"生蚝上来了，他撬开一只最大的，放我餐盘里。白酒配生蚝，好极了，我拧开酒，给自己满上一杯，问他："也喝点吧？"他说："好。"我说："你不是要开车？"他说："没事，大不了明天回去。"明天回去，今晚住哪儿？话到嘴边，我又咽了下去。

东一榔头西一棒槌，到底说起钱的事。"要不是走投无路，我也不敢跟你张嘴，"他不无歉疚地说，"太不好意思了。""上回你妈问过我了，我也跟你妈说了，那笔钱，我另有用。"我不能借口没钱，两年前，谢宝珠逮住我，称她们银行新出一款理财产品，收益比别家银行同类产品高出零点五个百分点，让我支持支持她，我农行里的一百万定存正好到期，寻思存哪儿不是存，不如支持下邻居的工作，互利共赢，何乐不为呢，况且是保本型的产品，零风险。老话说得对，财不外露，尤其对熟人，我有闲钱这件事，八成就是谢宝珠透露出去的，她是尤子银的妻子，尤子银是尤子鑫的亲弟。

"投资吗？还是借人？利息是多少，我加百分之二十。"尤子鑫说。

"跟这没关系，"我说，"另有他用。"

"什么用？"

"这个……恕我不能奉告。"

"没有三十万，二十万也行，我会给你打欠条的。"

"开新店吗？"我说，"这年头，行情不好，生意难做，摊子别铺得太大。"这是真话，为此我列举了我两个同学的例子，就是因为太冒进，摊子铺得太大，不但赔光了家底，还欠了一屁股债，这辈子爬不起来了。我也拿自己说事："我呢，不是没想过换个差事，到底没换，现在这行是王小二过年，一年不如一年，劳心劳力，也就赚份工资的钱，但贵在保险，我们这个年纪，输不起的。"

"不是开新店，"他道，"不瞒你说，疫情这几年，

我那店，开开停停，一再亏钱，之前赚的，都贴进去
了，今年合同要续签，光店租就要一次性付二十四万，
我还有房贷要供，两个孩子要养，我老婆带娃没收入，
我压力好大。"

　　"太难了，"我说，"我们这一代人，过得特别不容
易。"平时回乡下，我妈总跟我念叨，说老家谁谁谁在
哪儿买了一套房两套房。我问："知道他们贷了多少款
吗？"我妈噎住："那倒没听说。"我说："别看人家表面
风光，背地里的辛酸谁知道呢。"尤子鑫也是我妈念叨
的对象之一，意思是书读得再好也没用，过去他学习是
比不上我，如今却混得比我好。我听了不舒服，仍用那
句话反诘我妈："别看人家表面风光，背地里的辛酸谁
知道呢。"这话不假，我多少了解尤子鑫的情况，听他
妈讲过，不光疫情，也有他自己的原因。他存不住钱，
前几年是赚了点，都被他花光了，烟抽中华，衣服穿名
牌，孩子读高价学校，还买一堆没用的东西，真是败家
子，这是他妈的原话。摄影穷三代，单反毁一生，"没
用的东西"指的就是摄影器材，尤长鑫喜欢摄影，我打
小知道。

　　"嗯，所以才找你帮忙。"他啜了口，捏着酒杯，从
杯口上方看我。

　　我没说话。

"不用担心我还不起，我想过了，就算我那店没有起色，大不了把厦门的房子卖了，搬回我爸妈家住，这是最坏的打算。"他放下酒杯，抬头直视我，仿佛一个孩子等着他想要的答案。

我还是没说话。

"真有困难就算了，当我没说，你也别往心里去。"他又端起酒杯，一饮而尽，然后将空杯放下，点了一支烟，抽上，烟雾凝成荫翳，覆住他的脸。

我说："我也有我的苦衷，请你理解。"

"嗯，我约你吃饭也不全是为了借钱，我不是那么市侩的人，我就是想找你说说话，"他陡然转了话题，"还画画吗？"

"早不画了，"我说，"哪有那闲心，工作，孩子，一堆麻烦的事。"

"人还是要有些精神追求的。"

"我们哪有条件搞精神追求？"我腹诽，现实点吧，兄弟，没准你正是因为有精神追求，才落到今天这地步。我没正面反驳他，说："我离婚了，你知道吧？"我知道他是知道的，我离婚这件事，搁我们那幢楼上下早不是秘密，都是一个村子出来的，我妈那一辈的婆娘们没职业，打发完一日三餐，闲得不得了，常拿我的事当谈资，说什么的都有，让我妈很抬不起头。我妈冲我唉声叹气："怎么搞成这样哩？"我说："不就离婚吗，有啥大惊小怪的。"我妈说："一幢楼，就你离婚，还长脸啦。"我说："自家孩子自家搂，管别人怎么说。"我妈说："是不管，可心里不舒坦，子鑫，仲城，君鹏，哪个不是生了俩生了仨？"我妈说得没错，罗列下来，我们那幢楼，我这一辈，除了我家，生儿育女这方面很旺盛，少的两胎，多的三胎，我呢，就一胎，还离了婚。平心而论，我不借钱给尤子鑫，多少出于这方面原因，娇娇姆，他妈，也是背地里议论我的一个。凭什么那头说我闲话，这头还向我借钱？

"我听我妈讲过，离婚没什么的。"

我心道，你妈不是讲过，是背地里笑话过。我说："我想表达的是，每个人都有每个人的苦衷，有些苦衷不便说，我希望你能理解我，当然，如果你非要怪我，我也没办法，你要不是我朋友，我也不必解释这么多，我没办法也不想取悦所有人……"这话倒也不假，我不能向他坦陈，我不帮他是他妈乱嚼舌根所致。话又说回来，这也不是我拒绝帮他的根本原因，姑且他妈背地里没说我闲话，我也不大可能借钱给他，并非信不过他，是觉得朋友间还是不要有金钱来往为好。

"瞧你说的，这么多年的交情，还不了解你吗……"

"那就好。"

手机响起微信提示音，他抓起看，然后低头打字，眉头紧蹙。

我问："是不是有事？"

"没事。"话音刚落，手机惊响，他接听，不耐烦地说，"跟朋友一起呢，晚点回去……知道了知道了……回去再说……"

土笋冻、空心菜、生蚝、蛏都吃完了，鸭肉剩下些，酒余三分之一，实在喝不下了，战斗力够可以的了，幸好没多点。我说："要不我们先走吧。"

他说："不急的。"

我说："你待会儿不是要回去？别开车，叫个代驾。"

他说："不急的。"

我拿菜单去结账，不想欠他的，没借钱给他，多少有些过意不去。

他追上来跟我抢："来厦门怎么能让你埋单？"

我先他一步扫码把钱付过去了。

他叹口气："你太见外了。"

我说："你负担重。"

他说："也不差一顿饭钱。"

餐馆出来，沿来时的路，我们往回走，立冬了，夜里冷，何况厦门这地方，海风大，能吹到人喘不过气，像被兜头罩上塑料袋。到酒店门口，我说："上去喝茶吧?"纯属客套,我并不希望他上去。他说:"算了,喝了睡不着。"掏出手机,我说:"我给你叫个代驾,早点回去。"他房子买在岛外,开车回去至少半小时。他拦住我:"我自己叫,你早点歇着吧,明天早上我8点到,开车送你回去。"我说:"不用送,我买了动车票。"他很生气的样子:"不是说好了我送?"我说:"买好票了。"他说:"真买了?"我说:"真买了。"他说:"可以退。"我说:"坐动车比开车方便。"他说:"也行吧,你早点上去休息,我自己叫个代驾回去。"我说:"路上慢些。"然后往酒店大堂走,感觉后背有条线扯着,回头一看,他果真还站在那儿,一动不动望着我。我朝他挥挥手,声音随风送过去:"路上慢些——"

洗了澡,清醒了些,躺床上,刷手机,脑子突然一个激灵,我稍作披挂,乘电梯下楼,出大堂,右拐去停车场,他的车果然还在那儿。我凑近车窗,借树上的光,看见他在里头睡觉,座椅放倒了,外套蒙住脑袋,身体呈蜷缩状。我叩响车窗,一下,两下……他醒来,起身,降下玻璃,表情茫然,嗓音沙哑,喷出一股馊臭酒气:"怎么又下来了?"我说:"上去我房间睡吧,我开的是标间,还空一张床。"这次他没拒绝。

往前推二十余年,我们没少睡一个房间里,我常去找他玩,然后留宿他家。他家条件比较好,房子是村

里少见的二层楼，地板贴了瓷砖。也就是说，我们不光
在同一个房间里睡过觉，还在同一张床上睡过觉，然
而，此时此刻，我却感觉极不自在，仿佛身边睡了个陌
生人。所幸今晚喝了酒，躺下没一会儿，他就打起了呼
噜，免去我不知道聊什么的尴尬。听着他的呼吸，借由
酒精的推动，摇摇晃晃，我也进入梦乡，一夜无话。

二

我妈不无幸灾乐祸，声称尤子鑫跟他妈吵了一架。
我问："他们干吗吵？"我妈哼哼两下："还不是借钱的
事，娇娇姆埋怨你没义气呢，惹了子鑫不高兴，让她别
乱讲话。"我说："你咋知道的？"我断定我妈口述的不
是第一手资料，理由是尤子鑫和他妈不可能当着她的面
吵。果然——我妈说："梅香婶告诉我的。"

为叙述方便，基于我妈传递的二手也许三手资料，
我试着复盘尤子鑫跟他妈吵架的过程。

"还是你好兄弟呢，有钱也不借你。"

"不是说了，"尤子鑫为我辩护，"他那钱有用。"

"有啥用？"娇娇姆说，"躺你弟媳银行两三年了，
没动过，早不用晚不用，你一说借，他就有用，明摆着
就是不想借你。"

"小点声，"尤子鑫怪他妈讲话不好听，"他也有他的难处。"

"啥难处？又不是不给利息，他呀，就是信不过你，亏你作孩子的时候，三天两头给他送吃的。"

"别再说了。"

"听说他就是太抠门了他老婆才跟他离婚。"

"别说了！人家的事，你少管！"

"本来就是！"

"你这样子讲他，还指望他借钱给我？没准就是你们乱嚼舌根，他才不借钱给我。"

"哎哟，自己没交对朋友，还怪你老娘我咯，又没当他的面讲。"

"说出去的话就是放出去的猪崽。"

大雪，冬至，小寒，大寒，然后到了春节。我挺不喜欢春节的，尤其离异后，一想到回镇上要面对四邻的目光，就浑身不自在，怎么说呢，总感觉他们看向我的目光里，有着耐人寻味的内容，不光是同情，更多的是好奇吧，那种明知道我离婚了又想知道更多细节和内幕的好奇。合家团圆的日子，又不能不回去，我妈这方面看得很重，再者，我也懒得做饭，更不用说年夜饭，跟儿子相依为命的日子，三餐外卖，反胃不说，还贵。

尤子鑫也到家了。除夕那天中午，我正准备下楼吃饭，听到楼道传来他跟他孩子的对话，立马收脚住步，确信他们进屋了，才踩楼梯下去——本来就怕见他，又经历借钱的风波，更羞于面对。

无奈的是，厨房和餐厅在楼下，固然他只待家里一两天，我们还是难以避免不期而遇。楼前楼后是水泥地坪，我家和他家厨房在楼道口这边，下午三四点，我妈吆喝我下楼帮忙准备年夜饭，刚出楼洞，就撞见他在给他爸理发。

"啥时候到家的？"不打招呼不行了，我故作坦荡，给人感觉才知道他回来。

"中午刚到。"他抬眼回应我，手上没停，翘着兰花指，剪两刀，麻利地转动一下剪子，类似花样转笔，有刻意卖弄的嫌疑。

"孩子回来了吧？"

"楼上玩呢。"

"成绩咋样？"

"不好不坏。噢，对了，"他才想起来似的，"明天下午要不要去罗勤家？"

"罗勤吗？"我说，"好久没联系了。"

"他打电话叫我上去，说今年难得回来，几个发小聚聚。"

没成家的时候，每年春节期间，我们发小几个都要聚聚。各自成家后，我们之间的来往越来越少了。我敢说，婚后远离朋友圈的问题，在婚人士十有八九存在吧，或者说，也不能称之为问题，应该是一种现象。谈及罗勤近况，尤子鑫说他在广州一家 KTV 连锁店上班。由 KTV，我想起来，罗勤这家伙过去超喜欢唱歌的，他有一副好嗓子，音域宽，各种类型的歌都能驾驭。彼时还在毗家屯，他往往一早起来就放磁带机，音量开得很大，声音传出去老远，他跟着磁带机里的声音唱，像模像样，还学费翔留起了长发。他过去的梦想是当职业歌手，我不知道他在 KTV 工作算不算接近了梦想。

"去的话跟我一起。"尤子鑫又转动了下剪子。

"呃……好吧。"我有深厚的故土情结，尤子鑫邀请我跟他回去，我本能反应是拒绝，打心眼里却是想回去的。离婚前，年年正初月一下午，但凡不下雨，我都要开车带妻儿回去逛逛，漫步于乡间小道，一路接受乡亲的问候，每经过一户人家，几乎都要被请进去喝茶，他们甚至要拿点心下锅，那叫一个热情。离婚后，我再没回去过，一是没车子出行不便——离婚时车子分给了前妻，二则怕乡亲打听我怎么不带妻子儿子上来，固然我离婚这事他们可能也有所耳闻。

正月初一，吃过午饭，我坐上尤子鑫的副驾座。

"我也快离婚了。"尤子鑫说。

"什么？"车载音响开着，我没听清，或者说，脑子赶不上趟儿，想再确认下。

"我老婆也跟我闹离婚。"他提高声音重复。

"什么原因？"

他老婆没跟回来过年，我昨天就觉得不对劲，还特意留了心眼，孩子俩是回来了，不见他老婆，起初还以为在楼上，到了饭点仍不见人，确定她没回来。这一幕似曾相识，应该叫深有体会，前妻跟我闹离婚那几年也这样，宁愿回娘家或只身留县城过年，也不跟我回来，除非我给她补偿，明码标价，我不惯她，爱干吗干吗去。我爸好说，只要宝宝有回他就没意见，我妈那关难过，我不得不杜撰理由应对，诸如我岳父身体不好她要回去照顾云云。"那也该初二回去，"我妈说，"初一崽初二郎，初三初四拜姑娘，嫁出去的女儿，去娘家过年不吉利的。""现在的人哪讲究这些，"我说，"想在哪儿过就在哪儿过呗。""啥叫想在哪儿过就在哪儿过？"我妈气呼呼地说，"我打电话叫她回来。"我说："别打了，她不会回来。"我妈说："干吗不会回来？"我说："她正跟我闹别扭。"我妈说："你们又咋啦？"我说："没什么，别打电话就是。"我妈不听我的，还是打了，通话结束，哀叹连连。如是几年，她习惯了，做好我总有一天会离婚的心理准备，不过到我真离了，她还是不依不饶地闹腾，吵得我耳根不能清静，回想起来，那段时间真是糟心极了。

"还能是什么原因，"尤子鑫说，"贫贱夫妻百事哀吧。"

"能不离就不离，"我说，"还有俩孩子不是？"上帝宽恕，我没有为他感到难过，相反，还略有些庆幸，如果他真离了，我就不再是孤军作战的那个人，至少，往后面对四邻时，不会再那么窘迫。

"再说吧，我打算年后把厦门的房子转掉，到我们县里买套二手的，剩下的钱，开家理发店。"

"还没借到钱吗？"

"嗯，大家都困难吧。"

我不知道该说什么了。厦门归来，在借与不借这个问题上，我经历了一番思想斗争。我分析过，借钱给他，无非两种结局：一是他成功逆袭，如期还钱；二是他功亏一篑，无力偿债。无论哪种，都不是我想看到的。众生皆苦，唯有自渡，你的困境找我渡，我的呢？我不想日后因为他还不起钱，友谊的小船彻底打翻，朋友间这类案例没少发生。我也不想用他的成功反衬我的失败，那样只会让我觉得自己更失败。

"哈，"尤子鑫突兀地笑了声，自我宽慰道，"也好，县城生活压力会小一些，我爸妈也能帮忙照顾孩子……

对了，我好像都没给你剪过头发吧？"

他上技校学的是电子计算机专业，出来后没干本行，跟一个远亲学理发，出师后先在福州工作，后来又辗转厦门开店。除旧迎新，每年春节，他都会带理发工具回来，给家里老小理发，到家通常是除夕那天中午或下午，一个接一个，一直忙到晚上，我们这些外人自然不敢麻烦他。

"到时候，我理发店开了，你可以过来。"他说，"你的头发，以后我包了。"

我说："好。"

一见面，罗勤就给我一个拥抱，说："好久不见，最近干啥大事业？"我说："有啥大事业，每天都忙，过得还难。"罗勤说："少来，谁不知道你赚得钵满盆满。""要钵满盆满，就不用这么操劳了，"我身体前倾，脑袋伸过去，"你瞅瞅，我头上多少白发了。"

罗家独门独院，围墙红砖砌就，我们先是在院子里闲聊，天气好得不像话，罗勤提议去外面逛逛。我们走在毗家屯的乡间小道上，用成年后的脚行走，用成年后的嘴交谈，可我脑子里的毗家屯还是过去的毗家屯，相伴而行的也是少年时期的尤子鑫和罗勤。

"你老婆孩子呢？怎么不一起上来？"头顶上的阳光终究不是过去的阳光。"呃……一年到头在一起，没必要大年初一也跟着吧?"我弱弱地回答,心虚到不行,生怕他继续问下去,离婚毕竟不是光彩的事。好在尤子鑫出声替我解围:"要上来,我们今晚就不能喝酒了。"罗勤说:"也是,今晚敞开了喝,不醉不归。"尤子鑫说:"今晚你再给我们献几首。"罗勤说:"想听啥?"尤子鑫说:"唱你最擅长的。"罗勤说:"《男儿志》吧。"

得知尤子鑫年后要回县城开店,罗勤表示他也想回来。"KTV 行业这几年很萧条,"他说,"外面关了好几家门店,我老板死撑着,只发了我们半年工资。"我说:"回来还干 KTV 吗?"罗勤说:"不知道,先回来呗,年后的事年后再说。"我说:"子鑫不是要开店,你跟他合股得了。""合股就算了,一来我没钱,二来我这双手嘛,只会拿启瓶器,万一把客人脑袋当酒瓶开,那就不好了。"他生动地比了个向上撬的手势,并告诉我们,他在 KTV 的职务是营销经理,上班时间胸前口袋必备一只打火机和一只启瓶器,随时准备为客人点烟开酒。

我们返回罗勤家,苏昌文、苏昌贞已经到了,他俩是堂兄弟。罗勤说:"进去打麻将吧,好久没打了,手痒痒。"鱼贯进入堂屋。我问:"打多大的?"尤子鑫说:"打钱伤感情。"罗勤说:"不打钱没劲,一个子两毛吧,输赢几十块。"我说:"行,几十块还是输得起的。"是那种很小规格的麻将,手洗的,拿捏费劲。说起来,打麻将这门手艺还是在尤子鑫家学的，当年他家开小卖部，也摆桌供人打麻将和四色牌，我爸常去他家打，我就坐边上看，等着我爸赢钱，赏小钱给我买吃的，看着看着，也学了个大概，就差机会实践了。我们十二三岁的一天，尤子鑫拎了一副麻将到我家，说我们今天开开荤，也耍耍这玩意儿。我手痒得不行，叫来邻家妹子，尤子鑫叫来他弟弟，凑成一桌，洗牌码牌，那叫一个激动。色子刚掷出去，尤子鑫他妈杀上门，破口大骂我们几个不学好，小小年纪就学大人赌钱。我们四下逃窜，躲进后山竹林，返回时，桌上的麻将已被尤子鑫他妈收了去，连同孪生兄弟般的两粒色子。那是我有生以来第一次接触麻将，甜蜜孕育，惊惶流产，鸡飞狗跳，狼狈不堪，像极了我这几年的生活。

电话进来，尤子鑫让我们稍等，他出去外头接，进来时面色不太好。我问："谁的电话？"他说："孩子他妈的。"我说："没事吧？"他说："没事，我们继续。"没摸几张牌，又来电话了，他让苏昌贞替，再次出去接。罗勤和苏昌文异口同声问我："怎么回事？"我谎称："应该是他老婆叫他回去带孩子吧。"尤子鑫进来，见我们齐看他，说："没事，你们继续，我刚好回几条微信。"

罗勤他妈招呼我们上桌吃饭，天色尚早，看了看时间，不到 4 点 30 分，老家人三餐一向早，睡得也早，时间要比城里快半拍。火锅，酒糟老鸭锅底，虾、花蛤、蛏，各种丸子，素菜居多，有白萝卜、大白菜、莴笋、瓜菜、芥蓝、皇帝菜，都是罗勤他妈种的，酒也是她自酿的青红，五年老酒，好入口，不过后劲大。毫无悬念喝多了，罗勤把厨房中央那块地当舞台，深情演绎《忘情水》《难忘今宵》《九九艳阳天》《男儿志》，辅以肢体动作，风情万种。尤子鑫和苏昌贞跟着唱："冷风吹 / 吹不熄野火一堆 / 心碎 / 志不可碎 / 卸下空心 / 往风里追……"苏昌文用筷子敲打碗沿。我不能干坐着，手指叩击桌面，和着节奏，越叩越下力，声音渐渐出来了。罗勤他妈端鸡汤进来，笑骂道："都当爹的人了，一个个还这么疯癫，马戏班里跑出来的呀。"

　　天色渐暗，爆竹声四起。"喝完我们放烟花，"罗勤说，"我昨天去镇上买了不少。"我脑里浮现一幅画面，是久违的景象，夜幕之下，几个少年，放着烟花，比赛谁放得更高更远。冷不丁，尤子鑫勾过我肩膀，贴着我耳朵说："谈好了，年后离。"屋外正响起爆竹声，我没听清，问他："什么？"他接着对我耳语："我和孩子他妈，年后离。"我说："你高兴就好。"尤子鑫说："我今晚很高兴。"我抹了把脸："我也是。"

三

雨水，惊蛰，春分，尤子鑫再次联系我，已经是两个月后的惊蛰时节。看到号码，我心头一颤，脑细胞飞速运转，寻思这次该如何挡回去。

"有件事需要你帮忙。"他倒是不客气。

我认定又是老调重弹，不过还是装傻问他什么事。

"我搬回来了，"他说，"买了套二手房，县城文笔路那位置。"

"噢，"我如释重负，"那边地段不错。"

"我不是有些摄影装备吗，"他说，"能不能寄放你那儿一段时间？"

"你家不能放吗？"我不解，能占多大空间？

"我妈不让放，"他无可奈何地说，"我老婆也不让放，见我搬这些东西回来，说要当破烂卖掉，我怕真被她们给卖了。"

"这样呀，"我说，"你快递给我就行啦，地址我发你微信。"

"我还是开车送过去吧。"

我低估了"有些摄影装备"的分量，整整五箱，那种塑料材质的大容量收纳箱，同款且同等新，想来这次搬家才买的，目测长度六七十厘米，宽和高也有四五十厘米。炫耀似的，尤子鑫当着我的面打开，一一盘点他的宝贝：两箱相册，共十八册，照片统统过了塑，粘贴在保护膜下；三箱他使用过的相机，德国奇能傻瓜机、柯达老式傻瓜机、海鸥牌相机……然后是各种品牌的数码机，佳能、尼康、索尼、松下，有些牌子见所未见，原谅我说不上来，拿在手上，沉甸甸的。

"这么多？"我瞠目结舌，看来他妈真没冤枉他，他这方面的投入，确实不是小数目。

"二三十年玩下来的，你说呢。"

我原打算把车库腾出一个角落给他，昨天还简单收拾了下，如今觉得还是放楼上比较稳妥，这些相机和相册，看起来挺贵重的，可别被鼠辈们祸害了。五楼，没有电梯，我和尤子鑫一人一箱往上抱，上下两趟，累得够呛，最后一箱，我们合力拎了上去。

前妻搬出去后，我重返卧室，书房得以实至名归。我把书柜与墙角中间那块地方清空，将原先摆那儿的博古架挪到窗户边，五个箱子，分两摞，宽度和进深适中，刚好够码，不显突兀。

"占你家地方了。"尤子鑫十分过意不去的样子。

"才多大地儿。"我说。

"我家连这么块地儿也没有哟。"他自嘲地耸耸肩。

"人活着，跟你这些宝贝一样，也就需要方寸之地。"我有感而发。

"近几年买的，还能用，需要的话，你挑着用。"他的目光一直停留在那些收纳箱上，"那些老式相机，当收藏吧。"

"没准能升值。"我说。

"等将来家里宽松了，我再运回去。"这话他似乎是说给收纳箱里的那些东西听。

"跟你老婆，怎么样了？"我转了话题。

"还没离，"他的目光终于依依不舍抽离那些箱体，"僵着。"

"能不离就不离。"

"你那天不是说开心就好？"他略显诧异地望着我。

"那天我喝多了。"

"好吧。"他说。

这段时间老头晕，五一长假后的一天，老毛病又犯了，我没出去工作。劳碌命，陡然闲下来，饶是身体因素，心也是慌的，我从这屋踱到那屋，浏览了几页《狼图腾》，没看下去，瞥见那两摞收纳箱，想到尤子鑫拍的那些照片，就想翻翻，看看能否转移注意力。

上面那箱，叠放着八本相册，我一本本翻开来，看相纸的光泽度和画面的清晰度，拍摄时间应该不会太久远。景物照居多，半空中停着几只麻雀的线缆、斑驳的古城墙、剩下枝丫的枯树、半开的柴扉，加以特写的满地碎发……也有人物，大抵抓拍的，倚墙根坐着的老妪，四十五度仰头吹泡泡的男孩，地铁上闭目打盹的乘客，街边卖水果的摊贩……

另一箱里的十本相册，多半是人物照，拍摄时间看起来更久远些。无意间，我翻到几张我小时候的照片：一张是坐在一块石头上拍的，邻居建房遗留下来的石料，凌乱地堆放在他家新房前不远的地方，我坐在那堆乱石间，屁股下的石头是倾斜的，右手不得不撑住旁边一块石头，歪着脑袋，咧着嘴笑；一张是扶着我家菜地里一株油菜花拍的，油菜花茁壮极了，比当时的我还高出一截，开着明黄的花，我歪着脑袋，咧着嘴笑；接下来背靠床头看书这张，歪脑袋的毛病没再犯，应该是没有正对镜头的缘故，我记得是尤子鑫家的床，他拍下我凝眉沉思的模样，回想起来，摆拍的嫌疑很重。

照片按时间先后排列，我再打开一本，冷不丁，被一张熟悉又陌生的照片击中。说熟悉，因为照片上的人是我，我的左侧面，广角镜头，水平构图，我坐在一方牛脊似的青石上，屈着双膝，膝盖上搁着画板，手执画笔，很专注地画画；说陌生，因为我一时想不起来这张照片是何时拍的。脑底翻了个遍，终于记起来，拍摄时间是我上初三那年，地点是罗源县的观音山，那是我第一次走出老家县城。

初二升初三那年国庆假期，尤子鑫提议去罗源玩，说那里的观音山风景美极了，适合拍照和画画。那年我十五岁，没出过县城，尽管罗源是我们邻县，毗连我老家所在的小镇，乘坐公共汽车只需半小时，车费也仅需三元，但对当时的我来说，要去的话，不啻一次远行。我当时没钱，尤子鑫有，他家开小卖部的，大钱不清楚有没有，小钱细水长流，但凡需要，他就从抽屉拿，每天几毛，一段时间下来，就有不少。

出车站，步行十来分钟到圣水寺，由圣水寺后边花岗岩垒成的石阶上去，就是通往观音山顶的路径，尤子鑫来过，轻车熟路。他姑妈带他来的，他姑妈是罗源县政府一名干部，无儿无女，把尤子鑫当亲儿子疼。沿着平平仄仄的石阶，我们拾级而上，尤子鑫在前，胸前挂着他姑妈送他的相机，还背着个呢绒材质的双肩包，我跟后，驮着画板，4开的，画板里夹着几只画笔，除此之外，身无长物。

"累吗?"尤子鑫回过头，对我说，"累了就歇歇吧。"由路线导示图看，我们到了半山腰。我说："还好。""还好"就是有些累的意思，见路旁有棵橄榄树，树下有两块青石，专等人坐似的，我们便就地歇脚。尤子鑫从背包里抓出一块袋装面包和一瓶可口可乐，递给我，接着又抓出一模一样的给自己。我问他："哪儿来的？"他说："家里拿的。"我说："你家小卖部总有一天会被你败光。"他说："不就两块面包两瓶可乐吗，哪有那么严重。"我说："还有钱呢。"他说："那也没有多少。"这家伙出手阔绰，对我尤其大方，没少拿他家小卖部的零食给我解馋，连我洗头发用的海飞丝，都是他送的。兴许我成绩好的缘故吧，他爱跟我玩，还说我长得帅。当时我真以为自己长得帅，装扮方面一度花了不少心思，直到若干年后才知道，自己一点都不帅，顶多算不丑。

树上结了不少橄榄，看着诱人，尤子鑫拾来一截枯枝，钩下来几颗，吃进嘴里，又苦又涩，回甘却长。四下宁静，风拂动叶片，小鸟啾唧，青蝉踩着夏天的尾巴吟唱。"要有盐就好了。"尤子鑫说。我说："拿盐干啥？"尤子鑫答非所问："知道怎么摘橄榄吗？"我打了个嗝，说："上树呗，要么，拿竹竿捣。""才不是，"尤子鑫故作高深地说，"只要把盐撒进树根，橄榄就会自己掉下来。"我问他："真的假的？"尤子鑫说："当然是真的，我姑妈讲的。"

山顶建有观景台，椭圆形，外侧有块巨石，像条伸出去的舌头，往外悬空探出去，立在上头能将罗源县城尽收眼底。尤子鑫说他姑妈告诉他，这是观音菩萨的座台，观音菩萨曾在此修行，观音山这个名字就是这么来的。罗源临海，风大，吹得人好舒坦，我一屁股坐下，屈膝，将画板搁膝盖上，用 2B 和 5B 画笔，勾勒城区大致轮廓。此时的尤子鑫正擎着相机，转动方向取景。我没想到，他把我作画的样子拍下来，还把照片洗出来了，若非今日所见，我永远不会知道这张照片的存在。

这时，从山的另一方向上来四个少年——上山和下山有两条路径可供选择——他们看上去很帅，比我们大两三岁的样子，梳着分头，两个五五分，两个三七分，无一例外，刘海半遮眉梢，搁我们学校，这种类型的学生都不是善茬。从表情看，他们也很意外，领头的问："你们哪个学校的？"尤长鑫回答三中的，没说是哪里的三中。对方也不较真，问尤子鑫："你胸前挂的是什么？"尤子鑫回说："一个小玩意儿。"对方说："拿过来看看。"恶意是披着羊皮的狼，我能识别它的真面目，心脏不免突突地跳。尤子鑫大抵也感知到了威胁，悄声对我说："我把相机给你，还有书包，你先走，钱在书包里。"我说："你呢？"他说："我有办法，待会儿车站等我，跑快些。"他将相机和书包递给我。我接过，转身往山下跑，身后追上来躁乱的动静。我顾不上回头看，眼里只有路，路在脚下延伸，仿佛没有尽头。

我在车站门口售票处望眼欲穿，谢天谢地，终于等来了尤子鑫，他脸上青紫相间，仿佛凭空生出了几块胎记。我问他："有没有事？"尤子鑫说："没事，他们也没讨到便宜。"我问他："疼不疼？"他说："一点也不疼。"我说："我刚才还想回去找你的。"我压根没想过要回去。他说："回去干啥，相机要紧。"他不光想保护相机，还想保护我，否则，他大可以带着相机跑，要么跟我一块跑，他这样讲，是不想让我过意不去，给予我享受特权般的置身事外一个冠冕堂皇的理由。

　　回到家，尤子鑫又遭受一轮皮肉之苦，偷钱，偷吃的，他妈想打他老久了，观音山之行只是导火索，尽管他有意隐瞒这次行程，但脸上的伤出卖了他。他妈名叫林阿娇，脾气却大得出奇，不光把尤子鑫揍了一顿，还把尤子鑫的相机给砸了，说这就是吃钱的鬼。把摔坏了的相机拿到我家，捣鼓半天，没能修好，一天挨两顿揍都没哭的尤子鑫，此时眼泪吧嗒吧嗒往下砸。那一刻，我在心里发誓，将来有钱了，一定要给他买最好的相机。遗憾的是，我一直没能攒够买相机的钱，直到若干年后，这桩雄心勃勃的暗誓，像油彩逐渐淡化直至褪尽，事如春梦了无痕。比暗誓更深刻的，是观音山凶杀案，基于它，我才能如此事无巨细地回忆起上述过往。案发于我和尤子鑫去那儿的前半个月左右，我们回家后的第三天听到传闻，后怕到不行，难怪呢，那么好的一个地方，假期也不见游客。

如果我不那么小心眼，对人多些信任再多些信心，借给他三十万，哪怕二十万，他也不至于败走麦城，他老婆也不会跟他闹离婚，压倒人的可能只是一根稻草，扭转命运往往也只需要一根稻草。换一种说法，如果时光倒流，重返年前状态，他开口向我借钱，我大抵会选择鼎力相助吧。

事实上，无须那么多"如果"，眼下他依然缺钱。"我离婚了。"他打我电话那天，半个月前。"孩子呢？"我问他。"儿子跟她，女儿跟我。""想开些，"我说，"没啥大不了的。""嗯。""接下来怎么办？"新买的房子归他，存款悉数给了他前妻，那是他用来开店的钱。"没想好，"他说，"先找家理发店上班呗。"

讲真，我没想到他会离，还当他只是说说，好比，一个孩子摔跟头时，他的小伙伴也佯装摔跟头，就为了不让他哭鼻子。那么，我是不是可以自作多情地认为，他选择离异多少掺杂借坡下驴的因素，以实际行动向我靠拢，向我们相处的昔日返归？权衡再三，我发微信问尤子鑫："还记得我们当年去过罗源观音山吗？"

过去两分钟，尤子鑫来了回复："当然记得，怎么突然说这事？"

"我看了你给我拍的那张照片。"

"哈，"尤子鑫在微信里笑了下，"那张照片嘛，角度还可以，就是光度没调好，那天阳光太强烈了，上半部分有些曝光，好在是侧面照，营造意境为主，不需要太具体的细节。"

"这周末有空吗？"

"怎么？"

"我想再去观音山走走。"

"可以呀。"

"带上相机，你跟我说哪部，我带去。"

"好。"

他让我捎上那部深蓝色的宾得 K52S，说这是一款入门级的专业单反，稳定性以及操控感好，画质清晰细腻，色彩还原度高，配置了 11 点自动对焦系统，视野率可达百分之百……我似懂非懂，思考的是怎么转账给他。我打算跟他开店，我出资金，他出人工。

我不知道自己何以做出这桩决定，是基于美发行业前景的考量，还是因为他也离了婚，抑或照片所唤醒的记忆。这张画面业已漫漶的照片，仿佛空间属性的上古法器，带我穿越回那时那地。天高云淡，风吹枝叶，小鸟啾唧，青蝉踩着夏天的尾巴吟唱。尤子鑫在前，挂着相机，背着包，我跟后，驮一面画板。

"累吗？"他回过头，对我说，"累了就歇歇吧。"

顺风车

　　明天中午 12 点之前，我必须赶到广州，跨越八百多公里，找一个叫史密斯的男人。

　　眼下是 10 点 45 分，下午的动车订不到票了，最快一趟得等到明天 8 点后，行程六小时，12 点前铁定赶不到。飞机票有，下午 5 点起飞，一个半小时航程，落地时间晚上 6 点 30 分左右，机场到目的地一个多钟头，预计 8 点后抵达，那么晚去打扰史密斯先生，不合适，人家不一定有空，毕竟约好的时间是明天上午。我当然可以在那边住一晚，第二天上午再去找他，但得考虑经济因素，差旅费加住宿费，少说两千五，远超公司规定的差旅费报销标准，郑易晶那家伙不会签字的——迫于经济压力，我一向这么患得患失。这时我方记起还有顺风车这种新兴的出行方式可供选择。手机登录某平台，匹配到的顺风车不少，有辆 14 点 30 分发车，抵达广州预计凌晨一两点，比飞机慢，胜在费用不高，且可直达，省去中途换乘的麻烦。

车主联系我时，已经 15 点 50 分，他四五十岁，江西的，相貌朴实，声线偏细，一个劲儿向我道歉，说市区路不太熟，绕了会儿。我没埋怨，横竖我有一晚上时间，巴不得到那边的时间晚些，开间钟点房，眯一眯就好了，可以省下至少一百元。

这是辆商务车，三排，七座，除车主外，可容坐六人。我上车时，已有一名男性乘客，坐副驾位置，抱着个包，头戴黑色鸭舌帽，看不清长相。行程确定，接下来一切交给车主掌控，我打算将自己放空，好好睡一觉。

酝酿了会儿，睡意就是上不来，我琢磨问题出在车主身上。严格讲，这不是一辆真正意义的顺风车，它就是跑长途线的私家运营车，载客是车主的唯一目的，换言之，他需要追求利益最大化，需要坐满至少五个乘客，才够达到他的期望值，这些都是他自己说的。算上我，目前车内已有两个乘客，还有三个需要他从平台找，基于此，他不得不顾着开车的同时，一部手机开着导航去接下一位已经预约好的乘客，另一部手机开着平台继续筛选还没预约的潜在乘客，还时不时接个电话——乘客在平台看到信息后通常会先打电话确认。五一假期，车流量比平日要大，他低头看约车平台，抬头看前方，侧头看导航，时而伸胳膊划拉手机，时而接几个电话，三头六臂都不够使唤，我被他折服的同时，脑际频频浮现车祸现场惨状，脊梁骨凉飕飕的，同时也意识到这种念头很不吉利。

天色昏暗，气象预报今日阵雨，福建广东都有。车行驶在高速公路上，出福州，过莆田，预约的乘客在泉州南安，对方打来电话，告知等候地点，扬声器传出来的声音，听着是位大叔："神仙服务区，神仙收费站这儿！"

泉州乃闽南语发祥地，闽南语又号称古汉语活化石，普通话不普通，日常用语还好，涉及人名地名，让人摸不着头脑，这位老兄的口音，更魔幻，我听不明白，江西老表更听不明白。他用地图查找，找不到神仙服务区，打电话问："哪个神？哪个仙？""婶婶服务区！"听得出来，电话那头已经在很努力地咬字，不过还是难脱浓重的闽南口音，仿佛含着口滚烫的茶，据说当地还真是"宁可一日无食，不可一日无茶"。"神仙还是婶婶？"车主让他发定位过来，对方迟迟没发来，不知道是不会发，还是有别的原因。车主很急，副驾那位无动于衷，我没见过这么冷漠的人，决定不再袖手旁观，顾不得信号监控，打开手机，用百度地图查询，没有神仙服务区，更没有婶婶服务区，倒有个省新服务区，问："是不是省新服务区？福建省的省，新旧的新。"车主大声复述我的话。"对对对，婶婶服务区，婶婶服务区。"对方听力完全没有问题。"这哪儿跟哪儿嘛！"车主呜呼喟叹，重置导航，往目的地开去，同时继续约乘客，说安溪县有两个客人预约，如果南安附近有其他客人，他就放弃安溪那边的。

南安大叔再次来电，问车到哪儿了？车主回答在高速上，半小时就可以到。大叔问几个人开车？车主说就他一个人，车上两人都不会开，问大叔会不会开？大叔说不会，问车主一个人开会不会太危险？车主说到服务区会休息的，只消半小时就够了，绝不会疲劳驾驶，开了二十年车，心里有数的。大叔说自己会开车，如果帮忙开过去，可不可以免他一个人的钱？原来，去广州的不是他，是他儿子，爱子之心，计其深远。车主说可以，车上还空一个座位，给他免单。大叔说那明天还回来吗？他跟车主的车回来。车主说没问题。

挂掉电话，车主喜形于色，说多一个人开车，他就不会那么累了。我也由衷高兴，相比一个人持续驾驶十来个钟头，两个人轮流开，安全系数无疑高得多。车轮滚滚向前，车主继续划拉手机，下一秒，冒出一句："取消了。"我没听明白："啥取消了？""南安客人，不放心我一个人开，取消约车了。""这怎么行？""只要我们没到定位地点，他们都有权利取消，平台只会扣他们积分。""不是说他帮忙开过去？""不知道，可能又不去了吧。""那怎么办？""没事，我直接开去安溪，那边有两个客人，到那边看看，有就再约一个。"这意味着我们的行程将耗时更长，他们也只是潜在客户，骑驴找马，没上车前，都有可能成为另一辆顺风车的乘客。

这次广州之行，纯属意外。上午 10 点 30 分，郑易晶打我电话，指派我送公章到广州，跟史密斯先生签合同。我问他为何不自己送去——业务方面的事，一向由他负责，我是财务总监，只负责财务这摊。他给的理由是他出差回来被隔离，出不去。"史密斯先生明天中午 12 点就飞回香港，香港疫情复杂，万一他回去后进不了内地，公司就会失去这单生意，必须逮在他离开广州前签好合同。"至于为何非得是我，他也给了解释："公司没有其他人见过史密斯先生，所以，就是下刀子，你也得跑这一趟。"他是真的被隔离，还是就想让我替他跑腿，我持怀疑态度，但不得不应承，寻思这如果不是他戏耍我的圈套，兴许是缓和我跟他关系的一个契机，他可能会因此心生感念——尽管，以我对他的了解，这种可能性不大。话说回来，我也没有过忤逆他的先例。

郑易晶是公司总经理，我是公司财务总监，理论上，他是我的上级，然而，我们的关系，比单纯的上下级要复杂得多。L公司位于我老家所在城市，由我们总部与郑易晶及另一名个人股东共同出资设立。我原本在总部财务部任职，L公司成立后，被委派过来，手持尚方宝剑，行使相关职权。从这方面讲，我跟郑易晶目标方向一致，就是让L公司蒸蒸日上，让各出资方皆大欢喜，不存在制度和利益上的冲突，姑且在工作中有些小龃龉，也当以客观公正为宗旨，以公司章程为准绳，纵使这种公正有损郑易晶的利益，他不看我的面子，也得顾忌总部的面子——谁占股多，谁的权力就大。不过凡事总有例外，这家伙还有个来头，他是我们总部郑副总的亲弟弟——恐怕也正因为这层关系，他才成为总部的合作伙伴。据说，我被委派过来，除了考虑我是当地人有利于工作开展这一因素外，更离不开郑副总的力荐。至今记得，我离开总部之际，郑副总还亲临我们财务部，当着我一众同事的面，拍着我的臂膀说："好好干！"被总部排名第一的副总委以重任，除了激动，我还感动，表态说一定会好好干，不辜负领导的期望。我是带着希望和热情来的，暗自发誓要干出一番成绩，他日胜利归来，加官晋爵，直至登顶人生巅峰。然而事与愿违，有些事，不是你好好干就能干好，甚至有时候，你越想好好干，越干不好。

安溪县城的小伙子，个子不高，三十出头，相貌平平，接得还算顺利。就是他在后来的行程中，义不容辞接过关乎我们生命安全的方向盘，让车主有了难能可贵的三小时睡眠时间。

第四位乘客，听声音是个女的，位于安溪县大坪乡，驱车过去需半小时，车主马不停蹄前往约定地点，途中多次打电话同她联系，确保信息无误。车子拐进县道，车主对我们说："这么偏的客人，其实不太想接的，换作别人，准要求加价。"看得出，他是厚道人。

抵达约定地点，没捞到人，车主打电话，对方让他再往前开段距离，七八分钟这样。车主让她发定位过来，收到后用导航查询，要十五分钟，火了："哪里七八分钟，至少十五分钟，你赶紧让家人骑摩托车到镇上，我们一车人等着你呢。"对方说："你开进来呗，踩几下油门。"车主说："我进去要十五分钟，出来还要十五分钟，就是半小时。"对方威胁："不进来就算了，我取消订单。"车主说："你定位的就是这里，我到这里了，你现在取消，钱也退不了……"不等车主说完，对方挂掉了电话。

车主又气又委屈，对我们大发牢骚："什么人嘛，说哪里就是哪里嘛，怎么能骗人，她知道定位到她那边，是没人肯接她单的……她现在就算取消，钱也退不了，我已经到了定位地点……高速免费到12点，这边浪费半小时，过路费我就得多出，我图的就是这些过路费……"他虽这么抱怨，却没有开走的意思，应该还在等女乘客回话。

女乘客果然回过来电话，说已经坐摩托车出来了，让车主稍等一会儿。已经晚上 7 点，我们还没吃晚饭，趁等她的时间，纷纷下车找吃的。安溪盛产铁观音，街道两边，一溜茶叶店，空气里茶香流淌，没看到小吃店，想走远些找找，怕来不及，留给我们的时间不多，十五分钟左右。十米开外，有家小型超市，我们结伴进去买干粮。车主没下车，我们返回时，他仍坐驾驶室刷手机，想必在约下一位乘客，做最后的挣扎，屏幕荧光照着他的脸，像打了特写。

郑易晶比我大两岁，个子瘦小，尖嘴猴腮，十足的小混混模样。对尖嘴猴腮之人，我妈有过论断："两腮无肉不可交，龟背蛇腰心如刀，与两腮凹陷的人来往，千万莫大意。"我觉得这话在郑易晶身上得到了验证，但一生中遇到啥人啥事往往上天注定，我跟他风马牛不相及的两个人，会走到一起共事，往深处说，的确属于玄学范畴。据说他初中混到毕业，当了几年街头小瘪三，后来倚仗他哥，也就是我们郑副总的关系，弄潮商场，踏足不少行业，直至成为 L 公司的老总，麾下好几个毕业于名牌大学的员工。他是个无比自信的人，经常当着公司员工的面，吹嘘当年的自己，如何立马横刀快意恩仇，尤其喝了酒后。公司共三名股东，总部占股59%，郑易晶占股30%，另一名股东占股11%，我十分清楚，郑易晶没那实力，尽管他看起来很厉害的样子，实际上是不学无术的纨绔子弟，所投入的那一千万，大抵跟他哥有关，相当于他替他哥管理资产。当然，以上只是我的猜测，无确凿证据。真相如何暂且不论，相较于代表总部行使监督职能，跟郑易晶处理好关系，甚至于去讨好他，对我而言，无疑更重要。给他好印象，就是给郑副总好印象；他高兴了，郑副总才高兴；郑副总高兴了，我才有前途。

一直以来，我也是秉持这样的初心，告诫自己务必低调行事，与郑易晶和谐共处。但有些人，跟你八字不合，不是你想交好，人家就会跟你好。他总对我横挑鼻子竖挑眼，不是笑话我"书呆子"，就是嘲讽我"傻冒"。譬如：去银行办业务，别人都插队，就我老老实实排队，被他口吐芬芳，说我做事太死板，浪费时间；某员工辞职，到我这里领工资，我算好发给人家，事后被他口吐芬芳，说中途离职属于违反劳动合同，没罚他钱就不错了，怎么还给他发工资；跟客户一桌吃饭，他问我银行还有多少余额，我如实相告，事后被他口吐芬芳，说我该加个零。"剩多少钱我会不知道吗？我问你的目的，就是要向客户展示我们公司实力。"说这话时，他看傻瓜一样看着我。我又不是你肚子里的蛔虫，怎么知道你这些曲拐弯的想法？我腹诽，却没出口反驳，纵然有堂堂正正的理由：按序排队是人的基本素质，别人不讲文明是别人的事，做好自己方能问心无愧；合同是死的，人是活的，年轻人不容易，况且他也没给公司造成损失，没必要赶尽杀绝；至于没有"加个零"，我承认我不够机灵，但对于财务人员来说，"诚信为本、操守为重、坚持准则、不做假账"才是最基本的品质。总而言之，他看不惯我，不尊重我，我对他也没有好感，但尊重他。他不光不尊重我，也不尊重公司里的其他大学毕业生。对我们这些大学毕业生，他似乎有种天然的仇恨，以驱使和训斥我们为荣，不止一次对他狐朋狗友吹嘘："什么大学生，还不乖乖听我的。"

我们悉数上车，女乘客也到了，二十来岁模样，她猫腰到最后排座位，裹挟一股茶香。"没客人了，高速免费到 12 点，再接客人不划算了，我们直接去广东。"车主声明，也是向我们承诺，我能读懂他言语里的几分歉意。犯不着的，他有言在先，坐他车，就得兜圈子，赶时间的话，建议乘动车和飞机。"哪来那么多顺风车让你蹭？"此刻才算行程的开端，前三四个钟头是开拔前的整备，我们还在泉州境内，前后算下来，需要七八个小时才能出福建，比正常行驶多耗时三个钟头。我不急，到广州的时间越晚，对我越有利，要是明早五六点到，就在目的地附近找个公园躺两三个小时，钟点房的钱也可以省下来——那么点时间，横竖也睡不着。

沿原路驶出大坪乡，车灯将黑暗犁开。车主跟我们通气，明天是假期结束上班第一天，今晚沈海高速车流量估计比较大，搞不好会堵在路上，走莆永高速稳妥些（福建境内叫莆永高速，广东境内叫梅龙高速）。收费站闸口，工作人员递给他一张纸条，午夜 12 点一过，高速准时启动收费，如果车辆仍在高速上，纸条是收费的起点证明。路上车辆寥寥，车主放开速度，见车就超，我看了看表盘，时速一百三十。目视前方，车主不忘数落女乘客，将此前对我们抱怨的那些话，复制粘贴给她，颠来倒去，甚是饶舌。"好啦好啦，师傅您专心开车。"想来，女乘客也怕他分心，一副愿意接受批评的口吻，"安全第一。"

车子从泉州岵山服务区出来，换成安溪县城的小伙子开。启动，车身抖了抖，熄火；再启动，抽搐似的往前冲两下，再度熄火。小伙子说："这车挡位有问题吧？""是有些问题，"车主说，"方向盘也有点问题，需要往左打偏一些，不碍事。"他指导小伙子如何挂挡，如何使唤方向盘，夹杂几个专业术语，我不会开手动挡，听着不甚了解。

车主坐到后面，我的旁边，原来小伙子的位置，放倒靠背，躺下来，呼噜声顷刻响起。入睡前，他反复交代："11 点 30 分左右，得找个高速出口下，出了再进来，不然得从安溪算过路费，我这趟白跑了。"现在 9点，还有两个钟头，怕小伙子忘了，我暗中留心，打算11 点 30 分左右，开口提醒他。

手机再度被我关了，据说但凡经过风险区域，就会被监控到信号，回去后要居家隔离，也听说关机没用，照样会被监控到，但寻思总比不关好，以免带来不必要的麻烦，也浪费政府资源。手机这东西，就是给人带来麻烦的，借用卡佛作品《大教堂》里"我"的那句话——"让我们祈祷，电话铃不会响，吃的东西别变凉。"我多次考虑舍弃它，也想舍弃工作。也仅限于想想，家用、房贷、孩子教育费用、父母赡养费等等，都指望我这份工作收入。舍弃现在的工作，意味着也得舍弃总部的工作，作为世界五百强企业，总部的待遇还是可以的，这几年招聘都要求研究生以上学历，要晚出生那么几年，以我持有的本科文凭，连总部的门槛都迈不进，985 毕业也枉然。基于这方面原因，面对郑易晶，我不能不有所忌惮，但逢冲突，不论占理与否，一味选择妥协和让步，咽下所有委屈，绝不与他交恶。即便如此，他还是不依不饶，甚至变本加厉，向他哥告状。

告状，是因为他需要个推脱的借口。公司的经营状况不佳，创办至今，三年有余，还处于严重亏损状态，他哥过问此事，质疑他的管理能力。他天不怕地不怕，就怕他这个当领导的哥哥，把我拉出来当替罪羊，意思是因为我的存在，影响了整个公司的运营。"为什么公司制度到了你这里就执行不下去？"有次，郑副总亲自打我电话，没有问候，没有过度，劈头盖脸一个质问。郑易晶规定，公司员工接到外部来电，开口都要来一句"您好，×××公司"，这无可厚非，算是企业文化的一部分，我贯彻执行。有天，他用手机打我办公室电话，我一看来显是他的号码，就没假惺惺说那句规定用语，被他认定未落实公司制度。我解释："知道是你打来的，所以才没说。"他认为我狡辩，揪住此事不放，向他哥告状，以此证明我搞特殊，自恃钦差大臣身份，游离于制度之外，扰乱军心，带坏好不容易步入正轨的员工。我努力向郑副总解释，话说到一半，他挂了电话，我举着手机，贴在耳边，半天没拿下来。

一辆车，五个人，素昧平生，日后大抵也不复相逢。也许，此次行程，他们也承载不为人知的沉重，毕竟，相较动车，顺风车并不快捷，费用也不见得便宜多少。车窗紧闭，车内呼吸此起彼落，不知谁脱了鞋子，弥漫一股脚臭味，绝对不是我，尽管我也脱了鞋。此举让我的脚有更多地方安放，身子窝在扶手椅里，不断变换姿势，近九十度坐着、近一百八十度躺着、左侧卧、右侧卧，将脚搭在前座椅背上，或抬高抵住车窗，试图以最舒适的状态睡上一阵——徒劳。

我的睡眠质量一向糟糕，符合失眠症诊断标准吧。光谈失眠有些矫情的嫌疑，夜尿频多证明我并非无病呻吟，要么身体患有隐疾，要么器官提前老化。天晓得怎么回事，身体、工作、婚姻……桩桩件件，我的前半生可以说失败极了。都说可怜之人必有可恨之处，我试图从自己身上找原因，无迹可寻，最后只能归结于命运的安排，所有一切，都是冥冥之中注定。

"赶早寻个出口下高速，别掐得那么紧。"时间指向11点15分，车过广东梅州，我惦记着这事。11点32分，车子出了高速，重新进入前，方向盘回到车主手中，车速比刚才快了些，持续不下一百二十码。

我略感尿急，路标显示，前方有个服务区。到了，车主并未拐进去，踩着油门，一驰而过。我感受到车主焦急的情绪，说不清表现在哪里，但我就是能感受到，这会儿终于明白他的意图：距离午夜12点整还有近半小时，他试图在这半小时内再出一次高速，半小时，以至少一百二十公里的时速，还可以行驶六十公里，过路费，三十元。

车子下匝道，一排红、黄、绿的光，如海上灯塔、日月星辰、胜利的曙光，召唤我们奔赴。11 点 58 分，快，快，再快，车壳响起密集的击打声，如战鼓齐鸣，车速飙到一百四，风声嘶飒。三米，两米，一米，车子即将穿过闸口，前方栏杆落下，仿佛从天而降，车主一个急刹车，我们的身体往前冲。

"晚了两秒！"饶是戴着口罩，但一看就知道很帅气的男收费员说，声音也好听，语气不乏惋惜。

"让我过去吧。"车主哀求他。

"不行，两秒，差两秒，就过去了！"

也知道没得商量，车主递给他上一个收费站打的纸条，交了过路费。

栏杆放行，车子驶过，从前方折回，再次进入高速。因为损失三十元，车主情绪有些沮丧，此时的车速，如同他的心情，略有低落。行程过半，再过四五个小时就到了，我打算天亮前睡一觉，希望车子开得再慢些，8 点后到达是最好的，这样我只需稍稍等上一会儿，直接联系史密斯先生盖章签合同，返程时再睡——完成任务，睡得才安心。

直到前一秒，我也没设想过，倘若事情没办好，会被郑易晶如何发落。眼下，临近目的地，我莫名其妙意识到这个问题，奇怪的是，没有想象中的担忧，反倒希望是这样一个结果，以此为导火索，引爆自己，跟他来个了断。兔子被逼急了也会咬人，他私下场合嘲讽我也就罢了，还时常当着众多同事的面嘲讽我："还大学生呢，就是书呆子！"那语气，那神态，已经不是嘲讽，更多的是羞辱，是人身攻击，我几乎要冲他门面捣去一拳，反正，因为他，我留在郑副总那儿的好感早已荡然无存。最终，尚存一线的理智战胜了冲动，现实不容许我任性，失业的后果我不得不掂量。如今，学财务的太多了，女性尤其多，男性不占优势，机关和事业单位进不去，人家都要求三十五周岁以下的，只能去企业，大企业不缺会计，小企业待遇低，也不稳定。

　　这种被羞辱的仇恨，让我时常睡不着觉，也让我渐失自信，总觉得自己真如郑易晶所说的，又呆又傻又胆小，啥都做不好。越不自信，我就越想证明自己，结果越被他取笑，如同恶性肿瘤，我们的关系，日趋恶化，没有逆转的可能。我当然可以申请回去，找个合乎情理的借口，只是这样一来，意味着我败走麦城当了逃兵，在履历中留下不光彩的一笔。我更怕回去后面对郑副总，他身为权力仅次于一把手的总部大佬，要刁难一个没有任何身份背景的小职员，想必信手拈来。也就是说，但凡他在总部的一天，我都难逃魔掌。他今年五十一岁，至少还要九年退休，九年，就算我忍得下去，也蹉跎不起，除非他调走，或发生意外。他调不调走，不在我能力范围，只能寄希望于他发生意外，要么意外事故，要么意外事件。我笃定郑易晶入股 L 公司的资金与他有关，只是，能当上总部副总的，都是千年的狐狸，比一般人都精，不会留下任何把柄，我找不到与之相关的任何证据，也没能从喝醉后的郑易晶嘴里套出话来。无解，我能做的，只有暗中诅咒——诅咒是巫师和弱者的专利。

女乘客吸溜鼻子的声音，从黑暗中传来，一下，又一下，不是吸鼻涕，是在啜泣。我似乎明白了什么，一个姑娘家，不适宜独自远行，选的还是这种存在诸多不定数的出行方式。这时，坐我旁边的安溪男乘客开口："阿妹，要不你坐副驾去吧。"原来事情并非我想象的那样，只是，他为何要让她坐到前头去，莫非误会我对女乘客做了什么？为证清白，我询问女乘客："怎么了？"她答："没事。"都哭了，怎么可能没事？我知道她没讲实话，人家不说，我也不方便问，猜测她可能遇到感情方面的问题，这个年纪的姑娘，多半为了感情才会哭鼻子。"要不，你坐副驾去吧，"我转而对副驾位置的男乘客说，"老兄，你能不能跟小妹换个座位？"

车子停在应急通道，女乘客跟副驾位置的男乘客调换了座位。这位始终戴着鸭舌帽的汉子，帽檐压得很低，遮住面孔的二分之一，借着车内打开的灯光，我只能看清他面孔的下半部，下颌角很宽，咬肌较常人要发达，还长着双下巴，不是因肥胖导致的双下巴，是下颌中间有道凹线，港星任达华的那种下巴。要记得没错，从我上车到现在，他没讲过一句话，也没玩手机，也不知道是不是一直在睡。

车子继续前行，雨刮器摆动，仿佛在极力劝阻什么。任贤齐的《心太软》、那英的《雾里看花》、郑智化的《水手》、杨钰莹的《我不想说》……这些老歌让我的困意终于如天使降临。

车速慢下来，颠簸，睁眼逡巡，才知到了东莞，已经下了高速。车停在一处民房前，女乘客先行下车，她让车主别掉头，往前开，照样可以出去。往前开了一两百米，车主停下车子，说要不在这儿打个盹吧，他有些犯困。这正合我意，相比到了目的地露天傻等，车上待着终归要舒坦些。

这一觉我倒睡得深沉，只是时间不长，仿佛就打了个盹，听见有人敲打车窗，人家货车要出去，我们的车挡住了通道。车主以掌洗脸，一个深呼吸，启动引擎，抖擞精神，继续上路，途中又吃了几根辣条。"瞌睡时，嚼辣条，这玩意儿，够带劲。"他对我们说。昨天下午到此时，十二个钟头过去，一路下来，除了辣条，没见他吃过别的。

天色微亮，许是刚才没睡够，车主表示还想停路边眯一会儿，这时点最让人瞌睡，辣条也不顶用了，征求我们意见。安溪县城的乘客说他9点还要上班，再眯就迟到了。原本他并不急，泉州到广州，八个钟头，十一二个钟头妥妥的，不想居然要十三四个钟头。只能继续上路，猜想是为驱赶睡意，车主摇下车窗，凌晨的风，薄荷糖似的。他忽然唱起歌，《纤夫的爱》，唱得很嗨，随风飘过来一股股辣条味，没一句在调上。也许睡着了，那两位老兄没笑，我也没好意思笑出声，心下思索，当送完所有乘客，车主该如何安放他的睡眠？找家旅馆蒙头大睡，还是把车当成流动的家？我认为他更有可能选择后者，换我也会做出一样的选择。

我的目的地是广州增城区，那两位老兄要去花都区。我先他们下车，凤凰城双语学校附近，没让车主绕进去。临下车，我才听车主说，昨天晚上——现在应该算前天晚上，他也只睡了三四个钟头，趁高速免过路费期间，他要抓紧时间赚些。"不然我不会犯困的！"他向我们证明，像考砸了的学生，为自己找理由辩解，这让我一阵后怕。下车时，我对他说了声："谢谢。"

橙黄色的路灯照亮雨丝，夹道两侧树影幢幢，地面遍布被风雨打下来的落叶和树籽，踩上去咯吱作响，这是相隔一千七百余里的鞋子与落叶、树籽及地面的亲密接触，犹如一桩不可思议的艳遇。清晨的街头不见人影，偶有汽车穿过雨幕，车轮卷起水花。我背着双肩包，打着伞，往里走了十几米，发觉不是要去的地方，返回，走至第二个路口，打开导航，显示目的地距此不远，步行需要十三分钟。

清晨 6 点 15 分，我躺在公交站金属长条候车椅上，尝试将自己放逐。马路对面，凤凰城别墅区入口，门岗亭灯光微弱，有保安在那儿值守——史密斯先生就住在这里，我打算等到 8 点后再联系他。每隔一会儿，保安就朝我这边看。

合同签署还算顺利，事毕，我拍了张照片，给郑易晶发过去，没收到任何回复，更别说感谢。我兀自一笑，权当自嘲，打开手机，订动车票，当天踏上归程。

之后的某天，刷微信，看到订阅号上有则某地公安局发布的悬赏通告，事关一名在逃杀人犯，端详屏幕上的照片，似曾相识，又记不清在哪儿见过。关掉页面，突然想起了什么，复又打开，遮住照片那人面孔的上半部分，才意识到，他像极了那天顺风车上戴鸭舌帽的男乘客。他们有着同样的下巴，港星任达华式的下巴。

逆光

"找你妈去！"

不明白他为何会这样，都十二岁了，鞋带还系不好，系不好也就罢了，还发脾气，抓头挠耳，大吼大叫，歇斯底里，仿佛谁触了他逆鳞，教他又不领情。

戳中他爆点抑或说我怒点的日常太多了，吃饭、洗漱、睡觉、出门……我纳闷，这些再简单不过的事，落到他身上，为何就这么难，拖拉、抗拒、抬杠、耍赖……我使出浑身解数，欲擒故纵、连哄带骗、威逼利诱……不管用，他跟我顶嘴，骂很难听的话，还会冷不丁给我一脚，或打砸东西，要不然就把自己锁房间里，气得我想原地爆炸。

如果说，他现在带给我的是愤怒，休学之前，带给我的更多是恐慌。那时候，我还在乡镇上班，每天早上七八点，但凡收到电话或微信就发慌。"你儿子今天又不去上学。"他妈通知我。他不去上学，我能有啥办法？他不听我的，打骂也不管用，我能做的只是在家陪他。他妈通知我的意图，就是让我回家陪他，她去上班。

他抵触上学校，大概始于五年级下学期，要么赖床，要么起床了不吃饭，要么吃完饭不出门，要么到了校门口不进去。有一回，我送他，他故伎重演，越接近校门口，抗拒越强烈，抱着路边一棵树的树干不松手，拽都拽不动。天下着雨，出门走得急，忘了带伞，雨水模糊了我的眼镜。路过的学生和家长纷纷朝我们这边看，有的还停下脚步，问我发生了啥事。我摇头说没事，心想，这时候，除了老师，谁也帮不了我。

我腾出手，给他班主任打电话，没接，估计在忙。上课时间临近，来往的学生家长渐少，一个穿着红色马夹的人走过来，问我怎么回事。我认出来，是他的语文老师，姓兰。像等来了大救星，我近乎哽咽，说他不进去。兰老师问为什么没进去？我说有些厌学。兰老师问过去会这样吗？我说每学期刚开学几天有过一两次。兰老师神情凛然，正了正他的站姿，厉声道："给我站好了！"他戴着风衣帽，流泪，站好。兰老师说："看看你爸爸，眼镜都是水。"我喉咙一堵，泪水溢了出来，好在有眼镜遮掩。"走，去上课！"不由分说，兰老师牵着他的手往学校走，我紧步跟上，牵住他另一边手，他不像方才那般抵抗。"好了，"到校门口，兰老师对我说，

"你先回去，交给我。"

我还要赶去乡镇上班，时间相当紧了，一大摊工作等着我。领导知道我的情况，体谅我，对我表示关怀，但只停留在口头上，不会豁免我的职责，该我做的工作，得完成，有些不是我分内的工作，也得去完成。我赶去车站，才走出几步，手机响起，一串陌生号码，是兰老师。"你走了吗？还是过来一趟吧，"他语气凝重，"我需要跟你聊聊。"

伸缩门已经拉上，我从小门进去。他没去教室，站在门卫室旁的空地上，面挂泪花，这时候雨已经停了。兰老师示意我到边上的德育室说话。"不上去，说什么也不上去，"他坐在我对面，"为什么会这样？""我也不知道。"我说他不太爱学习，不过之前哄哄，还是会来上学。兰老师问："那他平时喜欢干吗？"我想了想说："网络游戏吧。"兰老师见怪不怪的样子："我知道了。"

兰老师招呼他进来，让他跟我并排坐下："为什么不喜欢上学？"他不说话。兰老师问："有没有同学欺负你？"他摇头。兰老师问："有没有老师欺负你？"他摇头。兰老师问："那你为什么不来上学？"他不摇头不说话，要么是拒绝回答，要么是连他自己也不知道原因。兰老师问："王者荣耀哪个段位了？""钻石！"他这下开口了，眼神像亮起来的钨丝灯泡，是愿意交谈的表现。

"才钻石呀——"兰老师拖着长腔，"这么菜吗？""都是些猪对友，每次害我输……"这是一早上他讲得最长的一句话。与我对视了一眼，兰老师转而对他说："要不这样，再过半个多月就期末考了，你坚持半个多月，好不好？"他又开始沉默。"半个多月，去掉周末，也就十二天，"兰老师说，"我让你爸每天给你玩一小时。"他瞄我一眼，目光躲闪开，对兰老师说："他不肯。""只要你肯上学。"我说我同意。兰老师接腔："你爸已经同意，我在这儿作证，但你必须保证每天只玩一小时。"他点头。还得是老师，之前我也这样说，他并不答应。兰老师接着说："那我带你去教室。"他点头，跟在兰老师身后，走向教学楼。我没离开，兰老师让我等他。

一路摇头回到德育室，兰老师叹息道："不少年头了吧？"言外之意，我这个为人父母的没管好。"就周末给他玩，平时没让他玩，"我算是为自己开脱，"昨晚就没给他玩。""不玩不代表没有瘾，"兰老师说手机这东西，孩子一玩就上瘾，"今天只是缓兵之计，暑假期间，你得想办法让他戒掉，必要时，去找心理医生咨询。"

归功于兰老师，他熬到了期末，真的是熬，一天天的，就等着放暑假。暑假开启，我没带他去看心理医生，一则工作忙，没有太多时间可供支配，二则抱有侥幸，觉得休息一暑假，他应该会懂事。对于心理医生，我不是特别信赖，总觉得那些不打针不吃药的治疗手段挺虚的，对患者而言，也就是换个人说说话。

假期结束，开学在即，他上学期的表现，终是给我留下了心理阴影，算是逃避了两个月吧，如今需要重新面对，我不可能不当回事，带他买新书包、新文具、新鞋子、新衣服，意在让他有个全新的开始，从内到外。开学第一天，我特意请假送他，谢天谢地，他进去了，没有表现不情愿。

没几天，我在单位用早餐，他妈来电，时间 7 点 45 分。我心里一咯噔，预感不妙，战战兢兢接起。"你儿子又不去上学。"果然，她说。"是不是发生了啥事？"我带着点质问，"还是你跟他说了啥？""没有，就无缘无故不去上学了，在家不出门，"她有些不耐烦，"我还要去上班，不管他了，你看着办。"

饭吃不下了，班也没心情上了，我向领导告假，赶回城关。除了跟他大眼瞪小眼地对峙，我不知道赶回去起啥用，也没心情给他做饭，只能点外卖，而点外卖这种事，远程就可以操作，不回去又不放心。

我找他同学来家里玩，找他班主任跟他交流，还带他去看心理医生，都不管用。班主任建议休学："课落下这么多，赶也赶不上了，又是毕业班。"休学不是想休就能休，需要医院诊断证明，心理医生说他没有精神疾病，就是单纯厌学，厌学不是精神病，所以不能开证明。

"今天下午学校组织彩排，无论如何得进来一下，学校通知，如果请假，必须持县级以上医院开具的证明。"休学没办下来前，他还是班上一分子，学校的通知，我得贯彻执行。我让他去学校，就一个下午，一两个小时，最多不超过三个小时。他答应好好的，但到了学校附近，任凭我怎么劝说拉拽，就是不下车。我近乎哀求他，不去的话，就要去医院开证明，要花时间，还要花钱。他无动于衷，躲车里不出去，仿佛车外有啥洪水猛兽。我要疯了，将车熄火，跟他一同坐在车后排。9月初，正午时分，热得像火炉，车厢更热，热气消耗车内氧气，令人窒息，我跟他就那么坐着，一次无声的较量，看谁坚持到最后。车门紧闭，车内温度疾速飙升，我们汗如雨下，全身湿透。怒火在闷热中彻底爆发，我掐住他脖子："既然这样，我们都不要活了，我先掐死你，再自杀。"他被我扼倒在座位上，脸顷刻变得通红，恶狠狠地盯着我，想杀我的眼神。最后一刻，我还是松了手，带他上县医院，感觉失去了所有力气，全程没跟他讲一句话。

备好休学材料交给学校，时间已经到了9月末。接下来怎么办？让他在家待着，还是送他去专门戒网瘾的学校？他妈倾向于后者。她打听到有所这样的学校，位于湖南益阳，"转变传统模式，挖掘孩子潜能，培养孩子心性"，网络上这么说的，口碑不错。我不太赞成，远不说，学费还贵，一月一万。她说一人出一半。我没理由不答应，就眼下这种情况，也想不出更好办法。

福州到益阳，九百多公里，我们计划国庆节期间送他去。出远门，需要准备的东西不少，行李箱、生活用品、鞋子、秋冬季的衣服……办身份证、打新冠疫苗、核酸检测，疫情期间，这些缺一不可。

"阿容叫我支持点你儿子的学费。"我爸对我说，"要不要给？"

"啥时候的事？"

"前天。"

"别给她！"不是说好一人一半，怎么还私下找我爸要钱？

离婚的事，瞒着孩子，也没告诉双方父母，她提出来的，提了数不清多少次，我不胜其烦，一咬牙，签了字，这是半年前的事。她说她累，说实话，我也累，为了多赚几个钱，上班之余，兼职数份，周末留给孩子和家务，时间安排得满满当当，还是被她数落做得不够。我不知道别的家庭是啥样一个状态，她说我做得不够，我想也许我真的做得不够，又没能力做得更好，面对她，老有种愧疚感，这种愧疚，如影随形，让我很焦虑，同事说我有抑郁症倾向。我跟她眼下的状态，离婚不离家，孩子由她抚养，我每月支付两千元抚养费，孩子十八周岁前，只要她未嫁予他人，可以继续居住我家，确切说是我爸家。房是我爸出钱买的，没署她的名，她跟我闹过多次，基于此，我付给她三十五万，名曰"精神伤害补偿"，仅有的一辆代步车，也归她所有，算两清了。收入原本就是各自支配，家里大额开销还都是我在负担，这三十五万，掏空我大半积蓄。

离异后的生活，没有太大变化，我还是跟过去一样，工作日待乡下，白天上班，晚上兼职，周末回家陪儿子，每月按时支付抚养费。离婚带来的改变，于我而言，更多是心理上的，面对她，我不再愧疚，因愧疚衍生的焦虑，也有所缓解。因此，周一至周五晚上，忙完兼职，我又重拾搁置已久的相机，去单位所在小镇兜兜转转。小镇地处山区，景致古朴，有一条两旁皆是明清风格房子的老街，夜幕降临，灯笼亮起，徜徉其间，别有一番风情。

依我所言，我爸没给她任何支持，她私下找我爸要钱这事，我也没去当面揭穿。不揭穿，不代表我对这事不介意，我鄙夷她这种行径，不明白她哪来的自信这么做——都离婚了，怎么还好意思向我爸要钱？

我跟她一道送儿子去湖南益阳。学校位于市郊区，二十名学生一个班，配备一名生活老师、一名教学老师、一名厨师，老师没有上下班概念，全天候跟孩子同吃同住。担心他想家，送他进去后，我当天未离开，晚上住酒店，一早去学校看他。我的不请自来，校方不欢迎，说我这样既是对孩子的不信任，也是对他们的不信任，每月有两天假期，想看孩子，届时可以过来。校方所言不无道理，他变成这样，与我和他妈的宠溺不无关系。来那天是 10 月 5 日，我和他妈原计划 10 月 7 日返程，基于上述原因，提前到 10 月 6 日。

10 月 6 日晚 8 点 25 分，我们回到家。洗漱后，我躺床上刷手机，隔着一间洗浴室，是她的房间。儿子不在，我们就是熟悉的陌生人，守着各自一亩三分地，除非万不得已，互不打扰，为避免照面，会错开到家中公共区域走动。睡意比平日来得要早，电话是 10 点多打来的，一看号码，我神经条件反射性跳动。他的电话手表入校时交由老师统一保管，规定打电话的时间是每周日下午，此时来电多半不是好信号。

"接我回家！"他的声音从千里之外传回来，还是往日闹脾气时我所熟悉的那种腔调。

"怎么啦？"我一个深呼吸，调节好情绪，"谁给你的电话？"

"老师宿舍拿的。你过来接我回家。"他瓮声瓮气。

"你不是说喜欢那边吗？不是很多新同学吗？你跟他们聊聊。"去之前征求过他意见，给他看那边的现场教学视频，他表示喜欢那样的上课方式，一直到在宿舍选床位时，他还表现得相当兴致盎然。

"接我回家。"他还是这句话。

"说好的，我和你妈一个月后去看你。"新生入学，都有一个月的试读期，既是学生对新教育的适应过程，更是老师对学生的考核过程，从昨天傍晚抵达到此刻，才过去不足三十小时。

"你不接我回家，我就从楼上跳下去，"他泛着戾气的面孔，浮现在我眼前，"你就等着收尸吧！"

"我已经回家了，出去也得等两天。"我知道他只是要挟我，知道他没胆量做那样的事——心理医生说他暂时没有自残倾向，更知道不能让他得逞——有了第一次就会有第二次，但这种事我不敢大意，只能使用缓兵之计，多给他两天时间，也许他会改变想法，"这样吧，你先跟新同学聊聊，我过两天出去接你。"

"我要你明天来接我。你不来接我，我就从三楼跳下去！"他就是这样，一使起性子，谁都劝不住，所有教育方法论，落到他头上，都变成一纸空谈。

"这么晚了，你先睡觉，我跟老师说说……"我的劝说苍白无力，心里其实已经妥协。老师姓李，电话里说："您别担心，我会劝他。"我向他赔不是，近乎低声下气，说让他多费心了。李老师说："您客气啦，给孩子做思想工作也是我们的职责。"结束通话，李老师没再打电话过来，想是他的劝导起了作用，我如释重负。

事实证明，我过于乐观了，早该料到的，不会这般顺利，尤其关乎他。第二天一早，李老师来电："经过我们慎重研究，您还是把孩子领回去吧，我们也没办法，这孩子压根听不进劝。昨晚他说的那些话，我都听见了，说实话，我们也怕，万一有啥闪失，我们承担不起，这么多学生，我不可能时刻盯着他。恕我直言，您这孩子问题不少，领回去后，还是得严加管教。"孩子他妈恳求他："李老师，能不能让他再试几天，他只是一时半会儿不适应。""还是领回去吧，该做的我们都做了，早饭也不起来吃，同学劝他，他还凶同学，昨天擅自跑我宿舍拿手机，我们开会他进来也不敲门……"李老师历数他这两天的表现，一点也不委婉，声称从事教育行业这么久，还没见过这样的孩子。他这么说，无非就是让我们死心，接他回来，势在必行。

"接回来，以后怎么办？"他妈问我。

"走一步算一步，"我仰望天花板，困惑她为何总分不清轻重缓急，"不知道怎么办，就不去接他吗？"

问题是谁出去接，一去一回，少说两天，她明天要上班，我明天也要。打电话跟儿子商量，过几天再出去接，他不答应，要我们明天就得去。"不接我回家我就跳楼！"他还是拿这句话要挟我们。李老师打来电话说："你儿子拖着行李要出去，拽都拽不住，安全起见，你们尽快领他回去吧，实在没空，问问航空有没有托管服务，我送他去机场。"致电航空，获知提供此项服务的只有南航，最快的一班也得等到大后天上午。还是得出去接。我让他妈去，我出差旅费。她说她请不了假。我说我也脱不开身。我们都在赌，谁沉不住气，谁就得出去接，最后败北的人是我。我说我出去接也行，差旅费你出。她不乐意，声称这次给儿子买平板电脑和衣服鞋子的钱都是她出，加学费已经花了一万多。我说过去我哪个月不花一万多，我有找你要一分吗？她说你身为男人，多承担些不行吗？这边高举男女平等的旗帜，那边又以弱者身份索求利益倾斜，她一向这样。

"时间和钱，你总该付出一个吧？要么我给你钱，你出去接，要么你给钱，我出去接，你自己选择！"我从来没跟她这么斤斤计较过，态度也从来没这么强硬过，送儿子去湖南本就是她的主张，她不能把善后的麻烦都撒给我。

"不正给你转吗！"她将计算器往地面摔，一副要跟我拼命的架势，面目狰狞冲我咆哮，"急什么急！"

为区区两千元，歇斯底里的两个成年人，丑陋极了。我没去理会她，感情方面，不存在谁对谁错，钱财方面，扪心自问，我从未亏欠过她。

接回来后怎么办，我不知道，办了休学，学校是去不了了，他也不愿去。看得出来，这次湖南之行对他打击挺大，我计划先让他休整一段时间，再想办法。

到底不放心，饶是抚养权在他妈，我还是一有空就往家跑。好几个工作日晚上，回到家，看见他孤零零玩手机——他妈的手机，我问他："你妈呢？""健身去了。"他头也不抬地答。这样的情形屡见不鲜，终于有一次，我忍无可忍，对她说："你要没时间带孩子，我辞职回来带，你每个月给我两千。"她说可以，听不出勉为其难还是求之不得。

辞职的念头早已有之，并非完全因他而起，缘由说来话长，不做赘述。不过，当后来有人问我为何辞职时，我还是会说："为了孩子呗。"避开自身原因，拿他当挡箭牌，收获诸如"伟大""牺牲"之类的赞美，想想挺虚伪的。

早上七八点出门，带他去江滨公园运动，他带上他的篮球，我带上我的相机；运动完，一起去农贸市场买些菜回家；中午，我午休一小时，他玩一小时手机；下午我做些兼职的工作，他看课外书；晚上带他去附近逛逛，睡前让他看些课外书；周末，带他去参加公益活动……我对辞职后的生活做了详尽规划，甚至还计划将我们相依为命的日常拍成视频发抖音，没准还能收获一拨粉丝。我是带着信念辞职的，以为只要全力以赴，就一定能改变他。事实证明，我还是过于想当然了，一天的计划，始于他早上不愿意出门，全盘告吹，我们的冷战，从清晨开启，到睡前结束。日复一日。

我也高估了他妈的品性，她下班回家，不是健身，就是出去应酬，儿子叫她在家陪他，她也不为所动，周末亦是如此。她给我的理由："工作压力大，需要放松。"我心想你怎么放松是你的事，我不要求你做得比我过去好，也不能这么当甩手掌柜吧。既然对孩子没有任何裨益，还影响我的睡眠和情绪，我觉得让她继续住在家里，已经没有任何意义。我想让她搬出去，她依旧凌晨才回家的一个夜晚，我将门反锁，任凭她怎么敲也不开，最后不知道她去了哪儿借宿。我想她能明白我的用意，岂知次日清晨回来时，还揣着明白装糊涂质问："你什么意思？"她不走我走，带着儿子，我搬了出去，租房住，靠近郊区的民房，一卧一厨一卫一露台，月租一千，不贵，也不便宜。

该由她负担的两千元抚养费，她已经三个月没给我。事实上，从我跟她调换角色的头个月开始，一到时间点，我都得乞丐似的伸手管她要钱。我尽可能撇开偏见，客观地去分析她的"健忘"，终究无法理解，怀疑她本性就是如此——从她私下找我爸要钱这件事可见一斑。我跟她是通过相亲认识的，缺乏足够的了解，我们的结合就是错误，儿子的出生也是错误，但身为人父，我必须为这个错误埋单。

"你不要让我买这买那，你妈可没给我生活费，要买找你妈去！"微薄的兼职收入，要付房租，要吃饭，还要带他去看心理医生，花钱的地方太多了，饶是已经把生活标准降到最低，手头还是感觉拮据。

"我妈说你把她拉黑了，她给不了。"他不喜欢我说他妈坏话，总会为他妈辩护。

"第一，她有我银行账号，可以直接打到我银行卡。第二，她有你微信，可以通过你微信转给我。你妈总爱找借口，我没拉黑她的时候，也没见她打钱过来，就是因为她不打钱，我才拉黑她的。"

"……"

"做人要有责任心，该你做的事就要做到，别像你妈那样。"教育他的同时，我不忘拿他妈做反面教材。

说另一半坏话，是教育孩子的大忌，我自然知道，但顾不了那么多。过去我们一切从他出发，尽可能让他在健康和谐的环境中成长，他不还是长成如今这样？他若天性如此，我做啥都错，棍棒教育是错，放养教育也是错。我现在就是要让他明白生活的凛冽和残酷，世界不是他想象的那么美好，我跟他妈已经离婚，并且他妈不负责任，我这个"专职奶爸"当得很辛苦。

"你知不知道我很累。"我用疲惫的语气对他说。

"你可以不用管我的。"

"那你这辈子就废了。"

"废就废了，人生短短几十年。"

我不理解，他才不到十二周岁，哪来这么消极的想法？我连他的行为都约束不了，何况他脑子里的人生观和价值观？这是最致命的，我一点信心都没有。

我需要倾诉，各种负面情绪将我吞噬，尤其在那些难以入眠的夜晚。房子被他妈占着，车子离婚时划到她名下，大半积蓄也归她所有，现在的我，仅靠领取失业金和微薄的兼职收入过活，社保费都无以为继，除了让我操碎心的他，几乎一无所有。我当然可以出去工作，没人阻挠我，但能否安心工作暂且不论，此举意味着要把他丢在屋里，或送还给他妈，回到过去那种状态，那我辞职的意义何在？离开不忍心，留下又没有意义，这样的日子，不知道还要持续多久，我已经四十一周岁，余生一眼可望到头，没有积蓄，没有退休金，晚景凄凉，也不指望他会照顾一个几乎一无所有的糟老头。

　　一个认识我和他妈的朋友，听完我的倾诉，道貌岸然地说："我是你和她共同的朋友，不方便做评价。"圆滑如他，怕落下口实，又说："当父亲的，哪个不是这样，就你苦大仇深的。"我向他倾诉，不是向他寻求帮助，也不奢望他会帮助，更不是要他上法庭去指证孩子他妈，只希望他对我和她做出不失偏颇的评价，让我知道是我没有自知之明还是她确实存在失职，仅此而已。我终于明白，对于他这个立志单身一辈子的男子来说，可能永远体会不到一个单身父亲、一个休学孩子的单身父亲、一个休学孩子的失去工作的单身父亲的心情。如今回想起来，我与他的交往历程，一直缺乏朋友之间该有的平等，约好的时间，他每次都要迟到至少二十分钟，出去吃饭或游玩，多半我埋单，现在还是如此，从不体谅我已经失业且还要抚养孩子的窘迫。他跟孩子他妈一样，习惯了我单方面付出，并将其视作理所当然，说来奇怪，这么显而易见的问题，过去我居然没意识到。

　　住处东面的小露台，是我如今最爱去的地方，比一张单人床大不了多少，一个洗衣池和一台洗衣机占去大半空间，楼下是条逼仄的小巷。周围民房挤挤挨挨，我住的是二楼，置身露台，只能看到天空的一方块，阳光经过的时间很短，中午11点至13点之间。儿子不爱出门，大部分时间我得陪着他，不起啥用，还是得陪着他。我喜欢拿着相机站露台上拍照，拍小巷墙根的苔藓、穿过小巷的路人以及对过水泥墙面的污渍，还有一面是砖墙，青灰色混凝土砖，深黑色砖缝线，要比一整面水泥墙的有意境，也拍头顶上的天空、月亮、星辰、云朵、太阳。太阳最无私，但凡晴天，总不缺席，我将相机镜头朝上，毫无意外，画面里总是一片耀眼的白。掠过空中的飞机、鸟儿、树叶、塑料袋，或日晕中的太阳本身，我期待它们出现的瞬间，摁下镜头，好比猎人，对疾驰而过的猎物扣动扳机。如果镜头能抓到它们，他就有望改变——明知道胜算接近零，我还是设下这个赌局，说不清啥原因，念头一生，挥之不去。

除了发一些意有所指又似是而非的微信动态，我不再祥林嫂似的遇到有耳朵的就想倾诉几句。也许是过去的那些年，我对他的陪伴太少，上天才给了我弥补的机会，让我放下工作，全身心陪伴他，不至于错过他的成长。讲句不好听的——请原谅我讲得这么难听，把他当残疾人养就行了，不抱期待，也绝不会弃他于不顾。

我发现，他也并非一无是处。他厌学，却喜欢阅读，连理财类的书籍都看得下去；他爱画画，尽管只热衷动漫，但画得委实不错；他口才好，词汇丰富，能说会道，妙语连珠；他很有爱心，路上看见猫猫狗狗，会停下来跟它们说话；他富有正义感，看到有人被欺负，会打抱不平；他脾气是暴躁，但从来不撒谎……有一次，同学请吃饭，我带上他，吃完把包落在餐馆，取回来时，我跟同学说："可能压力大，记性越来越差了。"那晚月光皎洁，带他回租处，途中他对我说："老爸，你不要给自己太大压力。"路灯昏黄，拉长我们的身影，两道差不了多少的身影，踩着时光刻度，步入小巷深处。他在成长，固然磕磕绊绊跌跌撞撞，但总有一天会明白，不明白也没关系，身为人父，我尽力了。

每周四我带他去看心理医生，就诊时间惯例一小时，前四十分钟医生跟他交流，余下的二十分钟留给我。接诊多次，医生已经了解我的处境，话语间流露同情："我理解你的感受，身为单身父亲，放下工作照顾孩子，很不容易，但在稳住孩子之前，你先得稳住自己，你强大了，孩子才会强大，你崩溃了，孩子也会跟着崩溃。"他讲得没错，我也需要一个心理医生，接受持续性抑郁情绪的疗愈，如果条件允许，我还想去医院做个全身体检，右上腹的隐痛已久，最近感觉有所加剧。

心理医生的疏导似乎对他并不奏效，我没有从他身上看到肉眼可见的变化，但有可能如医生所言，这是一个潜移默化的过程，长期以来形成的习性，非一朝一夕能转变，不宜操之过急。一个学期结束了，一个寒假过去了，又一个学期开始了，在他同龄人都在学校上课的时间里，我跟他依旧在这间不足二十平方米的屋里耗着，几乎每天都会因这样那样的事针锋相对。天气渐渐回暖，小巷墙根新生苔藓，麻雀也多了起来，它们停在两条平行的电线上，落进我的长焦镜头里，像极音乐课本里的五线谱，事实上，它们也的确在歌唱，叽叽啾啾。

炸裂似的疼痛，发生在一个深夜，凌晨 2 点多，我以为忍忍就会过去，躺床上不断调整姿势，疼痛一阵紧似一阵，实在没扛住，打了 120。等待急救车到来的时间里，我摇醒他："爸爸肚子痛，等下 120 来了，你帮我开门……"疼痛再一次袭来，我蜷缩身体，指向柜子："最下面抽屉，有个钱包，我身份证、银行卡、医保卡都在里面，等下一起去医院，不懂问医生，银行卡密码你记着……"隐约听到急救车的声音，我坚持把话说完："别打爷爷奶奶电话，他们年纪大了，来了也没用，也别打你妈电话，我不想欠她人情，你先跟我去医院，找医生帮忙交钱办手续，一切等我醒来再说……"

我睁开眼，不清楚具体时间，只看到刺眼的白，熟悉的白光，是我往日置身露台，将相机镜头指向天空所看到的那种曝光画面。我一时无法适应，阖上眼睑，再度睁开，迎接我的，不再是刺眼的白，而是一颗脑袋，光晕漫延。"老爸你醒了！"伴随他的声音，有泪滴落我脸上。

七步杀

一

女人买菜归来，家中空无一人。女人以为丈夫带儿子出门了，换上家居鞋，将菜放入厨房盥洗池，进卧室换上家居服，回厨房烹饪周末午餐。阳光照着窗台，高压锅吐着蒸汽，女人哼着歌儿。外头传来了防盗门轴承转动的声音，拖鞋与地板摩擦的声音，液体滋进马桶的声音。

从卫生间出来，回到客厅，男人打开电视。真人秀《爸爸去哪儿》正在重播。待妻子从厨房探出头来，才用一句不痛不痒的话，替代他可有可无的问候："宝宝没醒？"女人反问："不是你抱走了？"男人说："没有呀，我出去时，睡着了呀。"女人颇有微词："没事你出去干吗！"男人嗫嚅："有点急事。""宝宝在家，你放心得下？"女人边说边往客房走，湿漉漉的手一正一反揩

着围裙。两室一厅的商品房，刚在卧室换衣服，没看到
儿子，那就是在客房。"宝宝呢?!"女人声音尖锐。"睡
卧室里呀!"男人从沙发里翻滚起来。"没……有……"
女人声线颤抖。"我明明抱他睡卧室的。"男人扑进卧
室，确实没看到，床上有儿子躺过的凹痕。

阳台，衣柜，门角，床底，窗帘后，沙发后，洗衣机，
冰箱……孩子已经学会乌龟那样爬，搞不好睡醒后爬到
哪个角落，上回还将一坨大便拉在衣柜里。糟糕的是，
将房子寻了个遍，依然没找到儿子。倒是发现，家里被
翻动过：书房的联想笔记本没了，床头柜抽屉里的罗西
尼手表不见了……都不重要，重要的是，孩子不见了。

女人哭闹蹦跳，捶胸顿足。女人厮打自己，也厮打
丈夫。男人边吃受妻子的拳头，边哆哆嗦嗦打110报案。
等待警察到来的时间里，夫妻俩去物业查看监控。画面
里，有个头戴鸭舌帽、脸捂大口罩的男子，怀抱他们的
孩子，乘电梯下楼，直至走出小区。至于他们家防盗门
是如何被打开的，不得而知。

警方很快来人，录完口供，带着监控，还有夫妻俩
的希冀，凝重离去。三天过去，杳无音讯。那三天，男
人和女人，男人的亲人和女人的亲人，几乎没怎么合
眼。女人水米未进，瘫软在床，气若游丝，连哭闹的力
气，都耗尽了。那三天，女人声息微弱，反复问丈夫：

"你那天干吗去了，你那天干吗去了……"

男人没给妻子答案。男人没法给妻子答案。男人那天是去宾馆私会情人去了。男人需要紧紧抓住妻子外出买菜的空当跟情人亲热亲热。以他的经验，一个小时，足够了。一个小时，儿子应该不会醒。醒了也没事，大不了哭一阵，哭哭可以长力气，会哭的孩子长得快。

男人无法启齿的这个真相，最终在警方质问下和盘托出，否则警方有理由怀疑，男人给不出解释，出于何种目的。而此时，离案发，已经过去七天。女人恨不得杀了丈夫，怎会有如此狼心狗肺不要脸的父亲呀，将不到两岁的儿子丢家里，跑出去跟小三苟合！女人果真在那个晚上杀死了丈夫，将熟睡中的丈夫，一刀一刀，砍了整整十刀，在儿子睡过的那张床上。

宁城市刑警石文涛，整理好口供笔录，往桌面上磕磕，打量金属栅栏里的女人，并未马上离去，而是展开与后者这样一段对话：

"你可以不杀他的。"

"我恨他！"

"越恨他，越不该杀他。"

"为什么？"女人如无波老井，眼皮也不翻，没有丝毫求知欲，仿佛对方答或不答，都无所谓。

"你要让他活着，让他愧疚一辈子。"

"我不想活了，找不到孩子，我也会自杀。他愧不愧疚，我看不到了，让我活着，比死了还痛苦。"女人咬牙切齿，稍稍有些动容。

"孩子或许可以找回来。"

"不，找不回来了，我听说了，三天找不到，希望就渺茫了。"

石文涛心里也认同女人的说法，目前拐卖儿童案件的侦破率确实不高。

"看过《失孤》吗？没想到，这样的事情，会发生在我身上，你们把我毙了吧，一想我儿子在另一个地方受苦，我比死了还痛苦。"

类似脑死亡，还有一种，叫心理死亡。石文涛知道，女人的心，已死，如她的泪，死于肉体前。

走出审讯室，助手欲言又止。最后的对话，没有任何意义，说画蛇添足也不为过，尤其对石文涛这个沉默寡言的刑警而言。石文涛说："觉得奇怪？"助手笑笑："有点。""心理学研究表明，亲生骨肉被拐卖的痛苦，远胜过其意外死亡的痛苦。"助手叹息："她真可怜。""所以，她杀了丈夫，情有可原。""可是，"助手说，"法律不会因此豁免她的罪。""假如让你选择，你会选择仇恨，还是愧疚？"助手眉头紧锁："我不知道。"也是，只有身处深渊的人，才知道深渊的模样。"不瞒你说，愧疚比仇恨，更令人痛苦。"助手挑挑眉："也是心理学说的？"

市公安局。射击训练室。灯火通明。

缩肩、贴腮、锁肘、挺腕。眼睛、缺口、准星，三点一线。砰砰砰……弹无虚发，又拿下一个十环。石文涛默念专业术语：无意识击发，无意识击发……这就是射击的某个境界？无须瞄准，开枪的手，就是眼睛。或者，手中的枪，就是眼睛。

思绪跳转，想起上高二的一天，上课铃响，一女同学往座位上跑，一男同学将脚伸出去，本只想开个玩笑，不料女同学被绊倒，一头栽到桌子上，立马就不行了。女同学家长到学校哭得昏天暗地。男同学长跪女同学尸体前。除支付巨额经济赔偿，男同学饱受多方谴责，终因心理问题退学，后从自家天台跳下。他至今记得男同学的模样。

家。书房。瞎灯。

仇恨和愧疚，两个词，如弹幕，盘桓在石文涛脑海，轮番转动，挥之不去。仇恨和愧疚，哪个更令人痛苦？如果时间可以稀释仇恨，那是不是也可以稀释愧疚？拿女人的案子来说，如果给女人多点时间，是不是可以淡化对丈夫的仇恨？如果她丈夫还活着，是不是真会愧疚一辈子？

转轮手枪，被拆成零件。双手翻飞，拆散的零件，复又组装完毕。气势一紧，石文涛单手握枪，挺直手臂，枪管指向窗外，准星瞄向虚空。扣动扳机，咔嗒，没有子弹。他习惯卸下子弹，与弹匣分离。一老刑警告诫过他："小涛你这个习惯不好，一旦发生紧急情况，就算只慢上几秒，也可能造成不可预料的后果。"

二

接到老同学电话时，石文涛还在惆怅女人的案子。

老同学说："知道魏东升吗？"

石文涛说："怎么不知道，路辉集团掌门人，大名鼎鼎的商界精英。"

老同学说："也是你一个村的。"

石文涛没有否认，不知对方为何说这个，隐隐中嗅到一丝不祥气息。

老同学坦言："他挂了。"

知名企业路辉集团，通过招商引资，与童安镇官方签订项目，欲将安民厝打造成集民宿、餐厅、观光为一体的旅游胜地。安民厝坐落于童安镇以北，安民村西山坳，方圆占地三百余亩，晚清建筑风格，曾居住过泱泱百余户人家。清末，一行京城人氏，不知何故，被官兵追杀，南下逃亡至如今的柚里县。当地县令宅心仁厚，将众人秘密安置于此，为他们修建栖身之所，顾名思义，称之"安民厝"。这支外来户，非同宗族，姓氏驳杂，故"安民厝"亦叫"百家厝"。如今安民厝后裔，都不在安民厝住了，而是在村子外头，距安民厝二十里地，靠近国道位置，盖起新厝。过了若干年，他们中的大部分，跟风在城里买房，将老弱病残丢在这片土地上——凤毛麟角的佼佼者，打哪儿来，回哪儿去，一步登天在京城购置房产；更多类似石文涛这样的，与十万八千里的京城，毫无瓜葛，拍打翅膀从安民厝飞出去，顶多栖息在省城或县城。

项目刚签署落地，尚处勘察阶段，魏东升就一命呜呼。最先发现尸体的是当地一村民。像往日那样，那人起早去傍山湖捕"白条"，途经安民厝，发现路口停着乌龟壳，寻思又有好看的可以看了。不久前他就逮到过一对男女，不知打哪儿来的，躲在安民厝老屋里亲热。

拐进安民厝，兜兜转转半圈，没看到所期待的画面。正欲放弃，发现二层阁楼一间屋子窗口中央，吊着个啥东西，定睛一瞧，瞬间魂都吓飞了，跑回村部，逢人就吆喝见鬼了见鬼了。听的人问他见啥鬼了。那人将亲眼所见有鼻子有眼描绘一番。听的人信也不信。信，因为安民厝闹鬼传闻已久：五十年前，一个爷爷辈的，不知何故，好端端的，从小阁楼坠下，脑浆流淌一地；三十年前，一对新婚夫妇，都是安民厝的，男的姓孙，女的姓李，成婚当晚，双双用剪刀刺开颈部动脉，自杀于洞房内，据说当天婚礼上，他们还有说有笑；二十年前，一聂姓女子，二十岁不到，尚未出阁，在自家卧房上吊自尽，穿一身骇人的大红旗袍。不信，因为眼下青天大白日的，哪有鬼敢出来活动的理儿？八成是那人老眼昏花把绣花针当成棒槌，要不就是闲得慌编鬼故事吓唬人。那人发誓称他既没眼花更没撒谎，否则生儿子没屁眼。听的人说你六十好几了，还生个屁儿子！得得得，横竖也闲着，咱去瞧瞧，活了大半辈子，还没见过鬼长啥样哩。

几个村民不惜徒步半小时，结伴前往安民厝。抵达目的地，斗胆近前去看，前排阁楼一扇窗户后，果真直挺挺吊着个人。一嘴皮子乍呼起来：这不是聂家闺女上吊的老屋吗?! 个个头皮发麻，汗毛倒竖。村民忙向村主任报告。村主任向辖区派出所报告。派出所向县刑侦大队报告。柚里县刑侦大队成立专案组。

据柚里县刑警调查结果，死者后脑勺遭受过重击，估计是先被人击晕后被拴进尼龙绳挂上屋梁。现场门窗完好无损，未发现搏斗痕迹。对于久无人至的老房子，物体覆满灰尘，理应很容易留下痕迹。然成也萧何败也萧何，灰尘雪般被扫去，连死者本人的可识别痕迹亦未找到。换句话，凶手具备反侦查能力，行凶时八成戴着手套，杀害死者后倒退离去，将痕迹都抹去了，地板留有笤帚篦痕。安民厝前坪倒是遍布鞋印，是来瞧热闹的村民留下的。死者随身携带的手机、钱包、手表和车钥匙无一丢失，停在路口的新款卡宴车窗紧闭，静候主人归来，初步排除谋财害命，犯罪动机定性为情杀或仇杀。经大致了解，未发现情杀线索，至于是不是仇杀，不得而知。从家装小包工头做到集团企业掌门人，死者身份背景和人际关系甚是复杂，商场如战场，不排除被竞争对手蓄意谋害的可能。

法医推断死亡时间为前一天晚上 7 至 9 点。令人费解的是，这么晚了，死者来这个鸟不拉屎的旮旯，做甚？说为工作实在匪夷所思。国道路口监控显示他是只身驱车过来的。根据破密后的手机通话记录，死者生前接到的最后一通电话是个陌生号码，打出去的最后一通电话是给一个叫聂小安的。前者通话时点 8：15，时长两分钟半；后者通话时点 8：18，时长不到两分钟。

柚里县刑警随即传讯聂小安。身为死者生前专职司机，聂小安声称魏总那晚确实给他打过电话，要他开车跑一趟安民厝，不过那天他已经请假，再加上吃晚饭时跟朋友喝了酒，所以没去。刑警问他："案发当晚 7 至

9 点你在哪儿？"聂小安答："在家睡觉。"刑警问："谁可以证明？"聂小安说："我孤家寡人，没人可以证明。"刑警走访那晚跟他吃饭的一干狐朋狗友，并调取其居住寓所电梯监控录像，与其所述大体吻合，证实聂小安所言不假，便将接下来的侦破方向，重点放在死者接听的那个陌生号码上。通信公司提供信息，该号码信号定位的确在安民厝方位，通话结束信号源消失，八成 SIM 卡被拆下抛弃，想要找到无异于大海捞针。因眼下手机号码未施行实名登记，通信公司无法获取使用人信息，不过向警方提供了该号码销售轨迹。柚里县刑警按图索骥查至经销商，获知该店前段时间搬迁中一批 SIM 卡不翼而飞，巧的是该号码就位列其中，此条线索就此中断。

根据对安民村地理环境的现场勘察和先前掌握的国道路口出入车辆及人员监控，柚里县刑警将凶手锁定在当地村民范围内，对眼下还生活在安民村的群众逐一走访摸排，除听到一些闹鬼传言，找不到任何线索。人口密集的居住地，从来不乏捕风捉影的民间传说，这些神神道道的坊间谣传，当然不可信。案件没有眉目，至此陷入僵局。考虑到此案涉及招商引资，童安镇政府请求警方封锁消息，避免案情发酵，影响当地招商引资环境，柚里县刑侦大队对此案的侦查一直在暗中进行。

"你对魏东升了解多少？"老同学在石文涛家乡柚里

县搞刑侦。得知对方想从他这儿获得线索，石文涛表示爱莫能助："我要让你失望了，不瞒你说，我从安民厝搬出来都二三十年了，再则我们一个从商一个从警，生活圈子不同，我对他知之甚少，所知道的恐怕还不如你这个外来念经的和尚。"

魏东升长石文涛五岁，石文涛考上初中那年，前者早已初中毕业。石文涛考取高中后，随父母迁居县城。魏东升没上高中，毕业后跑去省城闯荡。换句话说，上初中后，石文涛也就每年春节才见到打工归来的魏东升。上高中后，几乎没见过他了。掐指算来，他们有十多年没见过面了。最后一次照面，依稀在十余年前某同乡安排的筵席上，人挺多，闹腾腾，两人没顾上说几句话。

挂掉电话，石文涛眼前浮现出的，还是魏东升十年前的轮廓：身形颀长，面部白皙，高颧骨，鹰钩鼻，目光精厉，透着一股攫取的力量。有些峥嵘，或者说，有些狰狞。话说人是有面相的，或许正是这种面相，才注定魏东升成为商场弄潮儿。

三

老板魏东升被害，聂小安作为司机，即便没有那通电话，也没理由不被卷进来。他是这么对刑警说的：

"那天我向魏总请了假，晚饭跟朋友吃大排档，喝多了，回家睡觉，睡不着，跟朋友去了酒吧。"刑警问："你老板打你电话说了什么？"他说："魏总让我开车跑趟安民厝，酒后不开车，开车不喝酒，没法去，再说我那天已经请假，所以魏总也没怪我，也不知道他有没有找别人。"刑警问："你老板那么晚了去安民厝做什么？"他说："那就不知道了，魏总在电话里没说。"尽管警方没再揪着他刨根问底，但聂小安仍未摆脱嫌疑。除反复求证他那晚行踪，柚里县刑警还在挺长一段时间内暗中监视他的一举一动。

聂小安名义上是魏东升的专职司机，暗地里也充当"锦衣卫"角色，类似包拯身边的展昭，列宁身边的瓦西里。这并非代表聂小安有强悍的体魄和不凡的身手，恰恰相反，他还是一如既往清瘦，身高不足一米七，许是长相秀气，看起来比实际年龄还要小得多。魏东升看中的是他的胆量，一个常年打打杀杀并且蹲过十二年牢狱的钢铁直男，胆量不会差到哪里去。这就够了，有时胆量比任何武功招式都管用，当一个人不要命时，他的身体就是把锋利的刀，尽管这把刀从未派上过用场。

聂小安其实并没搞懂人的胆气究竟从何而来。他认为他的胆小与生俱来，好比有的人天生脑袋小，有的人天生屁股大。父亲在他两岁时去世了，母亲进城务工难觅芳踪，爷爷跟奶奶分居多年，他打小就习惯偎依在奶奶身边，晚上都要睡在奶奶腋下，还叼过奶奶皱巴巴的乳头。因为白面细目，看起来羞羞答答，文静得像个囡囡，村里人取笑他，送给他绰号"妞妞"。对男孩来说，此类绰号，多少有些作践人。他心里不舒服，也仅仅只是不舒服，毕竟连他也感觉自己像"妞妞"，胆比针眼小。具体表现：不敢在人多场合说话；不敢一个人待在家；不敢看人家杀鸡宰牛；不敢放炮仗；不敢顶撞人……心里一犯怵，就会打结巴，吐不出囫囵话。

他享受人家对他与众不同的关照，譬如：去小伙伴家留宿，对方会让他睡里边；去摘野果，小伙伴会让他待树下捡果子；去河里摸鱼，小伙伴会让他在岸上待着——他乐意将自己摆在这样的位置，乖乖坐在河岸黑不溜秋的礁石上，屈膝，双手支着下巴，望着一个个黑不溜秋的屁股，在河面上像鱼脊冒一下，随即鳞光闪闪没入水中。

聂小安立志要做一个勇敢的人。

接下来呢，小伙伴做甚，聂小安也做甚，拒绝享受特殊待遇，譬如：你上树，他也上树；你下河，他也下河；你捉蛇，他也捉蛇；你骑牛，他也骑牛；你放炮仗，他也放炮仗……有次玩捉迷藏，还斗胆躲进苏家横在厅堂墙根下那口乌漆麻黑的备用棺材里。他所做的种种，目的只有一个：练胆。这是他的秘密。然并没有啥用。他是在强迫自己，不似人家那般随心所欲。那些上房揭瓦提拎甩褂的事，在小伙伴眼里其乐无穷，在他心里却是活受罪，以致他的效仿看上去费劲八叉，蛙泳游成狗刨式，跟斗翻成驴打滚。

人的胆子长在哪儿？聂小安询问爷爷。爷爷粗粗拉拉的手，摩挲瘦瘦瘪瘪的肚皮，道不出子丑寅卯，根本不会预料到，两年后自己会殁于胆囊癌。两年后没有彩电，现在更没有，电视播放广告，黑白画面劈过一道闪电，随之炸起一道响雷，孙女对奶奶说：奶奶，我怕。奶奶说：乖，吃了珍珠粉，胆子就大了。聂小安去找奶奶要珍珠粉。奶奶不知啥叫珍珠粉，去镇上兜一圈，没买着，去县城再兜一圈，买回来了。每晚临睡前，聂小安都满怀期待吞下一汤匙珍珠粉，翌日早上醒来并未觉得胆子比昨天更大些。听说吃啥补啥，碰到有人杀鸡杀鸭（这时候他已经敢近距离观看人家杀鸡杀鸭了），他就向人家讨要鸡胆鸭胆，裹着白砂糖咕噜吞下。安民厝人民竖大拇指：小安真勇敢，这玩意儿都能吃得下，清热解毒利身体哩。燕雀安知鸿鹄之志哉，他们心窝子浅，哪里晓得聂小安是在补他的胆儿。

安民村碗口大，人口稀，没办学校，小学是在镇上念的，寄宿，周末才回家。有个晚上，宿舍闯进来两个不速之客，各自手上拽根镀锌管，将铁栏杆床敲得砰砰响，要他们老实把钱交出来。同学都吓坏了，纷纷翻裤袋掏钱。聂小安不从，觉得就这么任人拿捏，胆子只会越来越小，曾经的努力，功亏一篑。聂小安咬咬牙根，打滚下床，抄起宿舍唯一一张板凳，胡乱抢舞，与那两个恶痞展开搏斗。他边挥舞边叫同学帮忙。同学都吓坏了，没敢出来帮他。他这一呼救，反而弱下气势，没招架住，被打翻在地，意识逐渐模糊。

他很快醒来，躺在床铺上，像木乃伊，宿舍里点着蜡烛，人被蛋黄色烛光包裹，很安全，很舒坦。打他的人已作鸟兽散。他浑身上下，散了架。同学娘们似的叽叽喳喳：

"醒了醒了。"

"还痛吗？"

"有没有哪里不舒服？"

"我们报告老师了。"

"老师报告校长了。"

"校长给派出所打报告了。"

"老师去卫生院找医生了。"

——那年代还没出现手机。他动动身子，没忍住呻吟一声，鼻孔发出一息冷哼。这些道貌岸然的胆小鬼，面对舍友被打，个个竟然怂得像鹌鹑，屁都没敢放半个，现在又假惺惺向他示好。他看不起他们，同时颇感欣慰。原来，这些货，比自己更胆小。

宿舍事件像阵风吹遍学校，聂小安成为学校里的风云人物。很多人看见聂小安，都会竖起大拇指说：现在的聂小安，可比以前的聂小安胆大多了。聂小安也高兴，认为自己真的胆大了许多，像打败天下无敌手的江湖侠客，内心里的自信仿佛施展轻功的身子，蹿得跟房顶一样高。

可是，那个夏天，突如其来的一件事，又把聂小安打趴了，身子从高高的房顶自由落体，以一块猪肉的形式垂直砸到地上，摁在土里，扬起成片粉尘，再也抬不起头来。

那年7月，日头似火，安民厝人民，几乎在午憩。未成年人大多不喜午睡，放暑假在家的魏东升，跟年纪相仿的陆贵阳，还有比他小两三岁的石文涛和聂小安，借玩"七步杀"打发时光。作为"捉迷藏"和"木头人"的升级版，"七步杀"游戏规则是：双方都必须躲藏，都必须寻找对方，只要发现并先叫出对方名字，对方就变成"木头人"。先发制人这方，须朝"木头人"跨七步，只有七步之内踩到对方脚背，才能宣告对方"阵亡"。何人发明这个游戏，无处可考；为何是七步？歌谣："捉迷藏，吊晃晃；木头人，愣邦邦；一二

三四五六七；杀鬼子，炸飞机。"一二三太少，其他数不
顺口，是这意思吧？无从得知，游戏就是这么沿袭至
今的。

　　游戏业已开始，分成两组，魏东升和石文涛一组，
陆贵阳和聂小安一组。头个回合下来，年龄上占劣势的
石文涛和聂小安，已经淘汰出局。阳光热辣，他们在前
坪树荫下，等待游戏结束，老半天，没等到人，有些不
耐烦。石文涛说："你待这，我去找。"片刻回来，二话
不说，拉起聂小安的手，一个劲儿往楼梯口拽。聂小安
丈二和尚摸不着头脑："小涛，干啥！"石文涛不说话，
将手指竖在嘴唇前，紧张兮兮打个嘘，拉着他，径直上
二楼。一个前面走，一个后面跟，前者步子放轻，后者
放轻步子。走到聂小萍卧房门口，石文涛示意他贴近门
缝看屋里头。他将眼睛贴过去，看见屋里一幕，紧握两
拳头，手心沁出汗，大气不敢喘。

　　他想冲进去，提不起勇气；他想呼喊，声音卡在喉
咙里；他想去叫人，两腿不听使唤。姐姐头朝里，脚
朝外，嘴巴似乎被堵住，呜咽断断续续。蚊帐低垂，看
不见姐姐此时模样，只看到魏东升和陆贵阳的背面，他
们又黑又瘦的身体，在蚊帐后面剧烈扭动，那架势，仿
佛要将床摇塌，仿佛要合力杀死姐姐。他才过完十岁生
日，从未见过这样画面。石文涛蹴蹋两下房门，许是

窗外蝉声聒噪，抑或是魏东升和陆贵阳身体内波翻浪涌，他们浑然未觉。直到屋内两人细猴样从蚊帐里钻出来，聂小安才拽着石文涛拔腿下楼，仿佛犯下亏心事的是他。

胆子不是猪尿泡，吹几口气就能撑大。外表的假象可以欺瞒别人，却无法欺骗自己。这一刻，聂小安才意识到，原来自己从来没有勇敢过。

四

那个夏天以后，聂小安的人生目标，并不像以前那么简单，而是要胆大到足够杀人。如何杀人？双手扼住咽喉，尖刀刺入血肉，刀片切断动脉，匕首割开喉管，斧头砍下头颅，铁锤砸开脑壳，子弹穿进肉体……假设，有人站在你面前，一动不动，任杀任剐，敢不敢下得了手？聂小安给出的答案是：不敢。怎么可能下得了手，光想想头皮都发麻。不像电影电视，死再多人，再凄惨，都离他太遥远，离现实太遥远，小时候，看这些镜头，是害怕，稍大些，知道是假的，就没那么害怕了。他实在想不通，现实中怎么真有敢杀人的，实在不忍卒想，不忍卒视，更不消说还敢将尸体大卸八块（他是从报刊上看到这类消息的）。就算免费赠送给他十个八个胆子，这种胆量也长不到他身上。

初中也是在童安镇读的，班上的学生，分农村来的和童安镇本地的，他们这些农村来的，时常受到童安镇本地的霸凌。那些自以为是的家伙，逃学，吸烟，喝酒，寻衅滋事，一副能用拳头解决就不多费口舌的架势。刚开学那阵，因为没把答案传给后桌同学，考试结束，那个清清瘦瘦的同学，将他堵在厕所里，扬言会让人去宿舍找他。同学是童安镇土著，目光里盛满凶狠的光芒，他心生向往却望尘莫及的光芒，像两把锋利的刀子捅出来，足以插透朋友或者敌人两肋。只有心里藏着刀的人，眼睛里才会出现这种光芒。他不是笨蛋，理解同学所谓的"让人去宿舍找他"是什么意思，好在心惊肉跳度过整个下午，琢磨不透那个同学是只想吓唬他还是将这事忘了，总之没人来宿舍找他。

正所谓不打不相识，他后来竟然成为那个同学的好兄弟，好到就差歃血为盟。其实这是他处心积虑的成果，对方并不知内情。他暗地里将对方当成学习榜样。他必须跟对方一样，让心里长出刀来，再让心里的刀从眼睛里长出来。

功夫不负有心人，初中肄业那年暑假，聂小安杀了人，严格来说，只是疑似杀人。那是童安镇青皮少年的一次火并。残阳如血的傍晚，童安镇南郊河滩，混迹在呼啸的人群中，聂小安执一把锈迹斑斑的杀猪刀，虚张声势挥出去，抻出压箱底的力气，却往里收着引而不发，像憋着通有贼心没贼胆的屁。场面愈演愈烈，人人都想收手，可是像借出去的钞票，毛都收不回来。若不是那声"警察来了"，这起半大孩子间的械斗，极有可能被载入童安镇史册，事后不说尸横遍野，想必也遍地狼藉。感谢那声喊叫，众人有理由哄然而散，脚底像踩着风火轮，溜得比子弹还快。他手拽杀猪刀，一路狂奔，像无头苍蝇，跑到山上，藏身于曾经无意发现的一处防空洞里。洞穴狭窄，需弯腰弓背，仿佛母亲的子宫，却毫无温度。对母亲毫无具象的向往，多少驱散他对黑夜的恐惧。也可以说，眼下所面临的恐惧，胜过他对黑夜的恐惧，好比只顾逃命的野兽，暂时忘记身上的伤口。天色渐晚，借打火机微弱的光，发现豁了的刀口上，沾着一丝暗黑的血迹，当即像甩掉炸弹或毒蛇，他将刀甩进树林，惊起几只夜鸟，扑棱棱飞起。

　　他翌日凌晨才回镇上，听闻昨日傍晚那起群斗，对方阵营里，有个倒霉蛋再也收不回左手。他不知道那人的胳膊是不是分离于他的杀猪刀下。回想起来，好像是，又好像不是。倘若是，他想，要是砍下去的位置再往那人身体中间偏移一些，那人就不只是失去一条胳膊那么简单。他清晰地记得刀锋划开皮肉的声音。那声音其实没有声音，只是类似撕裂玉帛的感觉。那种美妙的感觉，激荡出美妙的回音。他先是志满意得，紧随而来的是怅然若失。事实上，这次历练，不是因为胆大，而是因为胆小。杀人，可能因为胆大，还可能因为恐惧。对他来说，后者的成分，似乎更大些。

事实证明，他还真是胆小如鼠，生怕警察会找上他。听说警察已经逮住好几个参与那次斗殴的瘪三烂仔。就算那条胳膊与身体断绝来往非他所致，他肯定还伤过人，不然刀口不至于留有血迹。他因此吃不下饭睡不着觉，面色暗沉似被厉鬼缠身，像漏气的皮球塌陷下去。他有些日子没回安民厝了，自从离开学校，素日待在童安镇，只逢年过节才回家，没做甚营生，奇的是，也没饿肚子，时不时同几个混混，戳在学生宿舍楼道口，拦路敲诈那些农村来的学生。这次因为害怕，他灰头土脸回去，对不怎么管教他的叔公撒谎，说自己生病了。他确实生了病，魂都吓散了，老长一段时间，方收拢回来。好在虚惊一场，吃不准是参与斗殴的虾兵蟹将实在太多，还是素日里他充当的是那种可有可无的角色，反正警察没有来逮捕他这条漏网之鱼。

类似经历，不能说一点收成都没有，仇恨是土壤，胆量是种子，他就这样从尘埃里一步步站起来。此后那些年，他用空啤酒瓶砸开过一个废物的脑壳，用镊子拔光过一个有狐臭的小瘪三的腋毛，用牙刷柄捅过作威作福的牢头的肚子，用手指掰玉米棒似的将企图非礼他的狱中淫魔的作案工具生生拗断。

聂小安成为魏东升司机，是很多年之后的事了。当上魏东升司机那年，聂小安三十七岁，魏东升四十二岁。之前有十二个年头，聂小安在监狱度过。常在河边走，哪能不湿鞋，没人回回都走狗屎运，十二年前的某次武斗，因为过失杀人，他被判刑十二年。四十二岁的魏东升，已经是很有钱的人了，却没有给安民村同乡几多帮扶，连生他养他的故乡也没回过几趟。不是同个祖宗生的就是没啥情分！这是聂小安出狱后听安民厝人民这么议论的，仿佛提携乡党是人家飞黄腾达后应尽的义务。很多事情讲究缘分，若不是以神意志为转移的机缘巧合，聂小安想成为魏东升司机，也绝不是打打灯笼搬搬石头就能成的。你必须承认，成年人就是存在如此银河鸿沟，哪怕小时候还一块玩过尿水和泥巴。

时年三十七岁的聂小安，出狱没几天，又跟人干架，被揍得头破血流，如丧家之犬，藏匿于一幢公寓的楼道下。他蜷缩在楼道阴影里，血流满面，喘着粗气，还真像吐出舌头散热的哈巴狗。这时候，魏东升出现了。魏东升的家室不在这儿，路辉集团也不在这儿办公，之所以在这儿出现，是因为这幢垂老斑驳的旧楼里，住着他在这座城市的情人之一。他触摸感应灯，正要踩上楼，听见楼道下传来拉风箱般的喘息，吓了不止一跳。夜已深沉，灯光又弱，魏东升未认出聂小安。眼前这个满脸是血的人，像只破麻袋，皱巴巴堆在墙角，不知是死是活。他掏出手机欲报警，这只破麻袋发出人类的声音："不要报警！"魏东升停止拨号，小心翼翼走过去，打量半天，眼熟，认出是聂小安。

魏东升连楼也没上，将聂小安送往医院。聂小安伤势不严重，第二天，魏东升为他办好出院手续。前者单手把着方向盘，后者坐在副驾驶位置，宝马在江滨大道风驰电掣。魏东升目视前方："你有驾照吗？""没有。"魏东升似乎早有所料："去拍照片，找家驾校，考本驾照。""可是——"出狱没多久，脑袋光溜，囊中羞涩，五指空空，除了满身伤疤，他一无所有。魏东升心领神会："钱的事，不用担心。""可是我啥都不会。"魏东升抛出橄榄枝："没人一开始什么都会，有闲工夫去外面打打杀杀，不如安安分分当我司机。"

五

陆贵阳获知魏东升死讯，缘于一通匿名来电。那道低沉的声音说："魏东升死了。"打个激灵，陆贵阳问：

"你是谁?"话筒里一阵忙音。

陆贵阳向父亲打听此事。父亲在电话那头咋呼:"什么?!怎么死的?莫可能,莫可能,磕破天的事,哪有不晓得的理儿!"

父亲所言极是,以魏东升如今影响力,遭逢如此变故,理应一石激起千层浪,如果连生活在老家童安镇的父亲都不知晓此事,想必子虚乌有。然无穴不来风,他想再找人打听打听,脑海里筛过一遍,不知该找谁。几个问题在心里头盘桓:第一,魏东升到底死没死?第二,打电话的人是谁?第三,如果这个电话不是魏东升本人的恶作剧(转念想想,如今他们的关系,并没有熟络到相互间会开这种玩笑的地步),还有谁知道那件事?第四,给他打电话,是出于提醒,还是恐吓?

办公室窗明几净,陆贵阳神思不附。同事过来:"怎么,又忧伤了?"陆贵阳置若罔闻。同事边走边摇头,一屁股贴在座位上。后者看来,陆贵阳的忧伤,简直离谱。你有啥好忧伤的?论财富,说不上大富大贵,也是小富即安;论事业,单位公认的业务骨干,中流砥柱,据传今年有望进入局领导班子;论爱情,伉俪情笃,琴瑟合鸣,其子秀气乖巧,刚考上师大附中,全市最好的中学。哪点需要忧伤?

回到玩"七步杀"那天——

石文涛和聂小安早已淘汰出局，魏东升和陆贵阳还在角逐，偌大的安民厝，不约而同躲到聂小安家楼上，准确地说，是躲进聂小萍房间。与楼下相比，二楼层高要矮三尺有余，多作粮仓，聂小萍喜静，将其中一间，辟为闺房。魏东升先躲进那里，看见午睡中的聂小萍，黑色长发、栗色皮肤、粉色背心、白色短裤，俨然色香味俱全的饕餮盛宴。魏东升心里头千万只蚂蚁爬过，咽咽口水，抬腿迈步，耸肩缩背如饿虎靠近猎物。陆贵阳就是这刻儿进来的，推开虚掩的房门，看见脑袋埋在聂小萍身上的魏东升。

陆贵阳呆成鹅，有股无形的力量，扯住他后退的脚步。魏东升回头发现他："还不过来帮忙！"他如毫无意识的傀儡对魏东升言听计从，走过去摁住聂小萍在后者胯下不停挣扎的双腿。一种很奇怪的感觉，向上蔓延，向上，向上，死死顶住脑门；另一种很奇怪的感觉，往下延伸，向下，向下，几乎撑破肉体。

日头张着血盆大口，唾沫星子吐下来，砸到地面金星四溅，炙得人萎靡不振，他忘了是怎么从聂小萍房间出来的，脚底像踩着棉花。这光景石文涛和聂小安不知跑哪儿去了。尾随魏东升，陆贵阳亦步亦趋，沉重的喘息，出卖内心的不安。魏东升回头，瞪眼，近乎告诫："你怕个鸟！她要结婚了，不会说出去，不然咋嫁人？""可是——"他话还没吐出小半截，即被魏东升齐头拦截："说出去又咋样？她家老的老，小的小，能把我们咋样？"魏东升没将聂家放眼里，也没打算掩饰他这方面的经验，颇为得意地声称他是这方面的老手，去年也这么搞过一个女生，后者同样没声张。

他无比焦虑度过余下假期，每天被山雨欲来风满楼的恐慌笼罩。好在开学了，去镇上读书，周末才回安民厝。时间一天天过去，所担忧的并未降临，终于稍稍放下心来。他多次躲在远处，悄悄窥视聂小萍。看上去，聂小萍跟以往没两样，忙里忙外，有次似乎还朝他微微一笑。魏东升说得没错，她不会将那事说出去，不然没法面对人家的目光和舌头，丢光脸面，落不下好。话虽这么说，他还是过不去心里那道坎，无法直面聂家老小，也不敢从聂家门前路过。

他没料到她会自杀，事情来得毫无征兆，谁能料到呢，都过去那么久了。那天，安民厝的忙人和闲人闻讯向聂家蜂拥。他目睹聂小萍上吊自缢。大红衣裳，鲜艳夺目，像朵牡丹，盛开在窗户后。一直悬挂在那里，仿佛还活着，多挂一会儿，就多受一分罪。站在缓缓向前的人群中，听闻远近唏嘘一片，恐惧吃掉全身力气，他两腿发软，傻愣愣钉在原地，心被揪着，仿佛吊在那儿的，不是聂小萍，而是他本人。直至公安局来人，她才被放下，惨白如雪的面孔，在窗户中间，一闪而过。隔那么远，他看到她暴凸的眼睛，倏然睁开，利箭般破空射来，两腿一颤，险些瘫成烂泥，打几下摆子，没夹住尿，濡湿内裤。

没人察觉他所受的惊吓。聂小萍的死给他带来心理上的灾难，他不知该将内心的恐惧向谁倾诉。聂小萍被安葬在绊风岭，距离他爷爷坟地一箭之遥，每年清明，回家乡扫墓，他都舍近求远绕道而行。给爷爷烧完纸钱，他都会再烧上一刀。这多烧的一刀，无疑是给聂小萍的。

魏东升死亡疑云在父亲回复过来的电话里得以坐实。将手机贴耳边，愣怔半天，父亲"喂喂"好几声，陆贵阳方才回过神来，问："怎么死的？""上吊，当年聂家孙女那间屋，乡亲都说闹鬼呢，邪门！"记忆里的一幕，被父亲提及，仿佛被摁开镜头按钮，尽管是白昼，尚未夜深人静，画面亦赫然呈现。"你别嚷出去，要求保密，去咱老家查案了，公安挨家挨户查……"

他浑浑噩噩收线，不信闹鬼这种事，也绝不信魏东升会自杀。如果魏东升是他杀，凶手是谁？如果是他，他又是如何得知那事？莫非上次那通电话是他打的？应该不至于，如果是他，无异于打草惊蛇。"魏东升死了"这五个字，被他捋了一遍又一遍。那道声音，低沉，陌生，不险不诈，感觉是提醒。

哪里说得清呢？可能真是他打的，杀鸡给猴看，他就是那只猴，目的是让他恐慌，让他焦虑，让他痛苦。如此，不费一兵一卒，足以让他崩盘。倘若这种猜度没错，对方目的已经达到了。这几天，他的状态很不好，一点也不好，生物钟紊乱，彻夜难眠，闭上眼睛，红衣少女，披头散发，飘然而至，如无根的水母。

陌生来电再没出现，留下一道未解之谜。他莫名期待那个电话的到来，时不时拿出手机瞟一瞟。铃声响起，迫不及待掏出，看是陌生号码，机警走到角落。很遗憾，都是推销保险、二手房或股票的骚扰电话。过去那么长时间了，通话记录早被滚动覆盖，仿佛那通电话原本就没光顾过。

屋顶上既已劈过闪电，雷声必会滚落下来。那一天迟早会来，头顶始终悬着把达摩克利斯之剑，换句话说，做亏心事的人都害怕天上会下刀子。诡异的是，最近在路上，总会看见不少穿红衣服的女子。红。橘红。朱红。樱桃红。宝石红。胭脂红。玫瑰红。妖异的红。邪恶的红。她们似乎故意出现在他视线里，用那身骇人的红色来恐吓他。

他决定外出避段时间。他有抑郁症，但还不想死，更不想每天生活在杯弓蛇影濒临窒息的恐慌里。换句话说，抑郁症是有等级的，他还未达到可以舍弃生命的境界。向单位申请年假，回家收拾行李。他素日住单位宿舍，已经有些日子没回家。打开家门，走到卧房门口，听见屋里头传来男人的声音。伸向门把的手，戛然而止，呆怔片刻，转身离去。

妻子苏雯，他中学校友，嫁给他时，二十三岁，结婚当年，诞下一儿。在外人看来，他们的婚姻，美满幸福。夫妻间的幸福，是家长里短，是磕磕绊绊，是杠上开花，是床头吵架床尾和的"战争与和平"。相敬如宾的，举案齐眉的，莫逆之交的，人前人后"诗经"的，张口闭口"楚辞"的，往往是床下夫妻床上客。美得过度，意味假象。他们的婚姻，假得不能再假。儿子满月那晚，为营造浪漫，妻子暗掉卧室大灯，穿上那件没机会穿的红色镂空真丝睡袍，借橘黄色夜灯，款款向他走来。刚生过孩子，苏雯身材并未走样，走路姿态，轻灵飘逸，宛如仙女。他却仿佛见到厉鬼，向后趔趄，跌倒在地，身体如筛糠，瑟瑟发抖。

没等妻子反应过来，他落荒而逃，直至深夜归来，只身睡在书房。苏雯此后再没穿过那件红色睡袍，柜子里也再没出现过红色衣物，不知是刻意还是巧合，家里几乎没有红色系物什。他愧对妻子，不是没有努力过，无济于事。当亲近妻子时，眼前总会浮现出一张面孔，一张在梦里反复出现的面孔：面白如雪，眼圈幽蓝，血泪流淌。

一种恐惧繁衍另一种恐惧，一个错误次生另一个错误，一朵云接近另一朵云，雨不可避免下来了——在还没来得及离开的夜晚，回宿舍途中，感觉身后袭来一阵风，正要回头，后脑勺一紧，肉体变成烂泥，跌落万丈深渊，意识化作氢气球，飘向九霄云外。这日，春夏之交，乙未年庚辰月甲戌日，宜祭祀。

六

在黑暗中醒来，迷迷瞪瞪，身体被捆绑，皮肉被勒得生疼。陆贵阳挣扎身子，窸窣作响，未能挣脱。撬开眼皮，转动眼珠，企图寻找光明，黑暗无边无际，目光被淹没。啪嗒，一簇火光，从黑暗中，生长出来。跳动的火苗，如水，将屋子溢满。火苗摇曳移动，停滞，挑燃烛芯，屋子更为亮堂。火苗熄灭，光亮减弱，烛光里，一张清瘦的面孔，油画般呈现。

"果然是你——"陆贵阳持续跟将他包裹成粽子的绳索斗争。

"不然你以为是谁？"聂小安居高临下，气流吹拂近在咫尺的烛火，烛火颤颤悠悠，扭起腰肢，光亮荡起涟漪。

"你怎么知道当年的事？"这个问题在陆贵阳脑海已盘桓不少时日。

聂小安顷刻间暴躁起来，目光变得跟狼一样狠戾，臼齿紧咬致面肌隆起，声调明显高出八度："我在门外！你们，你和姓魏的，做了什么，全在我眼皮底下！就算我没看见，老天也看得见，如果老天还长着眼睛！"

陆贵阳瞠目结舌："你……怎么没进来？"

聂小安闭上眼，有泪滑落："我怎么没进去？我也想知道，我怎么没进去。这是我这辈子最后悔的事，我比任何人都恨自己。"

"当年那件事，我向你道歉——"

"一个轻轻松松的道歉，就能一笔勾销？"聂小安至今忘不了，姐姐殁后，奶奶整宿整宿哭，悲伤在她胸腔里孵化，从喉管爬出来，像有气无力奏响唢呐。一墙之隔的爷爷，整宿整宿咳，苍老的咳嗽声地动山摇。奶奶痛哭的声音，爷爷干咳的声音，揪人心疼，他蜷缩在床角，侧身紧贴木墙，指甲抠着，仿佛要将自己嵌进墙壁里。

"小安，我很痛苦，因为这件事，受尽折磨，患上抑郁症。不信你翻翻我裤袋，我随身携带抗抑郁药。我是该死，可是你杀了我也没用，换不回你姐姐。你要什么，我补偿你。"陆贵阳仰起面孔，巴巴望着聂小安，那张固定模式的丧门脸，面色暗沉，嘴唇青紫，鼻梁上架着瓶底厚的镜片，双目下耷拉着两眼袋，仿佛拴着两灯泡，眼窝黑黢黢，像两片生锈的铜钱，两眼钱孔中的玻璃球，爬满蚯蚓似的血丝，眉头紧锁，仿佛患有痔疮之类的难言隐疾。

"你们根本没意识到错误，如果我姐姐没死，你们根本不会把所犯的错当回事。"

仿佛被噎了一下，陆贵阳像认错的小学生，转而低头忏悔："请你宽恕我——"

"好了，我说得够多了。"聂小安从床沿起身，手举匕首，朝他走去，匕首闪光如烛。

截然不同的恐惧，海潮般奔袭而至，陆贵阳想挣掉身上绳索，无济于事。人如软脊动物，硕大的臀部，带动躯体，向后蠕动，将地板犁出拖痕，身后是堵尚未腐朽的深褐色木墙，遍布大大小小眼睛一样的纹理。

"不，你不能杀我！"陆贵阳突然想到啥，眼神熠熠，焕发对生命的呼唤，"我知道你一个秘密，如果我死了，你将永远不知道这个秘密。"

屋漏偏逢连夜雨，不到十年间，丧子又丧孙，白发送黑发，聂家二老，身体状况急转直下，在此后五六年，相继病殁。聂小安沦为彻头彻尾的孤儿，由远房叔公零星接济，学习成绩一落千丈。那几年，陆贵阳在外地求学，毕业后分配至县城。尽管两人见面机会几近于无，陆贵阳还是会留意聂小安行踪。他听到有关聂小安消息最多的是，聂小安打谁了，或者，聂小安被谁打了；他听说聂小安租下童安镇一处废弃仓库，开起来一家叫"三月三"的酒吧，那是童安镇历史上第一家酒吧，那时的叫法是"卡拉OK厅"；聂小安跟苏雯恋爱，他当然也有耳闻。

苏雯比陆贵阳小两岁，比聂小安大三岁。女大三，抱金砖。跟聂小安一起，苏雯是做好结婚打算的，不计后果偷食禁果，肚里怀了聂家骨肉。这节骨眼上，聂小安不知去向，苏雯找遍童安镇也没找着。很显然，聂小安抛弃了她。母亲半是指责半是教诲："趁肚子没显出来，咱去县城医院，找个熟人，把胎儿刮掉，要是传出去，还怎么嫁人！"那个年代，未婚先孕，说出去，的确伤风败俗，何况孩他爹根本没打算娶孩他妈，这肚里的胎儿不留为妙。

这时候，陆贵阳出现了。陆贵阳是从同学那儿听闻此事的，苏雯曾去他同学那儿寻找过聂小安。陆贵阳将苏雯约出来，央求她把孩子生下来，倘若聂小安未能回心转意，他愿意娶她为妻，帮忙抚养孩子成人。苏雯问他这么做的原因。陆贵阳说："因为他是聂小安的骨肉。"苏雯一头雾水,这哪儿跟哪儿嘛,风马牛不相及。陆贵阳编了个石破天惊又无懈可击的理由:"因为我喜欢聂小安。"苏雯眼睛瞪到鸡蛋那么大。陆贵阳说:"我不喜欢女人,我喜欢聂小安。"苏雯嘴巴张到饭碗那么大。陆贵阳说:"我们结婚吧,一起抚养共同爱着的那个男人的孩子,我不会干涉你的私生活。"

聂小安浪子没回头。苏雯真嫁给陆贵阳,当年顺产诞下一孩。陆贵阳信守承诺,视孩如己出。他不理解自己为何要这么做,是聂小萍魂灵的驱使,还是自己脑袋搭错了筋,似乎唯有这样,才能消弭一些愧疚。苏雯想好好经营与陆贵阳的婚姻,认为只要做得足够好,就可以将后者从歧路上拉回,由名义上的丈夫变成实际意义上的丈夫。坐完月子那晚,苏雯特意穿上那件红色镂空真丝睡袍,没料到陆贵阳会有那般过激的反应。她以为陆贵阳是害怕女人,根本不会想到,他是害怕她身上的睡袍。

聂小安暗中寻思,陆贵阳一定是狗急跳墙,才会捏造出这么蹩角且荒唐的理由邀功请赏。不,应该是邀功求赦才对。聂小安试图从他表情里捕捉到说谎的蛛迹,事情的真相,在表情里,在眼睛里,就是不在嘴巴里。可是陆贵阳言之凿凿,看起来并不像说谎,由不得他不信。他跟苏雯的确好过,那是他二十岁那年。苏雯像他姐姐，外表像，性格却不像。他稀罕她，以为她会是他生命中的鲜花，没想到却是朵仿制的塑料花。好比，陈志朋酷似张国荣，但终究不是张国荣。

"原来你早就在为今天做准备，为自己找一道免死金牌。"聂小安脸上再度结出冰霜，"你以为我会感激你？不，你不该把他带到这个世上，来到世上的每个生命，注定要受尽苦难。桥归桥，路归路，你为我做的，在你死后，我会用生命偿还。"聂小安将匕首在空中挥出短弧线，似乎要将内心里的那念恻隐拦头削去，随后抬手看看表，觉得不能再磨蹭了，时间在手腕上流淌过去，无形中又让陆贵阳多活了些时辰。

聂小安再度举起匕首，每向前一步，陆贵阳离死亡更近一步。仇恨迷蒙聂小安的心智，陆贵阳说什么都没用。他所抛出的秘密，没能挽回他的命。聂小安左手有恨，右手有刀，杀害魏东升，又将他掳到这里，定然抱着玉石俱焚的决绝。

七

浑身战栗的陆贵阳，是一只任人宰割的羊，一条搁在砧板上的鱼。人真是奇怪，每天要死要活，命悬一线，求生的欲望，比任何时候来得都强烈。好比日子，每天都似煎熬，不经意间，惊觉时光飞逝。被束缚的手脚无法动弹，陆贵阳只能发出泼妇号丧那般尖叫，呼救声像冲天炮飞出窗外，像夜鸟湮没在夜空下，半点没能削弱聂小安的腾腾杀气。

聂小安说得没错，倘若聂小萍没死，陆贵阳也许意识不到他的罪孽——即便有过愧疚，可能早已消逝在岁月里；即便不曾遗忘，也会被当作不堪回首的过往，连回忆都不想再回忆；甚至还可能耽溺那天的快感，在后来蠢蠢欲动的年岁里，反刍、咀嚼、品咂、回味，寻求生理上的刺激。忠臣以死捍卫誓言，烈女以死守住贞洁，民工以死来讨薪，冤者以死证清白，连耶稣也要以死后升天为神迹。唤醒觉悟、良知、罪恶，往往需要以生命为代价。有些罪恶，也因为生命的逝去，成为永恒的秘密。秘密是肠子，灌满臭屁。

"陆——贵——阳——"聂小安默念这三个字，缓缓走向眼前这位仇人。一步……两步……三步……似乎故意要给对方营造死亡前夕的恐惧。聂小安背对烛光，身影扭曲变形，如同手举镰刀身披斗篷的死神。陆贵阳想象即将降临的痛楚：匕首将胸腔凿开窟窿，两指宽，一指深，柳叶状；匕首刺入左心房、左心室，尖锐、膨胀、冰冷、坚硬、收缩、痉挛，想喊，肺叶张合，嘴巴翕动，像搁浅的鱼，发不出声；匕首割裂二尖瓣、主动脉瓣，倏地抽出，空洞、虚脱、冷嗖、灼热，空气灌入体内，全身血液流至心脏，再从心脏出发，喷涌而出，像喷泉，像烟花；血液将他染成血人，他最厌恶的红色，尽管冷却风干后，色彩不再艳丽，呈现暗黑色，使他看起来，像一扇烟熏的腊肉。

他先是将罪过归咎于魏东升，若不是后者怂恿教唆，他怎会做出那种事。随即，另一个念头跳出来将之推翻——他可以阻止的，就算阻止不了，也可以拒绝，就算无法拒绝，也可以逃离。是什么驱使他走向那张床，是什么支使他褪下裤子。怪兽。他想，是怪兽。一只蠢蠢欲动的怪兽，很早就埋伏在他身体里，碰巧在那刻觉醒。那个酷热且无聊的夏季，这个少年多次来到村里拦马河边，偷偷窥视洗衣服的女人。那一个个臀部，因为半蹲半伏的姿势，紧实浑圆，像两片大南瓜瓣，看起来有磨盘那么大；那一截截腰间的肉，在阳光下贼亮贼亮，散发出炫目诱人的风光。少年认为自己变态，为自己的龌龊不齿，第一个念头是不能再看，第二个念头是再看最后一眼。

他继而将罪过归咎于大财。大财四十挂零，是个光棍，长着一张只有他死去的母亲才会喜欢的脸，爱喝地瓜烧。大财娶过一个四川婆娘，那个女人跟他没过上几天跑路了。大财不知从哪儿弄回毛片，三天两头，一个人躲屋里头看得不亦乐乎。有人好奇，站在门外，透过门缝，偷偷看，大财用被单将门缝遮住。他也偷看过，隐隐约约，不太清晰。有一回，大财邀他一块看。大财鬼鬼地说："你不小了，可以看了。"他坐在电视机前，面红耳赤，口干舌燥，脑袋发蒙，心扑通扑通像只调皮兔，仿佛要从胸腔里跳将出来。尽管十四寸黑白电视，镜头和声音完全不在一个频道上，画面分裂断层，声音也卡顿了，锯齿般咯吱咯吱响，像刀在玻璃上划。

　　他还是将罪过归咎于自己。他记得很清楚，是他提议玩"七步杀"的。那天，他、魏东升、石文涛和聂小安，无所事事。他说："闲得卵子疼，玩'七步杀'呗。"魏东升说："跟俩小屁孩有啥好玩的。"他说："咱一人带一个，打发时间呗。"魏东升勉为其难："那好呗。""七步杀"是个潘多拉魔盒，如果不揭开它，那件事是不是就不会发生？他再没玩过"七步杀"，如今也没见其他孩子玩过。"七步杀"像身体内的盲肠，是少年生活的组成部分，但并非缺少它不能活。当年这桩风靡一时的游戏，局限于人数和场地：需要至少两人以上，年纪太小玩不了，年纪太大不屑玩；需要可以隐藏的场所，商品房太小，广场太空旷。

　　如此说来，他才是这件事的始作俑者，是引发诸多事端的蝴蝶之翅。火烧乌龟肚子疼，这种内心隐痛，陆贵阳不可言说。他无数次梦到那个画面，无数次从噩梦中惊醒。近乎真实的梦境里，红衣少女，飘然而至，裙带摇曳，倏忽间，飘到近前。少女面白如雪，眼圈幽蓝，红色瞳孔，冷艳地瞪着他。每每这时，他就会将身体从梦里生生拔出来，翻身坐立，心跳如擂，大汗淋淋。现实是清醒的梦境，梦境是沉睡的现实，他无法控制入睡后的大脑皮层，更无法将手伸进脑袋，像抹掉桌面上一团污渍那样，或抠掉脸面上一粒饱满的粉刺那样，将曾经那幕从记忆里抹去或抠掉。

这可能跟他性格有关。他是完美主义者，生性敏感，唯恐沾染瑕疵，哪怕一星半点。就拿写作业这件事来说，从小学到大学，他作业本的整洁度是出了名的，几乎没有涂改过的痕迹。并非不会写错，而是一旦写错，他就会撕了重写。再错，撕了，再重写。他自小就是这样，谨小慎微，拿不起，放不下，不然那件事，过去那么久了，换作他人，早就云淡风轻，不至于如此耿耿于怀，苦海无边。

陆贵阳手脚被束缚，身体呈下跪姿势，跪成岳飞庙前秦桧雕像。

聂小安讥笑："不是男儿膝下有黄金吗？你的底气呢，怎么说阳痿就阳痿了？有胆子做，就没胆子担？你是不是男人！"一连串责问像耳光扇在陆贵阳脸上。

匕首抵在陆贵阳胸口，他仅穿一件混纺衬衫，刀尖已微微刺入皮肉。枪决前几天，死刑犯会生不如死。比死亡更可怕的，是死亡前的等待。他死咬牙根，紧绷肌肉，脖颈青筋暴跳。此刻，时间凌驾于空间之上，他无法承受这夜色之重，既希望时间遥不可及，又希望时间转瞬即逝。

"不，我不会让你这样死。"匕首斜指窗户上方屋梁，聂小安说，"我要让你跟我姐姐一样，吊死在这个位置。"他向姐姐承诺过，这种以其人之道还治其人之身的复仇仪式，神圣不可亵渎，不可替代。

"住手——"木门被吱呀推开，风随门洞席卷进来。突如其来的声音，于陆贵阳而言，每个字都像从对方嘴里吐出来的金子，每个音调都是扬起来的希望之帆。首先戳进烛光里的，是漆黑的手枪，镜头顺着手臂往上走，是张似曾相识的面孔。陆贵阳眉目间的绝望，如舞台上酒红色幕布，哗啦啦被拉开，投射灯啪地打亮，表情顿然光芒璀璨。

八

聂小安收回匕首，聚焦目光，注视眼前这位擅入者。"是你？"没有几多意外，岁月的包浆，没完全包住

石文涛。"退床边去！"石文涛拿枪比比床铺位置。踌
躇须臾，聂小安往后退，幽幽烤蓝的枪管，随之转移
方向。将陆贵阳护在身后，石文涛面向聂小安："你走
吧。"聂小安朝门外张望。石文涛说："放心，没有别
人，你走，走得远远的，别再回来。""走？我好不容易
等到今天，你让我走？""这已经超出我的底线。""你
尽管开枪，不然，我还要杀他！我身上已经背了一条人
命，不在乎再背一条。""魏东升果然是你杀的。""不然
还有谁！他早该死了，我有的是机会杀他。"

那天，聂小安白日在家睡觉，傍晚 5 点左右，出门
跟朋友吃饭，假装醉得不省人事，让朋友送回公寓。后
者安顿好他，离开时约晚上 7 点。聂小安随即行动，刮
净脸上胡茬杂毛，粉扑口红齐上阵，接下来是塑型胸
罩、连衣裙、发套、发夹、披肩假发，最后是高跟鞋。
下楼梯至十七层，接着乘电梯至地下停车场，驾驶从朋
友那儿借来的帕萨特，前往苦竹村，在车上换回原装。

苦竹村毗邻安民村，从省城一路向北，先经安民
村，后经苦竹村，中间横亘着一座山脉，横卧东西，南
北断面刀削斧砍，岩壁花草藤萝丛生，崖下各有潭湖
泊，清澈透明，长年累月生长一种当地俗称"白条"的
野生鱼。从苦竹村去安民村，或从安民村去苦竹村，国
道是必经之路。打个比方，如果将国道比作树的枝干，

前往安民村和苦竹村的路，就是树干一侧的两根枝丫。聂小安事先踩点过，安民村路口，国道上方，监控无盲点，若驱车径直进村，必躲不过电子探头。出生在安民村的聂小安，知晓一条从苦竹村到安民村的蹊径，可以横穿直抵安民厝，是小时候无意间发现的。准确来说，非路，前身系逃命暗道。无论所处地势，还是自身格局，安民厝一夫当关万夫莫开，一旦失守，无异于天然坟墓，当年童安县令与移民先驱，为留退路，在悬崖半腰，合力凿出这条暗道，出口即在苦竹村，因事隔久远，又过于隐蔽，在当地也鲜为人知。

　　将车子停在苦竹村，徒步穿过暗道，抵达目的地，换上手机卡，聂小安给魏东升打电话："老家驼子叔在安民厝挖石桩，意外发现两坛古钱币，村主任已上报镇政府，这倒没什么，重点是在发现古钱币附近，又找到一处地下暗室，里面堆满瓶瓶罐罐，今晚若不想办法转移，这些原本属于我们祖宗的东西，按规定得上交国家。"魏东升正想张口询问，聂小安已将电话掐断。回拨过去，打不通，改拨后者手机，问："刚才那个号码是谁的？"聂小安说："我跟朋友在一起，怕手机电量不足，刚用的是朋友手机，突然没信号了。"魏东升问："你方才所说是否属实？"聂小安答："千真万确。"

　　魏东升只身驱车前往安民村，大老远就望见聂小安已经在安民圩路口等待，燃烧的烟头萤火虫般明明灭灭。魏东升停好车，走过去，问他："东西在哪儿？"聂小安用力将烟头弹进水田，指指老圩方向："我把那些玩意儿搬楼上去了。"魏东升说："怎么就你一个人？"聂小安说："我朋友在那儿看着呢。"二楼一间屋子果真有亮光透出来。收藏古董是魏东升素日爱好，早耳闻老祖宗他们当年在京城非寻常人家，兵马未动粮草先行，逃难时随身携带些古玩宝贝过来不无可能。眼下他满脑子都是闪着绿锈釉光的铜鼎瓷器，不假思索，紧随聂小安，借着手机荧光，半摸黑踩上外挂楼梯。走到当年姐姐房间，聂小安推开门，突然回头："谁在后面！"魏东升下意识转身。聂小安操起门旁早已备好的钢管，一下将魏东升击晕过去。不放心，又加一下。接下来，将昏迷过去的魏东升，吊在窗后横梁上，制造其上吊自杀假象。

确定魏东升死亡，聂小安清除痕迹，从原路返回苦竹村，换上女装，开车回城，乘电梯至十七层，踩楼梯回到寓所。拾掇完毕，稍事休息，招呼朋友去酒吧，半路上将装着假发、胸罩、裙子和高跟鞋等物的垃圾袋，一股脑儿扔进路边垃圾箱。该公寓商住两用，共二十五层，聂小安住第二十三层，第三至二十层是酒店，对外营业，时逢周末，人多得像虱子，游客云集，鱼贯进出，流量巨大，警方无法对进出人员逐个盘查，所以未能发现乔装打扮的聂小安。尽管后者无法提供案发当晚7至9点的不在场证明（办案中这种情况并不罕见），但也没有任何证据表明他与凶杀案有关。柚里县刑警鬼得很，首次传讯聂小安时，设圈下套，问他的第一句话是："你老板被杀时，你在哪儿？"聂小安更鬼，答案毫无破绽："魏总被杀了？！什么时候？！"惊掉的下巴挂在脸上半天才收回去，从头到尾没暴露半点演戏成分。据路辉集团有关人员反映，魏东升死亡，对聂小安而言，只有坏处，没有好处。也就是说，聂小安有作案时间，没有杀人动机，更不具备作案条件。

"你放下警察身份，凭良心说，我该不该报仇？"聂小安胸膛起伏。

"我放你走，看在从小相识的分上，只要我不说，陆哥不说，没人知道你是凶手。"石文涛不知此举是仁义还是纵容。从身份上说，他在此岸，聂小安在彼岸。然中间并非隔着楚河汉界，他们拥有一个共同的故乡，一段共同的记忆。

陆贵阳不失时机接下话茬："对对对，我发誓，我不说！"

石文涛侧头剜陆贵阳一眼，咬咬牙，蹲下，试图解开他身上的绳索，徒劳。

"不！我答应过我姐姐，我会让他们死在这里。报不了仇，我活着也没意思。你开枪吧！不然，总有一天，你会后悔！"

石文涛双手举枪，纹丝未动。

聂小安手执匕首，满面决绝。

枪口对锋芒，大眼铆小眼。蜡烛已燃去一半，几只飞蛾，绕起烛火飞舞。窗外漆黑如墨，树林深处，猫头鹰叫声两短一长。

"人死不能复生，这么多年过去了，为何就不能放下？放下仇恨，你可以的，不试试怎么知道？开始新生活，有什么困难，我们会帮你。"石文涛下不了手。

"不，他们该死！姓魏的赚了那么多钱，过得像神仙，有车有房，有老婆有情人，从来没有过愧疚。我在他脸上从没看到过半点愧疚！他做慈善，上报纸，上电视，往脸上搽粉，没人知道他强奸过我姐姐，没人知道他害死过人。那么多女人围着他转，形形色色，看到她们，我总会想到我姐姐。如果我姐姐没死，现在会过得怎么样？"

如果聂小萍没死，现在会过什么样的生活？幸福的家庭主妇，还是市侩的街边摊贩？谁能说得清？石文涛也没想到，多年后，他会成为刑警，魏东升会成为商人，而聂小安呢，则成为后者司机——即便那是聂小安

刻意为之。如果魏东升成为刑警，聂小安还会不会找他
复仇，还敢不敢找他复仇？眼前这一幕，是不是可以改
写？谁能说得清呢，赌徒总能找到赌局，复仇者总能找
到仇人。当年之事是因，今日之事是果，一切是注定
的，说来又是无常的。

　　"从我姐姐离开那天起，我，聂小安，这辈子，就
是为报仇而活。你不知道我有多痛恨自己那天没冲进
去。我姐姐的死，我也有错。杀了姓陆的，我会去九泉
之下，向我姐姐赔罪……"聂小安像只蜗牛，背着仇
恨，日复一日，年复一年，负重而行，从未放下。可
是，倘若失去了壳，蜗牛还能不能存活？

九

　　没人理解他对姐姐的感情，连他自己都无法理解。
父亲去世得早，母亲离家出走，爷爷奶奶年迈，姐姐支
撑着整个家，要照顾聂小安，还要照顾爷爷奶奶。长姐
如母，一点也不假，到底是姐姐，将聂小安当眼珠子宝
贝，好吃好玩的，第一个想到他。姐姐习惯将披肩长发
用彩帕系成马尾，走起路来，摇摇甩甩。夏天傍晚，姐
姐早早煮好稀饭，挽着洗衣盆，领着聂小安，去拦马河
游泳。跟在姐姐身后，聂小安屁颠屁颠。柔软下来的阳

光，涂抹过来一片金黄，一边明一边暗，随处可见的稻草垛，被夕阳燃烧出香气，浓郁到掬得起来。对姐姐而言，插秧、犁田、薅草、收割、脱粒，全不在话下，田里地里，被她打理得风调雨顺。姐姐怕晒，习惯戴顶斗笠，下面搭条湿毛巾，时不时抹把脸；不搭斗笠的光景，鬓间汗津津，汗水洇湿刘海，用手一勾，刘海服服帖帖绕到耳际，露出白里透红的鹅蛋脸。

那年开春，姐姐订婚。聂小安见过未来姐夫，像歌星吴奇隆。嫁出去的闺女，泼出去的水，拜完天地，姐姐就是别人家的了，听奶奶念叨这些，聂小安心里头空落落的。他不情愿姐姐变成别人的姐姐，央求姐姐这辈子不嫁人。聂小安说："姐姐你做我老婆好不好？"姐姐轻轻敲下他脑壳："傻弟弟哟——"看起来姐姐并不伤心。姐姐非但不伤心，反而很开心，每当"吴奇隆"过来，头顶上像落着只花喜鹊，鹅蛋脸像盛开的桃花，用他长大后能想到的一句话形容：笑得比蒙娜丽莎还好看。聂小安想，算了算了，没有什么比姐姐开心更重要的了，反正苦竹村也没多远。

一念成谶，聂小安认为，是他害了姐姐。姐姐没结成婚，那年腊月，自缢身亡，穿着出嫁用的旗袍，婚礼变成葬礼。那天，已经开学，在教室。他记得很清楚，是节语文课，邻居顺伯站在窗外，招呼老师出去一下。

老师出去后进来，一脸凝重，对他说："聂小安，你家里有事，先放学。"他猜不透何事，素来胆小，不敢问老师。顺伯也不说，只催他走快点。他跟在顺伯身后一路小跑，远远望见他家前坪围着一群人，朝他家方向指指点点。不知谁说了一句："小安回来了——"人群像流水向两旁涌开，一条路出现在中央。他惶惑不安穿过夹道，仿佛被雷电击中，土地在颤抖，空气在燃烧，天空在哭泣，草木在流血。他记得很清楚，那日，天是蓝的，云是白的，太阳是黄的，姐姐是红的。姐姐穿着红色旗袍，悬挂在窗户后。派出所的人还没来，村民不敢擅自将聂小萍放下。聂小安的爷爷奶奶早已不省人事。没人注意到这个沉默的少年，眼睛里流露出的怒火。他们只看见他目光里的悲，看不见他目光里的硬、目光里的冷。时至今日，那一幕，仿佛是不真实的梦境。

要为姐姐复仇，首先得接近他们。问题在于，他不具备杀人的勇气，报仇之事，只能往后推。待认为已经有足够胆量杀人，便是付诸行动的时候，经过周密谋划，他如愿成为魏东升司机（在他看来接近陆贵阳要比接近魏东升容易得多）。他的计划是先杀魏东升，再杀陆贵阳，只是一旦东窗事发，作为魏东身边最亲近的人之一，很难置身事外。倘若被警察抓住，就没机会杀陆贵阳了。心急吃不了热豆腐，要想神不知鬼不觉，唯有等待天时地利人和。他从白天等到黑夜，从春天等到冬天。

魏东升对他器重有加，厚待有余，付给他的薪水，明显高于当地司机从业者正常水平。聂小安干满一周年之际，魏东升还斥资近百万，在市中心为他购下一套单身公寓。魏东升多次表态："哪天你结婚了，我当证婚人，送你一辆 S 级奔驰。"平白无故的，人家为甚对你那么好？在聂小安看来，魏东升所做的，应该是出于愧疚，在赎罪，在安抚。然而，从魏东升脸上，聂小安看不到丝毫愧疚。聂小安多次在他面前旁敲侧击，故意提到死去多年的姐姐，偷偷打量后者表情变化。魏东升没有任何异常表现，镇定自若，仿佛当年那件事根本没发生过。

也许，这世上没有绝对的坏人，只有做错事的好人。杀害魏东升的时间，一天天延宕，不止一次碰到下手的机会，聂小安却因为迟疑屡屡错失良机。难得一次，魏东升登山，他随行。当地赫赫有名的狮子山。山顶，一只山鹰盘旋而上，离地千尺。悬崖边，魏东升倒背双手，迎风而立，目光远眺，对身后心腹毫无戒备。离他一肩之距的聂小安，只要往前一推，魏东升必将粉身碎骨，纵是事后面对警方调查，也可以编个莫须有的理由搪塞推托，横竖不会留下把柄。聂小安手伸出去，停在半空，再伸过去半寸，魏东升即可去见阎罗王。山风猎猎，裸露的手腕，倍感凛冽，复又缩回，收进兜里，真真失之交臂。聂小安恨自己。原来，时光催人老，仇恨亦会衰。他对魏东升的仇恨，生根发芽，苗壮成长，如今停止生长，未老先衰，长出色斑，长出皱纹，长出须子。仇恨并非无坚不摧，扛住严刑拷打，却未能经受住糖衣炮弹。他对时不时要掐一把让自己疼痛的生活，倍感厌倦。

不知是天不垂怜，还是性命该绝，财大气粗的魏东升有意开发安民厝，带聂小安回乡考察。此地此景，聂小安再熟悉不过，故土重临，心脏像被谁踢了一脚，钝痛。当地官员陪同魏东升四处查看。置身姐姐生前房间窗户下，在长满野草的前坪茕茕孑立，聂小安似乎看到缢颈自尽的姐姐，一身鲜红旗袍，裹着娇小玲珑的躯体，被灰暗背景衬托，像帧色彩艳丽的油画镶嵌在基调阴暗的素描间。灰尘覆盖这里，却未覆盖记忆。走过去，至廊道尽头，踩上楼，再穿过廊道。近午，阳光如水流淌，"美人靠"空空寂寞。走到姐姐房外，目光伸过虚掩的房门，方桌犹在，木床犹在，姐姐亦犹在。姐姐坐在床沿，垂首啜泣，穿着旗袍，长发披肩。他推开木门，叫声姐姐。姐姐缓缓抬头，面色苍白，两行泪水，滑过面腮。姐姐哀哀怨怨："你说好的……为我报仇……"他羞愧难当，跨过门槛，扑通跪下，楼板战栗。移动双膝，像失去双腿的侏儒，挪向床边，头颅拱地，似乎要将地板磕穿。他向姐姐道歉："对不起对不起，是我错了是我错了，我不该心软我不该心软。"他向姐姐发誓："我一定一定会杀了他们为你报仇，我一定一定会让他们死在这里给你献祭。"

深夜丑时，鸟瞰安民厝，宛若蝙蝠。一只只硕大的蝙蝠，飞檐斗拱乃收起的羽翼。

"还记得'七步杀'吗？"石文涛道。

"怎么不记得！"聂小安咬牙切齿，"我死也不会忘记！"

"那今晚，再玩一局'七步杀'，我和你。"

"什么意思？"

"如果我输了，带陆贵阳离开，也放你离开，今日之事，到此结束。今日之后，你是否找他报仇，我不再干涉。"

聂小安细嚼慢咽石文涛的意图："要是我输了呢？"

"放下仇恨，饶过他，不得再找他报仇。"

略一沉吟，聂小安点头答应。

没有更好的选择。石文涛有枪，他只有匕首。匕首再快，快不过子弹。他做不到在石文涛开枪之前杀死陆贵阳，而石文涛若想制服他则易如反掌。石文涛完全可以逮捕他，既然料定他会出现在这里，只要布下天罗地网，他将插翅难飞；即便没有事先布控，要想逮捕他，眼下还为时不晚。石文涛定是念及儿时情谊，才没撒下这张网。石文涛定是认为他找魏东升和陆贵阳复仇情有可原，才给他这么个博弈的机会。毕竟，当年一幕，石文涛也亲眼看见。

十

夜幕下的安民厝，破败，深邃，诡异，如乌云笼罩的海。他们变成两尾鱼，游进大海深处。在赋予复仇赌注后，"七步杀"关乎生死，恰如其名杀气森森。

既然聂小安不愿放下仇恨，自己又不忍心将其绳之以法，迫于无奈，这是退而求其次的权宜之计。石文涛早断定魏东升的死乃聂小安所为，也猜到聂小安下一个目标会是陆贵阳，却对在柚里县当刑警的同学隐瞒此事。他查到陆贵阳电话，匿名告知魏东升死讯，意图理所当然旨在提醒，想必陆贵阳会猜到内中来龙之脉。打扫出一间屋子，在安民厝蹲守数日，不知是遗憾还是庆幸，预料中的那个人并未出现。阔别多年的安民厝，不具备居住条件，远的不说，摆在近前的，一日三餐是个问题，洗漱亦是个问题，守株待兔，并非良策。思忖再三，石文涛在聂小萍房间装上红外线警报器。这是他的私下行动，并未向单位报备。他原本打算照常到单位上班，同时紧盯这边动静。只是这样一来，倘若目标人物出现，从省城赶下来，从时间上说，根本来不及。出于这方面考虑，只能在镇上旅馆落脚，就在这天晚上，手机发出信号提示，石文涛第一时间赶到安民厝，才有了此前一幕。

记忆中的廊道，向黑暗延伸，安民厝影影绰绰，仿若被人遗忘的荒冢，屋脊形同墓碑。年近四十，视力大不如年少那般敏锐，就算夜晚月光皎洁，抬头已望不见月中树影，低头已看不见从路间蹿入草丛的青竹蛇。是古厝，人迹罕至，无人缮管，楼体破败，每踩上一级楼梯，都会引发抖动，如帕金森患者无法自控的震颤；每推开一扇柴门，就会发出呻吟，如老妪喉咙深处干涸的梦呓。石文涛抬腿落脚，轻举轻放，学猫，贴墙而行。一个不合时宜的喷嚏，一道稍微粗重的喘息，在这寂静的夜晚，都有可能暴露存在。镜头里的他，举止浮夸，姿势像游泳，周围像大海。比起少时，石文涛更为谨慎，动作仿若刀尖上的舞蹈。

亦不能轻视少年的小聪明，陆贵阳当年惯用的把戏是假装"阵亡"——在"根据地"叼着株狗尾巴草，百无聊赖等待游戏结束；或者干脆躺在树荫的长条石凳上，双手枕在脑后，跷起二郎腿，眼角观望你们东躲西藏。参与游戏的不止一人，往往不知他仍"活着"，待你从他身边经过，他出其不意喊你一声。距离如此之近，三四步之遥，你只能乖乖"就义"。此时此刻，陆贵阳不再是游戏的参与者，而是赌注的筹码，等待命运审判的罪人。他从未想过，自己的生命会维系在这桩游戏里。恢复自由的他，没有逃离而去。他知道，就算离开，同样躲不过追杀。之前是有想过报警，然曾经犯下的错，会因此敞开裤裆，他将身败名裂，失去所拥有的功名利禄。他多少存有一丝侥幸，以为可以躲过一劫。细数那些见不得光的勾当，哪个不是侥幸心理在作祟？他想赌这把，结果输了。早知如此，之前就该报警，顶多坐牢，不至丢命。倘若今晚石文涛输了，报警应该是最好选择。问题是警察能不能第一时间逮捕聂小安？聂小安会不会在被捕之前杀害他？吃一堑长一智，他想即刻报警，然而手机已被聂小安夺去，远近万籁俱寂，没有村民居住，求救无门。除了等待，并无良策，只能将希望寄予石文涛。等待中，他蹲下身子，摸索到一块石头，拳头大，长条状，一头尖，握在手心，正合适。迎刃而解，迎刃而解，不刃何解？他想学少时那样，故伎重演，趁聂小安走近，出其不意，给他致命一击，免除后顾之忧。

月升当空，高墙阴影深浅起伏，海浪般逼过来复散
开去；风火墙上的藤蔓，仿佛一条条缠来绕去的蛇；奔
跑时迎面而来的风，席卷起老房子经久不散的尿骚味；
萤火虫追随他飞舞，星尘般坠落复升起。落叶回归枝
丫，残垣重新站立，断瓦飞回屋顶，野草蹿向路侧，灯
火渐次苏醒。时光在奔跑中倒流，每向前一步，就年轻
一些。终究回不到过去。廊套廊，巷套巷，沿着巷道，
往西深入，石文涛迷失，不知身在何处。安民厝是天
堂，也是地狱，是乐园，也是苦海，犹如迷宫、监牢或
禁地，这么多年来，囚禁了石文涛，也囚禁了聂小安。
他们体内隐藏着死胡同，胡同深处囚禁着心脏，心脏上
缠绕着铁链，一根叫仇恨，一根叫愧疚。月影西斜，假
如继续以这样捉迷藏的方式无休止周旋，他可能永远找
不到聂小安，聂小安也可能永远找不到他。这桩游戏，
将没有输赢。汉子一口唾沫一口钉，石文涛坚信，聂小
安不会趁机逃离。他不是法律意义上的好人，也绝不是
法律之外的人渣。

聂小安打小就是这么个性子。一群半大孩子玩起情
有独钟的游戏，依然是他们中间蔚然成风的"七步杀"。
其中有个叫大宝的，不吭不响，半途拐道回家找娘。花
了个把时辰，没寻到大宝，聂小安寻至他家，发现他已
上桌扒饭，手上端着个大海碗，是他吃的第三碗。聂

小安叫声张大宝，走过去，一二三四……数到七，踩到他脚背："你输了！"大宝含着一嘴饭："早不玩了，傻瓜！"聂小安义正词严："玩就玩到底，不然，你是逃兵！"言罢转身扬长而去。这就是聂小安，胆怯、懦弱、羞涩、拘谨，却有超乎常人的专注和耐性，一条道走到黑，固执到九头牛拉不回来。这是他性格与外表的反差，若不是骨子里的这种执着，也不至于这么多年囿于仇恨不能自拔。

老屋阴冷潮湿，仿佛深邃的洞穴。石文涛躲在某间老屋灶坑旁，地上散落两截未来得及烧的柴火，灶膛里的火已然熄灭二三十年，灶口堆积一层尽享天年的灰烬。灰烬，人类最后的存在形式，常人一千五百克左右，管你生前多么卑贱权贵几多爱恨情仇。不知哪里传来细弱吱吱，竖耳辨听，才知传自灶膛。曾经烧火之处，如今成为鼠窝。石文涛心头一动，想到某个藏匿的绝佳之处。此前对久违的地形来回勘察，知道那是猎狩伏击最佳位置。他悄悄潜回，走至廊道，抓住窗户边缘，一招旱地拔葱，人已送到屋梁上。得益于长期坚持锻炼，他的身材并未像大多数这个年纪的人：脑袋大，脖子粗，关节生锈，皮肉发福，浑身挂满汹涌的五花肉。他盘踞屋梁，像冷静的夜鹰，等待猎物出现。

从哪里来，最终要回哪里去。仓央嘉措的诗："我

用世间所有的路／倒退／从哪儿来回哪儿去／正如／月
亮回到湖心／野鹤奔向闲云……"只要未放弃游戏，聂
小安总会回来，石文涛要做的，就是耐心等待。以静
制动是"七步杀"的取胜砝码，只是当年，大多孩子性
急，没有足够耐心。聂小安终于出现，当然是悄悄返
回。他亦像只猫，蹑手蹑脚，脑袋拨浪鼓似的左右环
顾，独独没有往上看。他决计不会想到石文涛会躲在上
面，如同石文涛没想到老鼠会在灶膛里造窝。

"聂小安！"声音从天而降。聂小安四顾茫然，不
知声音来自何方。石文涛从屋梁纵身跃下，两脚稳稳落
地，嘴上念道："两步。"继续迈去："三步，四步，五
步，六步。"随意，平日走路步距。现在的他，距聂小
安，仅一步之遥。小小一步，就算是当年十岁的他，亦
可轻易抵达。游戏胜负已定，结局毫无悬念。石文涛正
跨出最后一步，聂小安突然伸出手臂。匕首轻轻抵在石
文涛胸前，像舐舔在皮肤上的蛇芯子。

十一

聂小安捶式反握，匕首向前抵去。

石文涛陡然平举手臂，枪口直指聂小安脑门。

聂小安手臂肌肉条件反射，抽搐绷紧。

毫无征兆，石文涛扣动扳机，弹簧冲击，弹匣旋转。

下意识，聂小安将匕首推进，刀身没入石文涛胸腔。

——枪响和疼痛并未如期而至，聂小安右手被炮烙似的抽离，匕首呈九十度栽在石文涛胸腔上，仿佛从心脏里生长出来的犄角，仿佛孤零零生长在悬崖上的野草。

握紧的拳头，缓缓摊开，躺在石文涛手心里，赫然是七发子弹，哗啦落地。

"为什么?!"聂小安嘴唇抖动，如蝴蝶扇动的翅膀。

石文涛捂住胸口："我犯过一个不可原谅的错，曾经开了不该开的一枪……"

时间往前推五年，宁城市东街路，歹徒劫持人质事件。现场警察向恰巧路过的石文涛简要介绍案情："歹徒男性，二十八岁，涉嫌杀人，在逃通缉犯，挟持一名过路女性，要求警方撤离。狙击手已待命，不过事发闹区，不敢贸然行动，已过半小时，双方僵持不下。歹徒手上持水果刀，情绪相当激动，随时可能伤害人质。"石文涛目视前方：三十米开外，歹徒左臂紧箍人质脖子，右手拿水果刀抵着，沿护城河东面后退。石文涛二话不说，掏出手枪，迈腿，侧身，举臂，瞄准，扣动扳机。歹徒中枪倒地。人质抱头蹲下。现场爆发喝彩。石文涛将枪别回腰间。曾蝉联两届全市刑侦系统射击赛冠军，他有这方面的自信，过程拉风到只差吹一下枪口这个经典动作。

无意间一次路过，出手摆平一起恶性案件，此事一度传为佳话。然而，从被劫持女子那里，石文涛获悉，歹徒并无伤人之心。歹徒一家早年与邻居因宅基地纠纷结下梁子，年年除夕，邻居都召集不良分子到他家打砸伤人。当年依旧如故。混乱中，对方中的一人，被他误伤致死。按办案机关私下说法，他其实没必要畏罪潜逃，就算不是正当防卫，顶多也只是过失杀人。歹徒本性并不坏，据被劫持女子回忆，他当时曾对她低语："对不起，不要怕，不会伤害你。"也就是说，石文涛充满自信的一枪，杀死一个罪不至死的人。

石文涛身子摇晃。

"不要再说了，我已经呼叫120了。"聂小安搀石文涛至墙根坐下，苦苦等待急救车到来，蹴在地上手足无措。

石文涛气息急促，泪从眼角滑落："我犯过另一个不可原谅的错，曾经说了不该说的一句话……"

聂小安的准姐夫戴小全，是石文涛二哥的初中同学。那年国庆假期，戴小全来安民厝石家做客，提及年底要跟聂小萍成婚之事。在石文涛二哥房间里，哥俩无话不谈，聊天内容颇有些少儿不宜。石文涛二哥说："老实招，你跟你媳妇，睡过没有？"戴小全打着哈哈："没有！"石文涛二哥满脸暧昧："屁，鬼信！"戴小全举指发誓："谁要跟她睡过，出门踩狗屎！"当时石文涛正在旁边玩卡通扑克牌。许是认为石文涛年幼，听不懂这些，他们没有避开他。石文涛确实没听懂字面下的意思，但听懂了"睡"这个字，在旁侧小声嘟哝一句："那他们怎么没踩狗屎？"戴小全没反应过来，愣了愣，觉得不对劲，转过脸问他："谁？"时年石文涛方才十岁，不知道"强奸"这个词，只相当神秘地说："他们把你媳妇给睡了。"戴小全面色耷拉下来："谁把我媳妇睡了？"石文涛支支吾吾，又不敢说了，生怕魏东升和陆贵阳报复，任凭戴小全怎么问都不说，连二哥的面子也不给。见戴小全一脸屎臭样，石文涛二哥赶忙缓和气氛："别听他小屁孩胡诌，没影没谱的事儿！"戴小全没再追问，一声不吭离去。

转眼跨进腊月，聂小萍未跟戴小全成亲，而是穿上成亲用的旗袍上吊自尽。起初心智未开，石文涛尚不明白内中关系，后来脑子开窍，终于明白聂小萍自杀的真正原因。聂小萍自尽，生活在邻村的戴小全，没有理由不知情。毋庸置疑，倘若当时他向警方挑明未婚妻被

"睡"线索，就算石文涛和聂小安闭口未提，聂小萍的死因也就呼之欲出，世间就有可能少一起法律之外的审判。他为甚不说？有两个原因：一是当时警方已认定聂小萍系自杀无疑，未向他作更深入核实；二是出于对聂小萍名声的考虑，他认为，人都死了，就该入土为安，没必要再去败坏囵囵清白。说来说去，自己也脱不了干系，心甘情愿落下负心郎骂名，是最后能为她做的，算对她心存愧疚的弥补。

"我活在愧疚当中，这么多年了，始终没有减轻过。你不知道，愧疚比仇恨，更让人放不下。仇恨，是横在你面前的一座大山，总有一天，你会跨过去。愧疚，是压在我身上的一座大山，我这辈子都无法翻身……我习惯将子弹与弹匣分离，以此警醒自己，不管什么情况，都要三思后行……我习惯沉默，言多必失，祸从口出，要不是我多嘴，你姐姐就不会死，你爷爷奶奶也不会那么早过世……我对你的包庇，已经违背警察天职，终究逃不过内心谴责。去自首吧，我劝你放下，也是劝自己放下……"

那枚射出的子弹，那句说出的话，终于落地，化作尘埃。

鲜血从石文涛胸口流出，溢满聂小安掌心，泥鳅般从指间游弋而下。聂小安觉得害怕，如同小时候害怕棺材、花圈、蛇、毛毛虫、深渊、噩梦、黑夜、闪电、响雷、鬼故事……他一直很胆小，从来没有勇敢过。他用仇恨支撑起来的胆量分崩离析，用胆量积攒起来的仇恨灰飞烟灭。

急救车呜啦呜啦的声音由远及近，划破村庄原始的寂静。聂小安背起石文涛，踉跄奔向安民厝路口。"还不过来帮忙！"瞥见站在拐角处的陆贵阳，聂小安顿住脚步吼道。

这是对他的赦免吗？陆贵阳终归没有将石块砸向聂小安。看着聂小安奔跑的背影，当年他们追逐嬉闹的情景，在陆贵阳眼前画卷般展开，往事咕噜噜往上冒泡。

"丢手绢，丢手绢，轻轻地放在小朋友的后面，大家不要告诉他……"

"找呀找呀找朋友，找到一个好朋友，敬个礼呀握握手，你是我的好朋友……"

那些记忆，像梦远，像睫毛近，无法抹去，长成身体器官，与生命共生，比四肢更牢固。一瞬间，陆贵阳内心涌起无限暖意，甩手抛掉石块，迈腿追向聂小安，迎向这个清早第一缕晨曦。

父子

　　就坐下来的片刻，父亲已经叫了小庄多次，说惊扰也不为过，声音从厨房出发，经过餐厅和客厅，再拐个弯，抵达书房。"家里没个水瓢吗？""米放在哪儿？""电饭煲咋开？""油烟机开了咋没动静？""没高压锅，猪脚咋煮得烂，你看着火，我出去买。"……小庄不得不一次次出去再进来，工作思路一次次被打断。他有些烦，但理智告诫他，得控制住情绪，还要尽可能表现得热情些，毕竟父亲是来帮他做饭的。

　　老庄一直在乡下生活，这次来县城，是因为他听说了儿子的事——小庄离婚了。去年初离的婚，这事小庄瞒着父母，离就离了，按说也不必劳动父亲来做饭，主要是儿子出了点状况。小小庄上小学六年级，不知是叛逆还是别的原因，不想去上学了，三天两头逃学，经父亲好说歹说，答应去学校点卯，但坚决不去托管了。之前儿子寄托管，午晚餐托管吃，小庄午餐在单位吃，晚餐街上打发，家里是不开伙的，这样一来，就得考虑儿子的吃饭问题，正是长身体的时候，长期外面吃不利于健康。问题是小庄要上班，想做饭，不光时间不允许，精力也不允许，他的工作并不轻松，忙起来上厕所的时间都没有。恰巧那段时间跟一个同事闹意见，他一气之下辞了职。他承认当时有些冲动，解决的办法很多，比如雇个阿姨做饭，未必非要辞职，但也没多少后悔，毕竟工作可以再找，儿子只有一个，他想多些时间陪伴儿子。小庄有勇气裸职，还因为他有底气，笃定以自己的专业技能，可以接些代账兼职，养家糊口问题不大。然而生活并不按剧本来，偏离预期的不是兼职，是他发现自己做的菜不讨儿子喜欢，儿子扒拉两口就说吃饱了，有时干脆不吃，宁愿啃白馒头。一天这样，两天还这样，小庄也就失去了做饭的动力，带儿子去外头打游击，周边饭馆几乎吃了个遍，腻味不说，花费还不少，兼职的收入仅够父子俩糊口，每月雷打不动的五千元房贷，只能动用为数不多的积蓄。一天天下来，小庄焦虑极了。

这些事，小庄没跟父母讲，讲了也白讲，徒增他们烦恼。世上没有不透风的墙，不知打哪儿听说儿子的处境，老庄打儿子电话："出了这么大的事，咋不跟家里讲。"

"也没啥用，"小庄支支吾吾，"事情都发生了。"

"咋没用，我是你爸。"

"我怕给你们添麻烦……"

"唉，你这孩子，怎么说你呢。这么着吧，我跟你妈合计过了，我下去给你们做饭，你也轻松些。"

"我能照顾好自己。"

"我在家也是闲着。"

"可是——"

"有啥可是，我明天就下去。"

按说该是庄母下来，洗衣做饭这种事，还得女人在行，可小庄有个姐姐，前些年生了二胎，跟老公感情不和，如今处于半离不离状态，婆家撒手不管，她将儿子寄养在娘家，自己出去打工。小庄的外甥，今年八岁，属羊，乳名洋洋，在镇中心小学读书，得由人在家照顾，庄母分身乏术。父亲也好，母亲也罢，小庄都不想他们下来，活到这般年纪，理应成为家里的顶梁柱，没帮衬他们已经很亏欠，怎么反倒连累他们呢。可不容儿子答不答应，老庄第一时间下来了，拖着行李箱，里面装着换洗衣物和生活用品，一副打持久战的架势。

"灯叶咋耷拉下来一片？"老庄探头进来问。客厅吊灯状如盛开的菊花，那片垂下来的灯叶，如一片被秋霜打蔫的烂花瓣。

"不知道啥时候坏了。"手上一家企业要贷款，小庄正在赶财务报表，眼睛盯着电脑屏幕，回答得心不在焉。

"卫生间洗面台怎么晃来晃去？"没一会儿，老庄又把头探进书房。

"不知道。"

"啥时候坏了会不知道？"

"不碍事，反正能用。"

"啥叫不碍事，垮下来咋办？"

"我改天叫人来修。"

"卫生间取暖器开关也坏了。"

"我改天叫人来修。"

装修了七八年的房子，这里坏那里坏在所难免，除非万不得已，小庄没想过去修。"你太懒了。"意识到儿子说的"改天"，可能是永远没有那一天，老庄摇头唏嘘。小庄也觉得自己太懒了，既是身体上的懒，也是心理上的懒，能躺着就不卧着，能卧着就不坐着，能坐着就不站着，话都懒得讲，毫无精气神可言。他不知道自己何以变得这么懒，过去他可以说是追求完美的人，一有点不合心意的事就想去纠正，事情没处理妥当就睡不着觉。早年他们还未迁到镇上，家里房间少，卧室就两间，父母睡一间，姐弟仨睡一间，二层加盖小阁楼，低矮逼仄，用作存放农具，他收拾出一间来，供自己专用，往墙上贴明星海报，连天花板都贴上了，还在窗口养太阳花，有啥好看的物件就往里面搬，螺蛳壳里做道场，本来极简陋的地方，被他倒饬得不乏温馨，门外挂副牌子：闲人勿进。啥时候变得这么懒呢？小庄不清楚，可以肯定的是，结婚后，自己过得不开心，除了工作就是工作，难得闲下来，躺着不想动，也没心情出去玩，对一切似乎都失去了兴趣。总之，那是一桩不幸福的婚姻，跟前妻闹离婚的几年，他精神状态极差，失眠，焦虑，大量脱发，一度到服用抗抑郁药的地步。小庄以为离婚后会快乐，好不容易把婚离了，却快乐不起来，早年对生活的那种热情不再，悲观、不安、迷惘、惶恐，想找个角落躲起来，手机响起就紧张，感觉随时有不好的情况发生，一件微不足道的事对他来说都是负担。所以父亲表示要来，他下意识是拒绝的，断定生活必将被打搅。然而，又不可否认，因为父亲的介入，他省心不少，起码在儿子吃饭这件事上省心不少。

"好吃不？"饭桌上，老庄笑眯眯地问宝贝孙子。

"嗯，好吃，"小小庄嚼着牛肉，腮帮子鼓起老高，"比我老爸做的美味多了。"

小庄品尝了下，味道确实不错，不愧是开过饭馆的人。

"明天吃啥?"孙子的赞赏是对老庄的最高嘉奖,"爷爷去买。"

"有肉就行!"

"好啊,"老庄打趣,"你这只小老虎!"

小小庄属虎,2010 年卯时出生,当地有"下山虎"的说法,无肉不欢,蔬菜一口不吃,碗里有葱花,哪怕米粒大,推得远远的,碰也不碰,难伺候极了。不吃菜,肠胃不好,又不爱运动,小小庄的身体自然好不到哪儿去,三天两头嚷肚子痛,也不知道是真的痛,还是借口不去学校。小小庄十二周岁半,不是小孩子了,大约明白父母离婚意味着啥,却无动于衷,仿佛这事跟他一点关系都没有,他的眼里只有手机,六亲不认,世间万般皆浮云。小小庄沉迷手机好些年了,厌学是去年才偶发的状况,今年日趋严重。小庄当是他跟前妻离婚导致,不顾颜面地让前妻回来了一段日子,情形依旧,证明这事并非儿子厌学的根源所在,便带儿子去看心理医生,医生声称不是单纯意义的叛逆,叛逆期没这么早,主要症结在手机,他玩手机已经成瘾了,引发一系列心理和行为问题。每每想到这儿,小庄就一肚子气,过去是前妻负责带儿子,他负责赚钱养家,结果呢,儿子沉迷手机,前妻不去想怎么补救,也不做自我检讨,光想着争财产,声称离婚分到的财产少了,如今更是连约定的抚养费也不支付。

"你看这鱿鱼多新鲜，才二十多，比咱们镇上的还便宜。"老庄走进儿子房间，献宝似的连鱿鱼带盘子端给儿子看，似乎买到新鲜又便宜的菜是他捡了漏，以至于开心得像个孩子。

"是挺新鲜的。"小庄其实看不出鱿鱼新鲜与否，不过乐于见到父亲高兴的样子。

"中心市场那边买的。"老庄得意扬扬。

中心市场是县城最大的农贸市场，离小庄家挺远，步行过去得二十分钟。买菜，小庄一般去小区边上的小市场，要不然就去超市，菜新鲜与否也不会辨认，计划好买啥就奔着哪个摊位去，通常是猪肉或牛肉、青蛾或花蛤、空心菜或小白菜，搭来配去的老三样，别的菜买了也不会做。老庄毕竟是开过饭馆的人，做菜是他的拿手好戏，拿花菜来说吧，他炒出来的小小庄爱吃，小庄做的小小庄就不爱吃。水瓢、汽锅、蒸笼、碎肉机、炖罐……老庄陆续充实厨房装备，变着花样做吃的，一到饭点，煎炒炖煮焖，香气四溢，给家里带来浓浓的烟火气。家里多少年没有这样的烟火气了，小庄记不清了，前妻也不是爱做饭的人，早些时候，她没上班，儿子在托管吃饭，她正餐也多在外面打发，后来兴许闲得慌，也去找了份工作，早上出门，天傍黑回来，厨房更是形同虚设，不做不做习惯了，周末也懒得开伙，一家三口去外面下馆子。"不做饭就不像个家。"老庄对儿子说。六十周岁前，老庄在老家镇上开饭馆，三十五岁到六十周岁，整整二十五年，当老板也当伙计，半生献给了三尺灶台，饭馆也由早期的小吃店升级成能摆几十桌宴席的酒楼。干一行恨一行，在老家，素日一律母亲做饭，只有逢年过节，父亲才施展身手，本该享清福的父亲，拜自己所赐，还要重操旧业，囿于烟熏火燎，小庄觉得挺对不住他。

小庄这天回到家，迈进客厅，迎面扑来一片亮色，仿佛正观看着素描画展，一幅浓墨重彩的油画，冷不丁闯入眼帘。他家现代简约装修，灰白相间冷色调，公共区域地板和墙壁使用大理石，入门对过的大理石背景墙，天然纹路似一幅山水图，当时小庄花费八千还是一万贴装的，此时被一幅高山流水迎客松图替代，画面中自然少不了象征祥瑞的松鹤和旭日。

"瞧瞧，多喜庆！"老庄颇为得意地说，"花了八百订制的，家里寡寡淡淡，没个鲜亮咋行。"

"呃——不错。"小庄哭笑不得，他不喜欢这样的图案，大红大绿，没有留白空间，俨然乡下挂在厅堂的年画，与他家的装修格格不入。不喜欢归不喜欢，他没太放心上，这些瑕疵并不影响生活，好比那些节日仪式，即便略过也不影响生活。

"洗面台也修好了。"老庄说。

"嗯。"

"客厅灯自己能修,"老庄说,"你帮我扶下凳子。"

从餐厅搬来塑料高脚凳,老庄将茶几挪到灯下位置,再将塑料凳放茶几上,让小庄扶稳。老庄拿着根铁丝,踩上茶几,再踩上塑料凳,将耷拉下来的灯叶,固定在另一片灯叶上。小庄仰着脑袋,想起曾经跟父亲一同贴春联的情形,有些难受,时至今日,站在上面的应该是他。兴许觉得不够牢靠,老庄又将多余的铁丝扭回头,缠上两圈后,固定在另一边相邻的灯叶上,然后叫儿子拿块干抹布来。叮嘱父亲站稳了,小庄转身去厨房找。接过儿子递上来的抹布,老庄轻轻拭去灯叶上的积灰,一叶一叶,像擦拭一件年代久远的古董,末了,下来,拍拍手,吁口气:"可以了,你看,分分钟的事。"

老庄酷爱大红大绿,买回来一枚中国结,用来点缀客厅电视背景墙,中国结红得醒目,尺寸大得惊人,简直是同款产品中的巨无霸,擎过头顶,流苏能垂到地面。老庄还买回来两只大红灯笼,晒衣杆左右各挂一只,像两朵盛开的牡丹。老庄将家里枯死的盆栽清理了,填进从小区边上挖来的新土,种植太阳花、绣球花、散尾葵和金边吊兰，还有两丛长势喜人的多肉，并在露台放置两只一米见方的泡沫箱，洒入葱、蒜和香菜的种子。客厅电视只是摆设，有一两年没开了吧，所幸还没坏，老庄叫儿子帮忙下载收藏一系列经典老歌，《九九艳阳天》《山歌好比春江水》《难忘今宵》《走进新时代》……还有闽剧唱段，《梅玉配》《曲判记》《彩云归》《林则徐充军》……"闲时听听打发时间，"老庄说，"家里好歹有个动静。"

老庄做的这些，部分自己就能完成，部分需要小庄配合完成，就算属于前一种情况，事后也期待得到小庄的称许。打个比方，他就像一个充满创作热情的作家，小庄是他作品最好的读者，他的作品只有通过小庄的阅读才能实现价值。反过来说，老庄这种积极向上的生活姿态令小庄叹服，他不明白父亲如此充沛的生活热情源自何处。小庄会这么想不足为奇，老庄的命运虽说不上坎坷，境况却委实不如意，早年为生计劳碌的艰辛自不必说，主要是子女两个让他操碎了心。

老庄的女儿，小庄的姐姐，小学没上完，早早去城里打工，不学好，当起了"小太妹"，成日混迹酒吧等场所，并以此为荣。她爱赶时髦，应该是村里第一个染头发的，当年顶着一头明黄黄的金发回家过年时，没少被乡邻戳戳点点。小庄的姐姐谈过多次恋爱，均有始无终，二十九岁那年，经人牵线，有些草率地嫁到邻县一个富有"侨乡"之称的小镇。小庄的姐夫面貌周正，家境也不错，有个妹妹在美国开餐馆，据说赚了不少钱，还在那边买了别墅，怎奈他这个当哥的烂泥扶不上墙，染上了毒瘾，每隔一年半载都要进回戒毒所，出来故态复萌，毒瘾发作就打人。三天两头被家暴，小庄的姐姐带着幼儿逃回娘家，把儿子扔给母亲，自己出去打工。女儿刚回来那段时间，怕女婿来闹事，老庄安排女儿睡他隔壁间，并备了根警用电棍放床头边，门外有啥风吹草动就一个激灵醒来，彻夜睡得不安稳。

小庄还有个弟弟，比小庄小两岁，勉强上完初中，去学厨艺，抱怨受排挤，不想学了，转而去学修手机。那些年手机刚普及，更新换代没那么快，修手机这行赶上好时候，小庄的弟弟攒下些钱，尾巴就开始飘，跟人家去赌钱，输得干干净净，还欠下巨额高利贷，跑去盗窃车辆，被抓了，服刑近十年，前两年刚放出来。儿子出狱时老大不小了，坐过牢的不好找对象，老庄为他在县城买了套二手房，还给他买了辆三十万的轿车，帮他张罗了个二婚当媳妇。老庄舍老本为儿子买房买车讨媳妇，就是想他有个安稳的家，三四十岁的人了，也该懂事了。儿子是有所长进，遗憾的是，儿媳妇久未生养，这成了老庄两口子的一块心病，看到左邻右舍小辈们生了二胎三胎，夫妇俩心里不好受。

定居香港的表姐，这天汇给小庄七千元，让他转交给她母亲，也就是小庄的姑姑——小庄的姑姑行动不便，也不会用 ATM 机，小庄的表姐信不过她弟，汇给母亲的家用，一向由小庄负责转交。姑姑在乡下，小庄没时间回去，取出现金一万元，托父亲周末带回去。

"怎么多出三千?"

"这个月的生活费。"

"给我生活费做啥?"

"我有钱。"

"有钱也不用给。"

老庄数出三千元给小庄，小庄拒绝，老庄硬塞给他。反复几次，小庄无奈收下。老庄说："放心，我有钱，卡里还躺着一百多万棺材本。"一百多万? 小庄打死不信，父亲开饭馆是攒了一笔钱，不过前些年给弟弟还债，这些年又给弟弟买房买车讨媳妇，搭上两百来万，怎么可能还有那么多钱? 父亲这么讲，是不想收他钱。

每餐晚饭前，老庄雷打不动要喝上两盅。当晚，他拿出两个酒杯，一个给自己，另一个给儿子，分别往里斟了酒。

多久没碰过酒，小庄忘了，离异后，不是工作，就是孩子，似乎失去了所有朋友，除了借钱的，没有朋友主动联系他，也没有需要他出席的饭局，更没有需要他组织的饭局。端起酒杯，小庄嘬了口，感觉舔了火星子，酒精在舌尖挥发，像浓墨落于宣纸，烟花般渲染开。"喝白酒不兴用舌头的，"老庄说，"得一口下肚。"示范似的，他一仰头，将酒攒进口中，嘴里"啊"了一气。学父亲的样子，小庄将酒饮尽，五十三度酱香型白酒，从喉管一路辣到胃，好似吞下去一团火，胃烧了起来，很快上了头。"喝两杯，睡个好觉，"老庄旋开瓶盖，再度将两个酒杯倒满，"那些药，别吃了，治标不治本，是药都有副作用。"说的是抗抑郁药，准确名称是氟哌噻吨美利曲辛片和舒肝解郁胶囊。小庄说："之前买的，没吃完。"老庄说："别想太多，这世上没有过不去的坎，跟人家比，咱也不差，宝宝长大自会懂事，做父母的，责任尽到就行，孩子不成器，那是他们的命，也是咱们当父母的命，上辈子欠他们的。""知道了。"喝完杯中酒，小庄呛出泪。

小庄喉结耸动，有话堵在喉咙，呼之欲出。他想跟父亲道歉，他让父亲失望了。他觉得自己好失败，守不住妻子，也没管好儿子，现在的一切，都是对过去的自己扇的耳光。他是家里的旗帜，父亲对外炫耀的资本，不止一次听父亲在外人面前夸他。他很小就想着要出人头地，将来好好孝敬父母，让他们享福。他也是这么一路走来的，小学到大学，成绩名列前茅，毕业后进入国有控股企业，收入不菲。逢年过节回老家，他都会给父母带些吃穿用的，临走还会塞给他们千儿八百。儿子这般懂事，老庄十分受用，拿着儿子孝敬的钱四处显摆："你说这孩子，我又不缺钱，老拿钱给我干啥也不知道。""你不要给我呗。"邻居打趣，话中带着点刺，她儿子也老大不小了，就没给过她钱。姐姐不争气，弟弟不争气，自己怎么也这么不争气呢？三个没一个争气的。婚姻的变故，小庄没跟父母说，多少也出于这方面考虑，终究不是一件体面的事，他怕传开去，让他们在人前抬不起头。

"我不该插手你婚姻的。"第二杯酒下肚，老庄突然提到了这事，语气不无愧疚。

前妻也是小庄老家镇上的人，经由相亲认识的，牵线人是父亲的一个好友，就差拜把子的那种好友。小庄对前妻第一印象还不错，不过没到心动的程度，打算再处一段时间看看。老庄倒是挺中意，一则这姑娘长得还行，算不上漂亮，却是一看就知道会过日子的类型；二则这姑娘学的是会计，跟儿子同一个专业，夫妻俩干同一行，有助于双方事业的成长。小庄与前妻得以联姻，还因为父亲碍于好友的面子，多少与这方面有关吧——

小庄的前岳父，是老庄好友的直系表弟。小庄打小乖顺，既然父母赞成这门婚事，本就举棋不定的他，也就没明确表示拒绝，当年腊月娶了前妻过门，稀里糊涂。事实上，小庄当时是有女朋友的，大学校友，还是初恋，家在邻市下辖某县，问题是那地方的女孩名声不太好，父母反对他们来往。也就是说，若非父母，他可能会跟初恋结婚，未必会走到今天这一步。饶是如此，小庄也没埋怨过父母，甚至也不怎么埋怨前妻。他认为婚姻的失败，更多是自己的责任，没能经营好一个家，没能给予妻子全身心付出的动力，这是男人的失败。

"还债六十万，买房一百五十万，买车三十万，讨老婆三十万，前前后后，你弟花了我两三百万，也算对得起他了，"第三杯酒下肚，照例"啊"了一气，老庄继续道，"给你五十万买房，你硬要还给我，我这当爸的，得一碗水端平，帮你做做饭也是应该的，拿咱这小区说吧，哪户不是爷爷奶奶在帮衬？"

县城紧邻省城，房价高得咋舌，小庄住的这套，总价一百二十万，首付五十万是父亲赞助的，他自己的积蓄花在了装修上。后来，他将这五十万还给父亲，父亲拒收，他直接打到父亲卡上，说就当替他保管。父亲强调要"一碗水端平"，又解释他卡里那一百多万棺材本就包含这五十万，说一千道一万，就是不想让他有心理负担，小庄本就心思细腻，哪能听不出来？

毋庸置疑，相比县城，老庄更喜欢镇上的老家——上年纪的人好像都这样，老家空气好，房子独门独户，抬头天，低头地，厨房在底楼，饭前饭后可以跟四邻上下五千年攀讲，是城里的"鸽子笼"不能比的。"鸽子笼"终究困不住老庄，小区不大，拢共六幢楼，门口值班室边上的休闲地带，总能见着一帮老头老太太扎堆闲坐，他早上买好菜或晚上洗过碗，也跑去那儿凑热闹。没多久，老庄就跟他们打得火热，进进出出总有人跟他打招呼，左一个老庄，又一个老庄，相识几十年的样子。小区业委会换届选举当晚聚餐，老庄自告奋勇操刀主厨，炒菜水准引得众人赞不绝口。老庄跟他们混了个熟，连着他们也认识了小庄。

"可是老庄的崽？"电梯里，一位体态臃肿的老阿姨问小庄，"听说，你坐在家里，摸摸电脑，就能把钱挣了？"

"呃……小钱。"小庄断定又是父亲在外头王婆卖瓜，不然老阿姨不可能知道这些，他确定自己之前不认识她。

"好本事，"冲小庄竖竖大拇指，老阿姨碎碎念，"还是读书好哟，老话说得对，人要不读书，不如一头猪。"

尴尬又不失礼貌地微微一笑，小庄没做过多解释，如今兼职代账这行不太好做，虽说兼职，承担的工作并不少，老板付你一两千的工资，指望你带给他一两万的收益，多缴税他们不乐意，税务局来查就怪你没做好，且不给你缴医社保，也没有其他福利。就是这么个鸡肋似的行当，竞争还越来越激烈，小庄联系了几家企业，老板都直言他收费比别人贵而未能达成合作意向，商量的余地都不给。小庄琢磨过再去找家单位，有份稳定的工作，外加兼职，收入有保障，问题是专职的工作时间不自由，他不能当甩手掌柜把儿子扔给父亲。不比其他孩子，小小庄问题不少，做事磨蹭，懒牛耕地——不催不动，脾气又暴躁，急起来见啥拿啥撒气，动辄冲他爷爷发火。小庄不止一次教育他："跟爷爷好好讲话。"

"他太啰唆了。"

"要不是关心你，爷爷才懒得啰唆，"小庄说，"做人要懂得感恩。"

"他老听不懂我的话。"

"爷爷年纪大了，听力不好，你老了也这样。"

"我不想老。"

"人都会老的。"

"那我在老前自杀死掉。"

小小庄就是这样，油盐不进，不跟你讲道理，动辄发表一些偏激的言论。小庄已经习惯，一次又一次，很多时候觉得这孩子一点希望都没有了。所幸，这孩子只是刀子嘴豆腐心，经父亲说教，对爷爷的态度有了显而易见的改善。有一次，工作日时间爷爷不在，小小庄打听："爷爷呢？"

"回乡下了。"

"干吗回乡下？"他以为爷爷生他气回去了。

"奶奶摔了。"

"怎么摔的？"

"被你表弟绊倒了。"

"臭表弟，我回去打死他。"他还挺有正义感的。

母亲摔倒这天，小庄在外头办事，父亲打来电话，说有事回乡下一趟。小庄问他啥事。老庄说没事。小庄说："那你回吧，孩子我接。"老庄说："你忙你的，我已经托 2 号楼的刘叔帮忙接了，他孙子也在宝宝那个学校，我打你电话就是跟你说一声，午饭带宝宝去街上吃。"小庄说："这好使吗？非亲非故的。"老庄说："咋不好使，老熟了。"小庄还是放心不下，加紧忙完赶回去，打算自己去接儿子，又担心儿子已经被父亲口中的刘叔接走，回家进不了门，只好在家等。好在放学时间过去没一会儿，刘叔把小小庄送到家门口了。小庄一个劲儿向刘叔致谢。"谢啥，反正我也要接孙子，"刘叔说，"往后要没空，打电话跟我说一声，一个是接，两个也是接。"小庄感慨万千，自觉惭愧，人际方面自己委实不如父亲，搬到这儿七八个年头了吧，对门住着何方神圣至今不清楚。

这会儿，小庄才意识到父亲好端端的何以要回乡下，听电话里的语气好像有啥急事的样子。小庄联系母亲，才知是她摔了，磕掉了半颗门牙，出了不少血。小庄问上医院没有。庄母说去了，不碍事，补了牙，花了五百多。小庄问咋摔的。庄母说孩子闹脾气，拖拖拽拽，被他绊倒了。小庄说要不叫姐回来吧，让她自己带。庄母说回来干啥，不顶事，还要多洗一个人的衣服。小庄喟然叹息，生姐姐的气，她说在外面赚钱养家，不过是为自己找借口，根本原因是她自由散漫惯了，在家待不住，家附近的工作不是没有，哪怕少赚些，也能顾着孩子。挂掉电话，小庄又联系父亲，让他先不要下来，多在家照顾母亲几天。老庄说知道了，他自会安排。

老庄没两天就来县城了，说老伴撵他上来的——要不是外孙拖着，庄母恨不得自己上来。老庄带着老伴种的丝瓜和花菜，给小区里要好的相识挨个送上门去，回来时面色潮红，额头沁出细汗，透着股热乎劲。

难讲是不是丝瓜和花菜的作用，老庄居然混进了物业队伍，成为小区物业处的工作人员，月薪两千，跟一名年纪相仿的妇女搭档，负责整个小区的日常清洁，得有两千平方米的小区地面，每天打扫一遍，十二架电梯轿厢，每天用湿布抹一遍。见父亲俯身弯腰的样子，小庄说不出的难受，好歹是当过老板的人呀，怎么能干这个？他让父亲不要做了，说家里还没穷到这分上。

"大不了我再接一两家兼职。"小庄说，"也比你累死累活赚得多。"

"闲着也是闲着，"老庄说，"早上两小时，傍晚两小时，不耽误做饭，还能贴补家用。"

"没必要这样的。"小庄坚持不让父亲干。

"我闲得发慌呀，"老庄说，"一天下来，就做饭这档事，闲得发慌。"

"要不我去找份班上。"小庄说。

"先顾着宝宝吧，难得有进步，千万别放松，孩子还是得有父母陪在身边的，工作有的是机会。"老庄说。

这倒是真的，儿子最近是有不小改变，尽管还是不太情愿上学校，哄哄还是会去的，抵触的情绪没有过去那般强烈，至于学习成绩，小庄没敢对他提要求，怕逼急了又撂挑子不上学。小庄断定父亲没钱了，说卡里躺着一百来万是他善意的谎言，否则也不会去干保洁，他是个视面子大于天的人。拗不过父亲，小庄也不戳穿，由着他去，只叮嘱他千万别累着，不然赚的钱不够看病，那就不划算了。老庄说他自有分寸。

搂草打兔子，老庄也捡废品，将瓶瓶罐罐废纸皮破纸箱捡回家，码在阳台边角。小区里的人知道他干这个，有啥不要的，就招呼他上门来收。

"爷爷，我同学说你是捡破烂的。"吃饭时间，小小庄说道。

"捡破烂很丢脸吗？"老庄问。

"丢脸倒不丢脸，就是会让他们觉得我们家好穷。"

"我们家本来就穷。"小庄给儿子夹了块肉，"不过人穷志不穷。"

"你又要煲心灵鸡汤了。"小小庄这孩子不笨。

"再破的东西也有它的价值，爷爷就是让那些破烂实现它们的价值。"小庄借此向儿子灌输人生观和价值观。

"你是在说我吗？"小小庄抬起下巴，脸上流露不屑一顾的表情，还有一触即发的愠怒，像只发威的小老虎。

小庄不说了，再说下去，儿子又要撂碗筷了，这孩子就是这么个孬脾气，打没用，骂没用，说又说不得，让人束手无策。气氛凝滞下来，只有咀嚼及碗筷瓢盆碰撞发出的声响，高楼下的喧嚣如哗哗的流水，与他们无关，一家三代人，老庄坐最里边，靠厨房拉门位置，接着是小庄，再过来是小小庄，显得这张月牙白圆形餐桌特别大。"家里还是得有个女的。"有一次，老庄对儿子说，希望他再找一个，作为长辈，都不希望自家孩子单身过一辈子。小庄没回话，他是不想再找了，多个人多个麻烦，世上没有一个人会像父母那样，给予他不求回报的付出。

"改天卖了破烂，"老庄拎起新话题，"爷爷给你买礼物。"

"买啥？"小小庄来了兴致。

"你要啥？"

"火影忍者手办。"

"没问题。"

"很贵的。"

"多少？"

"一百多吧。"

"没问题。"

"真的？"

"真的。"

老庄说到做到，破烂积攒得差不多了，同孙子合力搬去小区背后的废品收购站，卖了四十八块。老庄将这些钱交给孙子，又补给他五十二块。小小庄把钱一股脑儿还给爷爷："我爸说了，人要懂得感恩，这些钱，给爷爷买酒喝。"老庄闻言，眼眶红了，觉得再辛苦也值了，说："爷爷没白疼你。"老庄将这事一五一十描述给儿子听——有啥好事，他总是第一时间同儿子分享。小庄触动不已，原来自己的孩子并不是那么不可理喻，只是爱跟他这个当爸的顶嘴，教给他那些做人的道理，他听进去了。

转眼到了立冬，老庄说："周六你生日，我叫你妈和洋洋下来，一起吃顿饭。"父亲要不说，小庄都忘了，这些年，忙于工作和家务，他没去记自己的生日，记起来也懒得过，觉得没意思。父亲说让母亲和外甥下来，自然是要给他过生日。

周六，庄母带着外孙下来了，小庄的弟弟和弟媳妇也过来蹭饭。老庄提前一天交代小儿子订了蛋糕，今天起大早去中心市场采办。满满当当一桌子菜，丰盛极了，到了吃蛋糕环节，儿子让小庄许愿。小庄说："一把年纪的人了，许啥愿。"老庄说："宝宝叫你许你就许呗，我都没叫老你叫啥老，你爸我像你这个年纪能两天两夜不下灶台。"弟弟点亮蜡烛，儿子跑去熄灯，小庄十指交叉合拳，在微弱的烛光里低下头，莫名有了流泪的欲望。"老爸，你许了啥？"待父亲抬起头，小小庄问。小庄说："说出来就不灵了。"小小庄说："我知道你许了啥。"小庄说："那你说我许了啥？"小小庄说："肯定与我有关。"小庄说："知道就好。"

小庄的弟弟从事海鲜批零，今年业务有所起色，饭后没离开餐桌，向父亲汇报生意近况。庄母在厨房洗刷。小小庄和他表弟在客厅看动画片，小庄的弟媳妇在边上陪着。厨房碗碟的碰撞，餐厅父亲和弟弟的交谈，客厅儿子和外甥的嬉闹，穿插弟媳妇的欢笑，声音像花草在房间里生长，小庄听着，也看着，流泪的欲望又上来了。"你不是想养狗吗？"小庄走过去对儿子说，"周末带你去宠物店看看。"小小庄兴奋得从沙发里蹦起来："真的？"小庄说："真的。"

吃过早餐，小庄要送儿子上学，父亲要下楼打扫，他们一同出门乘电梯。上班的，上学的，买菜的，晨练的，这时点是使用电梯的高峰期，电梯停在十二楼，进来一个老阿姨，上回夸小庄有本事那个。

"上学啦。"阿姨问候。

"嗯，"老庄回道，"早呀。"

电梯下行，老阿姨往老庄、小庄、小小庄脸上打量，从左向右扫描过去，又从右向左扫描过来，舌头咂得像敲快板："你们爷父子仨可真像，一个模子印出来的。"

小庄下意识朝父亲的脸看去，碰上父亲看过来的目光，尴尬得不行，忙将视线移开，往电梯楼层指示灯定住，仿佛上面镶着面镜子。

"哈哈，"老庄笑了两声，"都说是爷父子了，哪能不像。"

记不清有多久没好好看看自己的脸了，送完孩子回到家，小庄找出一面巴掌大的镜子，往镜子里细细打量。四十周岁的男人，步入中年行列了，镜中的他，眼球浑浊，眼袋深重，眼角有了鱼尾纹，两鬓有了些许白发，右颧骨不知何时长出块硬币大小的褐色斑。看了良久，小庄还真从自己脸上看到父亲的影子，心想，莫非跟一个人生活久了，就会长成那人的模样？也只有这么个解释了。他不是老庄亲生的。早年，他们老家村子不少人以种植蘑菇为生，二十五岁的老庄去镇上卖蘑菇，途中捡到出生没几天的小庄，把他抱回家。一晃四十年过去，当初那个小脸蛋冻得跟茄子似的弃婴变成了如今的小庄，过去的小庄变成了如今的老庄。

老庄工作时间坚持戴口罩，还戴手套，雨天则雨衣雨靴加持。扫、拖、拔、除……老庄上午用右手多些，下午用左手多些，声称要让两边胳膊都得到锻炼。老庄还喜欢唱戏，摇头晃脑就那么几句："得即高歌失即休，多愁多恨亦悠悠。今朝有酒今朝醉，明日愁来明日愁……"闽剧《辞官行》的一小唱段。有人打趣："嗬，老庄，这么乐呵，捡到钱了吗？"过日子嘛，老庄心里说，睁开眼生活，闭上眼睡觉，啥乐呵，啥不乐呵，懒得去念想。不过，他倒是真的想借此告诉儿子，这活计，他干得轻松，玩儿似的。